JN017889

MY MONTICELLO

モンティチェロ 終末の町で

ジョスリン・ニコール・ジョンソン

JOCELYN NICOLE JOHNSON

石川由美子〔訳〕

集英社

モンティチェロ　終末の町で

わたしをバージニアに産み落とし
この地を故郷にしてくれた
両親へ

目次

コントロール・ニグロ

CONTROL NEGRO

これを読むころには、おまえはたぶん察しているだろう。おそらくおまえの母親から聞いているのではないだろうか。といっても彼女は私が取り組んでいた昔ながらの研究テーマを私的に知っているだけで、目的や思惑を完全に把握しているわけではないのだが。いずれにせよ、真実はおまえにも伝わっているに違いない。

私はおまえの父親、おまえは**私の**息子だ。

このワープロ書きの文書によって私は真実を、その全容を明らかにするつもりだ。だがどうか、これが手紙の形を借りたある種の懺悔《ざんげ》だなどとは誤解しないでほしい。私は何ひとつとして後悔するわけにはいかない。すべてはより崇高なる善のためだったのだと、いつかおまえが理解してくれることを願っている。

つまるところ、私には対照研究《コントロール・スタディ》をおこなうためのニグロ、すなわちコントロール・ニグロが必要だったのだ。グロテスクに聞こえるかもしれないが——

おまえが生まれた日に私がその場にいたことは、ぜひ心に留めておいてほしい。新生児室のガラスに映る影として、私はそこにいた。おまえの母親が夫とともに——少なくとも一定期間おまえが父と受け止めていたに違いない男性とともに——休んでいる間に、おまえのことを眺めていた。おまえも私を見ているようだった。私のぼんやりとしたシルエットを。場所は大学の付属病院（自然分娩《ぶんべん》）。私はおまえの体重（三二七四グラム）と肌の色（濃褐色、血色良好）、気質（表層的には穏やか）を目に留め、自分との共通性を確認した。

おまえがまだほんの赤ん坊だったころ、あの贅沢《ぜいたく》な白いパンパースをはいていたころには、託児所の費用も援助した。託児所はキャンパスの一角にあった。だから大学院生は、おまえの母親もしかり、自分が働いたり勉強したりする間、幼い子どもをそこに預けることができた。そして私のような教員はガイドツアーに参加して、マジックミラーの外側から中を見学することもできた。私は託児所にいる子どもたち、虹のように色とりどりの肌をした子どもたちを心に留めたが、目はおまえに釘《くぎ》づけだった。マホガニー色の肌と、黒く鋭い目。むっちりとした指で積み木をつかんで、丈夫で堅牢《けんろう》な本物の何かを築こうとしていた。おまえによってかき立てられる感情、誇らしさが胸いっぱいに染みていき、それがあふれて鋭い痛みと化す感覚に耐える術《すべ》を、私はしだいに身につけた。

おまえがリトルリーグで活躍したシーズンのことを覚えているだろうか。ワシントンパーク、バス停のすぐそばのあの公園であった試合のことを？　どれがおまえか、とりわけ遠くからだとすぐにわかった。おまえはホームベースのそばに立ってバットを構え、輝く白球に狙いを定めて、誰にも見えないはるか彼方《かなた》まで打ってやろうと決意していた。

私が伝えたいのは、これまでずっと私がおまえを見守ってきたということ、自分にできない場合は別の誰かを通じてそうしてきたということだ。おまえが小学六年生のときには、私の助手が社会科の公民実習を担当した。中学時代には教え子の大学院生に〝ちょっとした恩返し〟をしてくれないかと言って、家庭教師を務めてもらった。おまえが私の息子だなどとは夢にも疑わず、おまえの成長ぶりを物語るエピソードをいろいろと話してくれた。高校二年生のときには大学生を雇った。成人だが華奢《きやしゃ》な体つきで、十七歳と言っても通用した。隣の郡から来た〝デイビッド〟を覚えているだろう。私の指示でおまえと親しくなり、おまえの関心をスイミングに振り向けた（そして黒人＝バスケットボールというお決まりのコースを回避させた）。おまえとのメールのやりとりをプリントアウトして送付し、おまえの仲間内での話し方や口の片端だけで笑う姿などを携帯電話で見せてくれた。いまこういうことを聞かされて、おまえは嵌《は》められた、あるいは侵害されたとさえ感じているかもしれない。だが私としてはほぼ確信しているが、おまえをより良い人間に形成しようとする私の決意、おまえを守るための試行錯誤の数々は、世のどんな親たちとも甚だしく異なるものではあるまい。

人には誰しも誕生の物語がある。おまえの場合はまず一つの概念として、完全に私の頭の中だけで形成され、生み出された。いや、むしろいくつかの疑問が積もり積もって行き着くところまで行き着いた結果と言ったほうが正しいだろうか。あれは一九八五年、おまえが生まれる何年も前、私がこの大学に着任して間もないころだった。秋学期のはじめに私の母が亡くなった。全身を癌《がん》に侵されながら、亡くなるまで診断されることはなかった。茫然自失《ぼうぜんじしつ》の状態で私は南へ向かい、母を埋葬してから大急ぎで戻ったものの、初回の授業は休む結果になった。離れていたのは一週間と一日にすぎないが、急な冷えこみで、広い芝生にはすでに落ち葉が散っていた。大学に戻った初日の午後、私は歩いて自分の研究室へ行き、袖をまくりドアに背を向けてデスクの上を片づけていた。そこへある男性が入ってきて、私が振り返るとびくっとしたので、私もびくっとした。彼は——ほどなく本人が名乗ったところによると——同じ学部の先輩格の同僚だった。歴史学だ。長期休暇で留守にしていたので、私に歓迎の挨拶をしようと思いオフィスを訪ねたとのことだった。「おっと、失礼」と彼は言った。「アダムズ教授を探しているんだが、どこに行けば会えるか、きみ、知らないかな」いったいどういうことなのか、一瞬だけ早く状況を理解した私は、なんとか笑ってその場の空気を和らげようと努めたが、もしかすると喉が詰まったような声になってしまったかもしれない。つまるところ、彼は私を遅番の校務員と勘違いしたのだ。

だがまあ、次の週、私は前途洋々たる学生を前に教壇に立った。ずいぶん久しぶりに、落ち着いたとまでは言わずとも、少なくとも本来の持ち場に就いたような気分にはなった。それからほどなく、ある午前のゼミで学生に書かせた小論を集めながら、自分の胸の内が希望に満ちていたことをいまでも覚えている。トピックは十九世紀の思想家たちだ。すると、集めた用紙の中に手描きの戯画が紛れこんでいた。隅を見ても記名はなく、わざと忍ばせたのか、誤って紛れたのか、言い当てるのは難しかった。実際には他愛のないもので、鉛筆で走り描きしたような一コマのイラストに「皮肉《アイロニー》」と題が添えられていたにすぎない。枠の中では、身につけているジャケットといいボウタイといい、私にそっくりな歴史学の教授が講義台に身をのり出しているのだが、その顔はどことなく原始的だった。そして学生たちの頭上には、彼らの心の声を表す吹き出しが浮かんでいた。「人間に進化論を説く猿」

取るに足らないことだ。その晩歩いてアパートメントに戻りながら、私はまたもや自分に言い聞かせたが、本音を打ち明けるなら——うんざりだった。もはや何の意味があるというのだ、と思ったことを覚えている。どれだけ多くを成し遂げようと、どれだけ発音に気をつけようと、どれだけ品行方正を心がけようと、それでもなお残酷かつ不当な評価から逃れられないのだとすれば、いったい何の意味があるというのだ。ここ大学においてさえ、彼らの目には私の真の姿は見えず、私が立っているはずの場所に投影された歪《ゆが》んだ像しか見えないのだとしたら？　私は母に言われて育った。頑張りなさい、コーネリアス、人の二倍努力すればきっと何かを手にできる、と。だがそのとき、すでに大人になっていた私は考えた。私が手にできるものとは何なのか？　永遠に手にできないものは何なのか？

必要なのは第三者の人生を観察することだ、とそのとき私は思いついた。私とさほど違わない、けれども私より優れた黒人の少年の人生がどのように展開していくかを観察すること。アフリカ系アメリカ人であることを除けば、私のクラスを軽やかに駆け抜けていくあの平均的なコーカサス系アメリカ人の少年たちとなんら変わるところのない少年の人生を。アメリカ人（Ａ）、コーカサス系（Ｃ）、男性（Ｍ）、という属性を備えたそのグループを私はＡＣＭと命名し、一人の完全無欠の黒人の若者を指標として測定したらどうなるだろうかと考えた。いや、厳密に言えば彼らではない――私が本当に試したかったのは、私の愛するこの国だ。適切な条件さえ満たせば、アメリカという国は生命と自由の約束を私にも、私のような者にも、与えてくれるのだろうか。私に必要なのは対照《コントロール》標本とするための黒人《ニグロ》の若者、すなわちコントロール・ニグロだった。自分が歴史を教えていることも手伝って、その発想が頭の中から消えることはなく、二つの単語がそろって私を扇動し、ニグロという時代がかった識別子が錆《さ》びた足枷《あしかせ》のようにガチャンとうしろに連結された。

そうしてコントロール・ニグロという言葉は私の中に居座り続け、そこからおまえが誕生した。それが私の真の研究の始まりだった。第一の研究の内側に厳重に隠された、第二の秘密の研究。平日の夜と週末には図書館資料をくまなく調べ、学術誌や過去の研究報告を読みあさった。現代のＡＣＭに焦点を絞り、一定のパターンと因果関係を探った。ＡＣＭの幼少期における適切な栄養摂取と小学校期における停学措置との関連性。ＡＣＭが父親と過ごす時間（おそらく試合観戦やキャッチボールのことだろう）と、ボールが隣家の窓を割るなどの軽微な器物破損による警察への通報との関連性。ＡＣＭに対する支援と青年期における行動、反応、自主性との関連性を、何がなんでも測定すると決意していた。いずれかの時点で、遡及的に調査することを思いついた。そしてさらに詳細なサンプルを入手した。大学の膨大な学生記録から二十五人分の個人ファイルをランダムに抜き取り、拝借したのだ。それらのＡＣＭはいずれも上の中程度の所得層の出身で、平均から平均よりやや高めのＩＱを持ち、学生証の写真から判断するかぎり、顔立ちも均整がとれていた。彼らのことをさらに理解するため、私は近隣の高校に電話を入れて教師やコーチに、さらには親にも、聞き取り調査をおこなった。必ず電話で――正直に打ち明けるなら、若干のなりすましのようなこともした。わがＡＣＭはみな前途有望で〝善良な〟若者ばかりだったが、少し表面をこすり落とせば欠点もあった。丹念にさらってみると、注意欠陥障害や抑鬱症、器物破損行為、薬物ないしアルコール依存などの傾向も明らかになった。何人かについては暴行や性的非行など、さらに深刻な犯罪行為があった証拠もつかんだ。誰一人として完璧な者はいなかったが、それでもなお彼らには将来が約束され、けっきょくのところその約束とは、白人男性である彼らを守り、鼓舞して、未来へ向かわせるに充分なのだった。そうして私の人生の五年間は、彼らの適応能力の高さに感嘆することに費やされた。

あとはある少年を観察すればいいだけだった。総じて見れば、わがＡＣＭと同等の恵まれた環境を謳歌《おうか》する少年を。妊婦検診や定期的な歯科検診。高学歴の母親と父親（ないし父親的役割を担う男性）。資金豊富な学校と、安全な〝いい〟地域にある住居。その一方で少年自身は成績向上に励み、言葉を明瞭に話し、品行方正でなければならず、ズボンの腰の位置は高すぎても低すぎてもいけない。そして気質が穏やかであること。それも安全性を考慮すれば、自らが鏡となって映し出すべき聡明《そうめい》な白人の少年たちのおそらく二倍は穏やかであることが求められる。

私が目指していたのは、その黒人の少年がたどる軌跡を丹念に追うこと、そして真にすばらしいその少年にもしも非の見つかることがあるとすれば、それはわれわれアメリカ国民が目論《もくろ》んだからにほかならないと**証明すること**だった。

おまえの母親と出会ったのはそのころだ。

なんというか、彼女はある意味、自らも自然の猛威のような女性で、その年大学院の環境学コースで学んでいた唯一の有色人女性でもあった。ある雨の午後、私は薄暗い教室にいる彼女を見かけた。なかば開いたドアのむこうで講義台の前に立ち、発表の練習をしているところで、背後で猛然と点滅するパワーポイントが彼女の顔に光と影を映していた。浸食された海岸と上昇した水位を示すスライドが次から次へと映し出された。彼女も気づいて私を見たが、ひるむことなく続けた。そうしてわずか一年後には、おまえが生まれたというわけだ。

初めて二人で過ごした夜に、おまえの母親は自分が既婚者であること、そして夫と別れるつもりのないことを打ち明けた。私はそのことに安堵《あんど》した。若いころに苦労したせいもあり、私はどちらかといえば孤独な男になっていた。それでも私たちはその後もときどき会い続け、やがて春になった。彼女が子どもを欲しがっていることは知っていた。子ができないのはおそらく夫が原因と思われたが、彼のプライドを守るために彼女は一人で責めを負っていた。彼女の中でおまえが育ち、半分は私の子で、しかも男の子だと知ったその冬、私たちは協定を結んだ。私は経済的におまえの養育を支援し、自分が父親であることについては沈黙を貫く。彼女はおまえを私の近くに置いて、おまえの養育に関する私の要望に留意する。ACMに関する研究のことは彼女も知っていたが、対照標本とすべき黒人の少年を必要としていることは知らなかった。だが私はそのときその場で、おまえこそがその少年になるだろうと気づいていた。

この偉大な国における人種的なコストについて、いまでは多くの研究がなされている。なかでも最も説得力があるのは、社会学や文化人類学といった他分野における研究成果だ。研究者らは、求人や住宅ローンの貸しつけに対してまったく同じ内容の履歴書や申請書を送付し、そのうち半数に〝エスニックっぽい〟名前を記載する。あるいは黒人と白人に対し見るからに痛そうな注射が打たれる場面を、別の黒人と白人の被験者に見せる。そして針が筋肉に深く刺さる瞬間に観察者の毛穴から分泌される汗の量を測定する。そのようにして研究者らは、誰が仕事やローンを獲得するのか、塩分と水分の量として表される共感を誰が最も多く獲得するのかを判定する。彼らはまた、人物をかたどった二種類の標的を用意して、どちらの色が警官に撃たれるかを記録する。どれだけ研究を重ねても、標的のシルエットをどれだけシンプルで無害なデザインに変えても、撃たれる色は変わらない。これらの研究がいずれも優れていることは認める。偉大な成果だ。それでも私は、そこになんらかの見落としはないだろうか、それらの知見を安直なものにしている看過できない不備はないだろうか、と疑問を抱かずにはいられない。

それとは対照的に、私の調査はもっと私的なもの、私自身の歴史を再検討するという、ときとして困難を伴うものだった。わがＡＣＭの歩んできた人生と、それにおまえの歩んできた人生とも、私の人生はなんと違っていたことか。おまえは木立に囲まれたあのこぎれいな家で育ったが、私が生まれたのはサウスカロライナの砂丘地帯に建つ二部屋しかない家の奥の部屋だった。私は肌の色が濃く、本が好きで、一人息子という点ではおまえと同じだが、私の母にはお金がなかった。それを言うなら、誰にもお金などなかったのだが。当然ながら私の顔見知りの有色人は皆そうで、当時はそれぐらいしかとくに比較されることもなかった。ただ、同級生のほとんどには父親がいたが、私の父は職を求めて北の方、シカゴへ行き、そのまま帰ってこなかった。基本的に私は父を知らない。それでも子どものころには、捨てられたのだという思いを飢えのように痛切に感じていた。その飢えを、私は読むことで満たした。

おまえと同様、私も一時期ではあるが、野球に親しんでいた。十歳になった夏に、ニグロリーグのユースチームに入った。期待に胸をふくらませてユニフォームを受け取りに行ったら、支給されたのは汗の染みた古着で、白人の教会からかき集められたものだった。それでも胸にはチームの名前が縫いつけられ、その刺繡《ししゆう》の内側で、なにかしら認められたような気分がしたものだ。最初の練習で私はそこそこのヒットを打ち、斧《おの》で薪《まき》を割るときのようなすかっとする音があたりに響いた。練習後、皆といっしょに帰ればよかったものを、私は一人で歩きだし、ささやかな勝利の瞬間を頭の中で繰り返し再現するうちに、いつしかそれは叙事詩や小説として語られるにふさわしいものにふくらんでいた。ところがホリイトノールの裏をふらふらと歩いてメイン川を渡り、いまだ夢見心地で自分がどこにいるかもわかっていなかったそのとき、背後で車のドアがバタンと閉まり、見知らぬ者たちの冷たい影が忍び寄るのを感じた。白人の若者が三人でぐるりと私を囲み、ぱっと駆けだそうとする私の逃げ道をそれぞれの体でふさいだ。「このガキどこへ行くつもりだ?」作業ブーツを履いた男が言った。

殴られて地面に倒れながら、私は皆が知っているあの少年、タリー・ジョーンズのことを考えずにはいられなかった。何年か前の夏に、頭部が陥没した状態で死体が川に浮いていたあの少年。自分も殺されたあとで死体を川へ引きずっていかれるのだろう、と考えたことを覚えている。頼むからあの濁った水にぼくを沈めないでくれ、と私は思った。ぼくは泳げないんだ! ああ、どうして泳ぎを習得しておかなかったのか。それじゃあ母さんはぼくの死体すら見つけられないじゃないか。ぼくも逃げたと、父さんみたいに逃げたのだと思われたらどうしよう、と。男たちが間近に迫るとピーチブランデーの匂い、同級生の父親たちがよく金曜の夜にスズカケの木の下でちびちび飲んでいたあの酒の匂いがした。男たちが私を気のすむまで痛めつけたあと、息を切らしてよろよろと車に戻るまでの間、私は胸と頬を砂にうずめて死んだふりをしていた。彼らが車を発進させ、私の体に尖《とが》った砂利をふりかけて走り去ったあとも、死んだふりを続けていた。自分の体が底なしの水に沈んでいき、皮膚がしわしわにふやけてはがれ落ち、あるいはザリガニだか川底の沈泥に生息する微生物だかに食われて、ついにはもとの色など誰にもわからなくなる、そんなことはどうでもよくなる、というふりをしていた。

その秋、母のたっての主張で、町から何キロも離れたところにある私立の寄宿学校に入学した。とはいえ、ほかの生徒といっしょに寮で生活するわけではない。日が昇る前に起き出してハイウェイまで歩き、教会で助祭を務めていた年配の男性の車に便乗した。いつもヘアオイルの匂いがするその男性は寄宿学校の校務員で、学校の廊下を褐色の顔で彩るのは、私を除けば彼だけだった。学校にいる間は、お互いけっして相手を見なかった。同じ教室に彼がいるときには必ず気がついたが、そちらに目を向けることはなかった。その場から充分に離れるまで彼を見ることはなかったし、そのときですら、一種の屈辱を感じていた。

校長――私の入学を許可した人物――は、何年か〝北〟で暮らしたことがあった。彼の名を冠した寄宿学校がなんとか経営破綻を免れているのは一族の財産のおかげで、そのことは周知の事実だった。全校集会で、この校長はなにかと理由を見つけては、私にステージを歩かせた――私がすばらしく雄弁で言葉に力がこもっているとか、制服の折り目がぴしっとしているとか。私が人目につくことで引き起こされる侮蔑に対抗したかったのか、それとも気づいていなかったのかはわからない。だがどんなに頭の鈍い子どもでも、残酷さにかけては知恵を発揮するものだ。私の母は町にある校長の家で料理人かつ掃除婦として雇われていたのだが、生徒たちはそれを材料に母のことを容赦なくばかにして笑った。私に何ができただろう。なにしろ事実なのだから。私の奨学金は、母の曲がった腰と、漂白剤のせいでがさがさに荒れた手によって獲得されたにほかならない。私をその学校に入れたのは、母にとっては小瓶にメッセージを入れて荒れ狂う波に浮かべるような信念の行為、あるいは必死のなせるわざだったに違いない。

それでもとにかく私は公教育にしがみつき、十七歳のときに黒人だけの小さな大学に進学したのち、さらに北の大学院で学んだ。子どものころにともに育った少年たちは、大半が地元に根を下ろした。同じ教会に通う娘と結婚し、必死に働いてなんとか暮らしを立てた。あるいはよりよい暮らしを手に入れた。一部はベトナムに送られ、何人かは大きな町でデモに参加して、警察犬と高圧放水を目の当たりにした。私は学問の追究に人生を捧《ささ》げ、成人してからは人生のほとんどを、この栄えある研究機関で過ごしてきた。おまえが生まれたあとで、私は家を買った。二寝室の小さな平屋だが、大学にほど近い落ち着いた住宅地にある。職場まで歩いて行ける距離にあり、実際にそうすることもある。歩くと決まって思考がさまよいだす。ときとして、自分の研究は身勝手だったのではあるまいか、父親であることを隠してきたのは無責任ではなかったか、と不安になることもある。歩きながら、この世は間違いなく有色人種にとってよりよい場所になっているではないか、と思いもする。私自身が自分の立てた仮説に対する反証ではないか、まだ満足できないのか、と。

だが続いて、あたかも底流のように、ふたたびそれを感じるのだ。いまだに。紅茶に入れるためのミルクを買いに訪れたキャンパスの売店で、警備員にあとをつけられるときなどに。バギーを押している二人づれの若い母親が、広い芝生のエリアでわざわざ私を迂回《うかい》していくときなどにも。だが最も強くそれを感じるのは、仕事に関する不安をかき立てられるときだ。そう、確かに職はある。

なんとか持ちこたえてはいるが、それでもこの何年か、大学の委員会では最も低い役職しか与えられず、担当するのは基礎レベルの授業ばかりで、まるで非常勤講師のような扱いだ。もちろんそれは、私の勤務状況になんらかの瑕疵《かし》があるからかもしれない。廊下の先にいる同僚たちのように論文を発表できていないとか、秘密の研究のせいで表向きの研究がおろそかになっているとか。だが確かめようなどあるだろうか？　自分が相応の評価を得ているかどうかなど、誰にも知りようがない。はっきりしているのは、去る九月、ある爽やかな宵に、歩いて帰宅する私のあとを一台のパトカーがつけてきたことぐらいだ。この私を、コーネリアス・アダムズ教授を、オーバーコートをはおり、ローファーを履いて、ブリーフケースを小脇に抱えた六十代の私をだ。知ってのとおり、キャンパス周辺ではよくパトカーが巡回して学生の乱痴気騒ぎを取り締まり、酔っぱらった新入生をキャンパスの敷地内に戻している。彼らは私に向けてヘッドライトを点滅させたにすぎない。私が振り返ると、助手席に座っているほうが窓から怒鳴った――黒人警官だった。どこへ行くのか訊《き》いてきた。だが私が答えようとしてまごついているうちに、もっと緊急の呼び出しがかかったのだろう。ヘッドライトをつけてサイレンを鳴らし、猛スピードで走り去った。

　私たちの人生を並べて比較すると、こうだ。十歳、私が作業ブーツに蹴られてもがいていたころに、おまえはきちんとした日帰りキャンプに参加して、滑車ロープで宙を飛んでいた。十二歳、私が寄宿学校からの帰り道、がたがた揺れる車の中ですり切れたスパイ小説を繰り返し読んでいたころに、おまえの所属する野球チームは地域で準優勝した。おまえはトロフィーを家に持ち帰り、それを掲げる姿を母親が写真に収めた。ずいぶん経《た》ってから、彼女はその写真を私にも送ってくれた。

おまえが成長するにつれ、私はおまえの母親に一定の希望を伝えてきた――交友関係について、学校選びについて、髪の長さと髪型について。私の介入に対し、彼女が一度だけ本気で憤慨したことがある。高校の最終学年で水泳部を辞めるように私が主張したときのことだ。水泳も最初のうちはよかったが、やがておまえは州大会に出場し、優雅な飛び込みフォームで有名大学のコーチを魅了して勧誘されるまでになった。一時は髪をばっさり切り落とし、夜明け前に起きて個人レッスンにも通っていただろう？　水の中のおまえは特別なのだとおまえの母親は訴えた。奨学金をもらえるかもしれない、それ以上の条件を提示されるかもしれない、それなのになぜ続けさせないのか、と。おまえの姿を思い描く彼女の心情が伝わってきた。黒人である息子が赤白青の星条旗を肩にかけ、金メダルを掲げる姿を。じつのところ、私自身もそういう想像を楽しんでいなかったわけではないが、そこまでの甚だしい逸脱は、やはり認めるわけにはいかなかった。おまえが幼いころには、わがＡＣＭの足下に埋もれてしまうのではないか、引きずり下ろされてしまうのではないかと気が気でなかった。ところがどうだ、おまえははるかな高みに達し、これでは公正な比較が成り立たない。もちろんおまえの母親には、そういうことはいっさい話していない。私にできることといえば、それまで秘密を守り続けたことを強調するぐらいだった。私はずっと取引条件を守ってきただろう？　私がそれを言うと、彼女は黙って電話を切り、長い間それきりになっていた。その一方で、おまえが水泳をやめたことを、私はほどなく知った。

そういうわけで、去る八月に彼女から電話があり、おまえがここに転入して学位を取るつもりだと聞いたときには驚いた。ただし驚いたというのは彼女の声を聞いて驚いただけで、おまえがここへ来ることは知っていた――おまえ自身がＳＮＳでそう語っていたのだから。おまえがここへ戻ってきたのは、おそらく体の記憶、おまえがここで過ごした年月ゆえだろう。最初は託児所で、のちには母親とともに管理オフィスで。あるいは、私が学期ごとにおまえの私書箱に送りつけた口のうまい大学案内が功を奏したのかもしれない。おまえが州外の大学に通っていた二年間も可能なかぎり動向を追ってはいたが、やはり情報は不足しがちで不安がつきまとった。大学進学に伴い子どもが家を離れるあらゆる親の例にもれず、私もおまえに対する影響力をいくぶん奪われ、手の届かなさに落ちこんだ。飲酒の度が過ぎてはいないだろうかと不安になった。暴力沙汰を起こしていないだろうか、好きな相手ができたのではないだろうか。一度はおまえの大学まで車を走らせたが、建物の位置関係がよくわからず、けっきょくおまえを見かけることはなかった。その後はもっと安全な距離をおいて見守った。むこうの地元紙や大学のウェブサイトを閲覧して、誰それが逮捕されたというニュースに目を配った。できればおまえの日常を覗《のぞ》いてみたかった。わがＡＣＭ、かつて熱心に観察した若者たちと似たような大学生活を送っているのだろうかと気になった。恐れを知らず、酔って奇行に興じたりしているのだろうか。

私にわかっているのは、ここで見かけたおまえの背がすらりと高く、とてもしなやかに見えたことだけだ。自分の年齢に照らし合わせてざっと計算したところ、おまえはちょうど二十一歳になったばかりだった。離れている間に何があったのかは知らないが、すっかり大人になっていた。おまえが自分の肌の色をじつに自然に受け入れているようすを目の当たりにして、私の中で何かが目覚めた。よその町や都会から伝わってくる悲劇、若者の命が奪われ、未来が失われる話はもう気にするな——彼らはおまえではない、私の息子ではない。おまえの上りつめた姿に可能性を垣間《かいま》見ると同時に、彼らの死が埋もれていくように感じられた。考えてみれば、おまえはいつどんなときも平均的な子どもなどではなかった。むしろ高尚すぎて私には理解できない詩の一節のような存在だった。目の前にいるおまえを見て、おまえがついにわれわれに仕掛けられた目には見えない一線を越え、無限に広がる安全な未来へ脱出したのだと確信した。たとえ私自身はその未来に与《くみ》することができずとも、未来の約束がもたらす喜びを味わうことはできるだろう。私は長年の問いを放棄し、希望に満ちた答えを得たと主張しかけていた。実際のところ、私につきまとってきたそれらの問いは、いつどんなときも希望を求めるものだったのだ。

だが続いて何が起きたかは——互いに承知のとおりだ。

彼らがおまえにしたことを聞きつけて、私は翌日の授業をすべて休講にし、あの長い最初の夜を徹して文章を書き綴《つづ》った。数十年に及ぶ研究を苦悩に満ちた一通の手紙にまとめ、おまえの顔立ちが原因で引き起こされる差異を詳細に書き記したのだ。私は人種という重荷について書いた——それがいかに黒人と白人の人生を歪めるか。自身の実験への直接的な言及は避け、おまえの身に起きた出来事を論拠として知見を述べた。自分の書いた論考がこれほど広く読まれようとは思ってもみなかった。一週間と経たずに数か所のテレビ局と二、三の全国放送のラジオ番組に招かれた。テレビスタジオで、防音スタジオで、私はデータと自身の目で見た事実にもとづき緻密な議論を展開した。当然ながら誰もが納得するだろうと思っていた。ところが彼らは別の話を持ち出して私の話を遮り、真逆の結論を口にした。私の主張を信じたのかと思いきや、論考の中から抑制的でないいくつかの表現を引き合いに出し、怒りのせいで論理性が損なわれているとあげつらった。世間の親や兄弟姉妹から届く感傷的なラブレターとともに、私の受信箱は殺人予告であふれ返った。それでもゆうべは出版のオファーを受けた。私がずっと思い描いていたような格式ある大学出版局ではなく、ノンフィクションの犯罪物で知られる老舗の出版社だ。とはいえ、むしろそこでなら、ついに書きたいことが書けるのかもしれない。私の受けた仕打ちについて、私が与えた仕打ちについて——おまえさえよければ。

おまえの身に起きたことについては、世間の人々と同様、あらゆる写真を見るとともにあらゆる記事を読んだ。スマートフォンの動画を、血にまみれた映像を、一コマ一コマじっくり見た。画面に映ったおまえの顔——どんなときも私はそこに自分の片鱗《へんりん》を見てきた。画面に映ったおまえの血——あまりにも鮮やかな血がどくどくと流れている。おまえはアスファルトに押さえつけられてぴくりとも動かないのに、警官はスタッカートで怒鳴り続け、なんとしても命令に従わせたいかのようだ。カメラが傾いて、まわりの人々が映し出される。彼らは染み一つないスニーカーを履いて野球帽を斜めにかぶり、あたりをうろついている。地面に横たわっているのがおまえで、ほっとしているようだ。カメラに向かって仲間内だけに通じるらしいギャングサインもどきをちらちら見せる者もいる。警察が声明を出したのは動画が出回る前だった。近年ではいずれ必ず動画が出てくるというのに、それを無視した内容だった。おまえが危険な人物のように思われた、という彼らの言葉を聞いて、私はおくるみに包まれた生まれたばかりのおまえの姿を思い浮かべた。身の危険を感じた、と彼らは言ったが、おそらくそれは本当だろう。その後の記者会見ではおまえが身分証明書を所持していたことは認めつつも、内容に相違があったと主張した。近隣の州で発行された見慣れないものだった、と。本人が主張する人物のようには見えなかった、と。

だがこうしたすべてとはまったく別に、私はある真実を知っている。まだどんなメディアにも突き止められていない真実を。大学のバーの一角で酔って騒いでいた何人もの学生の中から、警官はおまえを**選んだ**のだ。なぜ知っているかというと、私はあの晩、遅くまで仕事をしていたからだ。この春最初の暖かい宵だった。若者たちのお祭り騒ぎの中を通り抜けて家まで歩いて帰ることにしたら、たまたま、角にあるあのバーの店先にいるおまえを見かけた。学生たちのどんちゃん騒ぎの只中《ただなか》で、おまえはパティオからもれてくる音楽に軽く体を揺らしていた。そして私のほうに首を傾けた——おまえも私を目に留めたのだろうか。私だと気づいたのだろうか。自分でもうまく説明できないが、こうなったからには打ち明けなければなるまい。管区の警察に電話したのは**私**だ。大学と十四番通りの角に〝不審な若い男〟がいるのを見かけたと通報した。ただし、おまえの身長や**肌の色**には言及しなかった。それから急いで帰宅し、自分を落ち着けようと努めた。何も起こりはしない。そう言い聞かせた。そのうち自分でも忘れるだろう、後ろめたさから解放されるだろう、と。息子よ、たとえこの手紙にしたためられたすべてを疑うにしても、これだけは信じてほしい。これは**彼ら**を試すための実験だった。世界を試すための。けっしておまえを試すためではなかった！

だがここでふたたび一歩下がって、われわれは思い出さなくてはならない。すべてはより大きな目的に対する奉仕だったのだと。いつかきっと、われわれの息子たちがこうしたすべてから放免される日が来るだろう。おまえの母親がよく言っていた。私が信じようが信じまいが、海面は上昇を続けている。そのうちみんな水浸しになって、ともに空気を求めてあえぐのだと……。

　先日またおまえを見かけた。芝生の広場で学生主催の抗議集会に参加していた。最初はおまえだと気づかなかった。頭に白い包帯を巻いて、これまでになく背中を丸めて立っていた。すると誰かがおまえを前に連れ出し、何人かがまわりを固めた。東海岸のほかの大学でも抗議活動が展開されていることは記事で読んで知っている。いまや虹のように色とりどりの肌をした人々が、大観衆に訴えるかのように泣きわめいたり何かを連呼したりしている。おまえを目にして、無事に回復しそうだとわかって、本当に久しぶりに息のできる思いがした。だがさらに本音を言うならば、それは私自身ももうすぐ解放されるだろうという恩寵《おんちょう》の感覚に近かった。つまり、いまのおまえを見るがいい——あらゆることがあったにもかかわらず、**おまえ**が成し遂げたことを。**彼ら**と同様、おまえはここまでたどりついた。そして息子よ、私は見た。振り返ったおまえが激しい怒りをあらわにし、自由でのびのびとさえしていたことを——少なくともその瞬間は。

バージニアはあなたの故郷ではない

VIRGINIA IS NOT YOUR HOME

誕生と同時にその名を与えられはしたものの、あなた自身はバージニアを故郷と感じたことは一度もない。サルトルの『嘔吐《おうと》』を読んで、新たな名前を自分でつける。しみの散った洗面所の鏡に向かい、戴冠式さながらに新たな名前を宣言する。口を開いて、歯茎の裏で舌をかまえ、せっかくなので別の問題も解消する。あのどんくさい〈r〉の音。名前のとちゅうで舌が丘のように盛り上がり、〈ウォッシュ〉と言うべきところが〈ウォーシュ〉となってしまうあの感じ。服にしみた堆肥のにおいをせっせとこすり、洗面台に屈《かが》みこんで若い体を揺らしながら、新しい名前、いまはまだ秘密の名前を何度もささやく。それさえ変えればすべてが変わると信じて。

少女の体が密かに開花し始めると、男子に髪を引っ張られてスタンド席から引きずり下ろされたりしないよう、あなたは髪を思いきりきつく引っつめる。子どもっぽいばかげたじゃれ合いにしつこく誘われないよう、父が厩《うまや》に着ていく色あせたフランネルのシャツを着る。〈おまえいったい何者だ?〉長たらしい単語をうっかり発音してみるたびに誰に言われても取り合わない。カビくさい讃美歌集も救世軍のバザー品も受け取らない——母が気まぐれに天国に夢中になるさまは、むしろ不実な恋人のようだ。牧場《まきば》の乳牛たちの肋骨《ろっこつ》がつるつるに浮き出てきても、胸を痛めすぎないように気をつける。フランス語を選択し、部屋のドアに鍵をかけて、十六歳のあなた自身をひたすら信じる。

あなたは大量の入学願書に記入する。州の中心部に近い女子大の奨学金を獲得しても、母にはまだ言わない。かわりにあなたは外へ飛び出し、うしろでバタンと網戸が閉まる。きりりとした空気が奔流のように過ぎていくのを感じながら、母が親から受け継いだ土地をはだしで駆ける。あなたはさらにパドックのそばを駆け抜ける——父はそこでいちばん弱った馬の世話をしている。吸いこんだ息のせいで肺が疼《うず》き、針で縫うようなちくちく感が肋骨を這《は》い上る。あなたは夜空に向かって勝利に吠《ほ》える。

入学オリエンテーションで配られたファーストネームの名札を、あなたはくちゃくちゃ噛《か》んで飲み下す。そうして新たな名前をしたためる。近いうちにこっちのほう、自分で選んだ新たな名前を正式な名前にしようと決意する。歪《ゆが》んだ犬歯についてあれこれ訊《き》かれることのないよう、笑みは控えめに——秘密の前歯が搾りたての生乳のように白濁しているのは、母いわく、井戸水にフッ素が混じっていたせいだ。母いわく、父のような黒い肌はもちろんのこと、あなたのように色の浅黒い娘が生まれるとは思っていなかった。母いわく、この世に約束されたものなどなにもない。

感謝祭の休暇にどうして家に帰らないのか訊かれたら、両親はともに亡くなったとあなたは答える。いずれ彼女たちがあちこち招いてくれるだろう。ケープコッドのコテージにジョージタウンの褐色砂岩の高級住宅。おそらく年末休暇にでも。学食のメニューに不平をこぼす娘たち。残り物から夕食のメニューを言い当てることなど想像もつかない娘たち。彼女たちの実家の銀食器の重みと黒人の執事のきびきびとした手つき、その執事の糊《のり》の利いたワイシャツの袖口をあなたは心に留める。そして炉棚に並ぶ初版本も。カミュとカフカを本がぼろぼろになるまで読む。シモーヌ・ド・

ボーヴォワールを読む。

あなたはさらに必死に勉学に励み、なるべく早い時期にもっと大きな大学、語学系の学部が充実しているところへ転学する。その大学もあなたと同じ名前の州にあるのだが、肩を落とすことはない。〈バージニア〉あるいは〈ジニー〉、と愛らしい顔をした小学校時代の友達にはそう呼ばれていた。あなたがともに育った娘たち。ピックアップトラックのヘッドライトを浴びて得意になり、孕《はら》まされて捨てられた娘たち。それも法的に飲酒が認められる年になる前に。

新しく相部屋になった郊外育ちの学友たちを、あなたはつぶさに観察する。ただしビール三昧の浮かれ騒ぎには関わらない。かわりにグレイハウンド社の長距離バスに乗り、ホワイトハウス近くの抗議活動に参加する。どこかの砂漠に投下される爆弾に反対し、率先してシュプレヒコールを唱える。スーツに身を固めた男たち、この世のすべてを貪るつもりの貪欲な彼らに拳を振りかざす。あなたはまだ味見もしていないのに。

ブルーリッジ山脈の裾野にある大学町、その外れに建つ田舎の社交クラブで、週末にはダブルシフトでバイトに励む。曲がりくねった急な坂で自転車をせっせと漕《こ》いでいると、生まれた土地を離れた気がまったくしない。トレイを片手にあなたは大きな丸テーブルを渡り歩く。ジントニックに特大のシュリンプカクテルにチキンのコルドンブルー。三つ揃《ぞろ》いのスーツと模造宝石をちりばめたまばゆいドレスに身を包んだ年配のカップルが、入れ替わり立ち替わりやってくる。脚をぴったり覆うレギンスの上に黒いVネックセーターを重ね、顔のまわりに始終髪の落ちてくるあなたと比べ、なんと威風堂々としていることか。男たちはあなたの胸の谷間に流し目を送り、なかにはお尻をつねってくる輩《やから》もいる。〈ほら笑って〉と言いながら。妻がよそ見をしたとたんに彼らがテーブルに舞い戻ってチップを追加していくさまは、かなりの見ものだ。それらのお金を一セント残らず貯金して、あなたはヨーロッパ行きの航空券を手に入れる。

列車に乗ってフィレンツェからプラハへ、プラハからミュンヘンへ移動する。〈わたしはここにいる、ここにいる〉と歌のようにあなたは唱える。ここには歴史と文化があり、街はエネルギーに満ちている。ここにはあなたを救ってくれた古きよき作家たちがいる。そしていま、あなたはノートを手にカフェの店先にいる。口さえちゃんと閉じていれば、自分も土地の人間になった気分だ。足元の石畳を見ると轍《わだち》のついた急勾配の実家の私道が思い浮かび、ユースホステルの羽毛布団を見るとカビの生えた母のキルトを思い出すが、そういうことは気にしない。夜中に寝台車をノックする音がして、あなたははっと起き上がり、列車がまたひとつ国境を越える。〈パッサポルテ！〉外国人の声が無愛想に要求する。あなたは法律上の氏名が記されたパスポートを差し出す。

パリのディスコの店先で、あなたは素敵な黒髪の男性に寄りかかる。外国訛《なま》りでささやかれ、自分で選んだその名前がふたたび新たな響きを得る。どこから来たのと尋ねられ、これから訪れるつもりの街の名を連ねる。ロンドン、とあなたは答える。バルセロナ、と答える。タンジール、と答える。いっしょに男性の部屋に戻り、身をゆだねる——澄んだ湧き水に飛びこむかのような、満ち足りた衝撃が訪れる。ｒｒｒｒｒｒ——洗練からはほど遠いｒの音を連打で叫び、あなたは解放にむせび泣く。

横を向くと、別の男性と視線が合う。前回の彼ほど美形ではないが、アーティスト——フォトグラファー――で、フランスのいい家庭の出身だ。この二人目の男性とは、いきなりベッドへ向かうような真似《まね》はしない。街にある彼の実家の広々としたアパートメント、埃《ほこり》をかぶったシャンデリアの下にベルベットのカーテンが下がったいくつもの部屋に滞在するうち、帰りのフライトは何週間も期日を過ぎて、あなたは最終学期を逃してしまう。春には戻って卒業すると自分に誓う。

その男性にアメリカについて尋ねられ、あなたはそこがいまでも自分の夢見る夢の国であるかのように答える。目を閉じて、なにもない広い土地と眠たげな小さな町を思い浮かべる。そして彼にはバーが軒を連ねるストリート、煙のくゆるステージであなたの父のような褐色の肌をした男たちがサクソフォーンやドラムに覆いかぶさるようにして演奏する情景を語って聞かせる。あなたはその男性に、アートと野心についてフランス語で語る。あなたの国の最も貧しい地域について、外国の言葉でぺちゃくちゃと語る。歪んだ犬歯をちらりとのぞかせ、あなたの真意に彼が気づいてくれることを願いつつ。

九か月後、あなたはその男性と実家に戻り、教会抜きのささやかな式を挙げる。家畜はすべて売り払われ、あるいは埋葬されてしまったが、ほぼ平らな土地がいまも一か所だけ残っている。どうせほんの数日だ、とあなたは自分に言い聞かせる。未来の夫がこの土地を見たいと考えるのは当然だ。暗い廊下から父の孤独な声が響いてきても、ペンキの剝がれた壁の中で不安に打ち震えることはない。先祖伝来のすりきれた聖書を母に託されてもたじろぐことはない。黄ばんだページとページの間ですりむけた銀色の写真たち――厳《いか》めしい顔をしててかてかと光っている母方の先祖たち。彼らの人生が終わったこの地で、あなたの人生は始まった。

両親の顔にはひだが生じ、畝《うね》ができて、実際の年齢よりも老いて見える。彼らはあなたの新しい名前を口にするのを控えているが、古い名前も喉の奥に押しとどめている。母の通う教会から来てくれた若い娘が地面に花びらをまく。あなたは父に腕をあずけ、草の小道をともに歩く。黒いスーツにぴかぴかに磨いたブーツを履いた父は、ひどく厳粛な面持ちだ。ファンデーションを塗ったあなたの肩をぎゅっとつかみ、親指の圧を通じてなにかを分かち合おうとしているかのようだ。そうしたすべてが新婚の夫には魅力的と映るらしい。町に新しくできたA＆Pのスーパーマーケットでさえ。母の作るコーラ漬けのハムでさえ。あなたと並んでぬかるんだ土手を歩きながら、夫は父を真似て小川《クリーク》のことを〈クリック〉と発音する。

ワシントンDCの郊外、州間高速《ベルトウェイ》四九五のすぐ外側に部屋を借りる。そこにあるスタイリッシュなエージェンシーが夫を売りこみたいという。バージニアにいるのはせいぜいあと半年、長くて一年だから、とあなたは自分に言い聞かせる。夫はそびえるような建造物の写真を撮る。橋とか、高層ビルの正面外観とか。朝日がまばゆく輝く前に家を出て、日没を迎えて世界がふたたび金色に染まる時刻を過ぎてもまだ働いている。

あなたはメトロに乗ってフォギー・ボトムを訪れる。あるいはデュポン・サークルを訪れる。自動ドアを通り抜け、上りのエスカレーターで真夏の湿地帯の熱気の中に足を踏み出す。出口付近にホームレスの女性がいて、丸い顔がどことなく母を思わせる。母が垢《あか》にまみれて身なりにかまわなくなればこういう感じかもしれない、と思いつつ、いちいち苛立ったりはしない。ティーショップで紅茶を運んできた娘は漆黒の肌をして髪を短く刈りあげているが、あなたはじろじろ見すぎないように気をつける。相手の視線は一瞬長く、あなたに注がれるのだが。

冬になり、あなたはメトロに乗って、観光客のいなくなったナショナル・モールを訪れる。広大な灰色の風景の中で、あなたはぽつんと佇《たたず》むひとつの明るい点にすぎない。赤い手袋を脱いで、ピンク色になった手のひらに温かい息を吹きかける。かつてヨーロッパで過ごした日々について、覚えていることを雪の上に書いてみる。できれば――首尾よく逃げおおせた娘の物語を。

春が来て、沈んでいくような悪夢からわが身を引きずり上げてみると、奇妙な船酔いの症状だ。夫はローマのどこかで有名な遺跡の写真を撮っている。あなたは自業自得と諦める。この何年かのずさんな管理。欲望のとどまるところを知らないかのように、無防備に求めてきた。外国人である夫の体に縛られることで、あなた自身が肉体から解放されるとでもいうように。

母になったという事実が鈍い痛みとなって体の中心に居座る。電話のむこうで夫の声は有頂天だ――五日で帰るよ、遅くとも七日で。電話を切って母にかけると、母はすすり泣く――喜びのせい？　それとも嘆きのせい？　あなたはロールケーキをほどいて食べ、厚切りのボローニャソーセージを焼いて食べる。次はいったいどこへ向かうのか、と自問はしない。

全身を絞るような産みの苦しみに身をゆだね、体がぱっくり開いてあなたは息子を出産する。そして一年半後、こんどは女の子、娘を妊娠する。あなたは息子の名前を選ぶ。気の利いたフランスふうの名前。娘の名前選びは夫にまかせる。いい響きだ、と初めて聞いたときには感じるが、じきに娘は一部を取ってニックネームを考案する。はつらつとした田舎っぽい響き。夫のキャリアは順調に上向き、鮮やかな海の風景がギャラリーの壁を飾る。エージェンシーが夫を世界に送り出す一方で、あなたは家にとどまり子育てを任される。毎晩のように爪を腿《もも》に食いこませても、インクが染みたような痣《あざ》を人には見せない。

気まぐれな色白の生き物たちを育てるための前哨《ぜんしょう》基地として郊外に家を買うという夫の主張をあなたは受け入れる。ただし夫が家にいる間は、なおもしつこく訴える。ボルドーかブリュッセルで暮らしたい。マドリッドで暮らすのもいい。毎回お決まりの夫の答え――アメリカのほうが払いがいい――はわかっているが、あなたはめげない。

毎年夏にはヨーロッパへの長期旅行を要求する。おかげで世界の変わらぬ広さを思い知ることになるのだが。フランスのラ・ロシェルの近く、海辺の町、夫の母親が現在暮らしているところに滞在する。あなたたちの結婚式は遠すぎて、と彼女は言い、糊の利いた白いリネンの服を着て、子どもたちの頬に乾いたキスを授ける。あなたの知るかぎり彼女はずっと同じ使用人を雇っていて、北アフリカ出身のその女性が、さながら妻のように掃除をし、料理をし、買い物をする。現代の奴隷とも言うべきその女性が目に入るたびに、あなたは憤慨すると同時にうらやましくてしかたがない。

子どもが幼い間は試練の連続だ。とにかくしつこい！　お馬さんごっこを延々とねだる。父親が玄関から入ってくるたび、奇声をあげて駆けていく。夫は子どもたちを勢いよく抱き上げるが、気がつくとあなたには頬への疲れたキスしか残されていない。時差ぼけにやられて本人はキングサイズのベッドに倒れ、荷を解く作業はあなたに残される。ずいぶん時間が経《た》ってから、夫のスマホから漏れる明かりでふと目を覚ますと、青白い光が彼の目の中でぼうっと輝いている。彼の切羽詰まったリズムに合わせてベッドがくぼむ。あなたにとっても、なにかしら感じるものはある。疼くような悲しみ、ひと筋の光ほどの欲望。たとえあなたが夫の名をささやく間もなく彼が身を震わせてうめき声を発し、やがてそれがいびきに変わったとしても。

気がつくと月日はあっという間に過ぎている。子どもたちの年齢は二倍になったかと思うと三倍になる。息子が五歳になったかと思うと娘は十歳になり、息子は十五歳になっている。夫の頭はすっかり禿《は》げたが、それでも女たちは彼のざらついたあごと厚い胸板にうっとりする。家の外、寝室の窓の下から、夫が静かに悪態をつく声が聞こえてくる。その同じ朝、あなたはクロゼットの奥に積み上げられたなにかを発見する——忘れていた古い日記、小恥ずかしい熱い言葉で埋めつくされたあのノートだ。

そこに綴《つづ》られた支離滅裂のたわごとのような物語に呆然《ぼうぜん》と見入るあまり、電話が鳴っても受話器を取らない。留守番電話から母の声が立ち昇り、父が亡くなったことを告げる。感覚が麻痺《まひ》する一方で、なにか綱を解かれたような、これまで自分をつなぎ留めてきた見えない紐《ひも》を放されたような感じがする。葬儀を終えて町の赤信号で止まった際に、夫の手のひらがあなたの膝をストッキングの上から包みこむ。続く言葉を聞いてもなお、あなたは夫が慰めてくれているのだと信じている。

〈みんなでここに移ったほうがいいかもな。お義母《かあ》さんのために〉

絶対にあそこへは戻らない、かわりに毎晩必ず母からの電話に出る、とあなたは自分に誓う。母が口にするひとつひとつの小さな話はそれなりに意味をなすものの、すべてをつなぎ合わせてみるとひどく奇怪だ。夫がまるまる一か月半家にいる。四六時中家にいるおかげで、あなたの日課はことごとく変則的になる。母の家に引っ越す話が出るたびに、あなたはそれを却下する。彼はまるで、その綱渡り的な策によってあなた自身が救われるかのような言い方をする。そのくせ細っていく仕事、未払いの住宅ローン、離れていく互いの距離について話そうとすると、いかにすべてを避けることか。

まずはようす見、と家を売りに出してみる。ほかになにができるというのだろう。いちばん高いまずまずの提示額を受け入れて、これで〝自由になった〟という夫の言葉は聞き流す。息子に告げると、いまやあなたと同じ背丈になった彼は拳を握って唇を歪め、まるで小さな火種をほおばっているかのようだ。娘は自室のドアをバタンと閉めて、乾いた振動の外にあなたをひとり取り残す。ドアに耳を押し当てると、中等学校のボーイフレンドに電話でしくしく話す声が聞こえてくる。あなたがその彼に会うことはけっしてないだろう。

実家に戻った最初の数週間は試練の連続だ――それでもなんとか持ちこたえる。不規則に広がる古い家はさながらサーカス小屋のようで、母の混乱ぶりはこれまでにないグロテスクな様相をおびてくる。たとえば子どもたちの名前をうまく言えない。日によっては自分のほうが子どものような振る舞いをする。ある寒々とした冬の夜、母がふらふらと家を出ていくが、キッチンの固定電話がいきなり大音量で鳴り響くまであなたは母がいないことに気づかない。電話の主は都会ふうの話し方をするカップルだ。かつて近所に住んでいた一家の土地を買ったのだろう。急いで駆けつけ、車のヘッドライトを頼りにあたりを捜すと、母は一人で松の林の中にいる。どっと安堵《あんど》の念が押し寄せる。どんどん小さくなっていく母は、苔《こけ》むしたようなキルトを肩にはおり、息子の汚れたスニーカーを悪臭漂うミトンのように両手にはめて、くるくる回っている。

母を介護施設に入れて毎日訪ねる。それでもなお、あなたが部屋に入るたびに母はそわそわとして落ち着かない。少し休もう、今日は行かない。一日、二日、そして一週間が過ぎる。久しぶりに訪ねると、母は通りかかったスタッフの腕をつかむ。そして制服を着たあなたの知らない相手に、この人はいったい誰、とあなたのことを必死に尋ねる。

夫は散発的な仕事を引き受けて、東海岸を行ったり来たりする。レキシントンへ、フロントロイヤルへと車を走らせ、車のないあなたは放置されて立ち往生する。彼は人物のポートレートや祭りや結婚式の写真を撮るが、どれも個人の単発の仕事ばかりだ。とうとう彼はカメラをしまいこみ、ぼくはもともとジャズが好きだったし、とあなたに告げる。彼はあなたの最後の貯《たくわ》えを使い、町のショッピングセンターにこぢんまりとしたレコード店をオープンする。

子どもたちはあなたの母校の高校に通う——かつてあなたが脱出を画策したあの教室に。子どもたちは日々成長し、あなたとのつながりは日々薄れて、一日におけるあなたの自由時間はどんどん長くなる。ある雨の降る春の朝、夫を店に送り届けたのち、あなたは仕事の応募用紙をがさがさとかき集める。娘のために、と自分に言い聞かせるものの、実際に娘に見せることはない。資格らしい資格もなしに、ここでいったい何ができるというのだろう。大学さえ卒業していないのに。事務員？　秘書？　またウェイトレスをやってみる？

あなたは野生化した母のツツジの根をわらで覆う。子どものころにあなたを養ってくれた菜園を甦《よみがえ》らせる。物置小屋の裏で見つけた線路の枕木を利用して、花壇をこしらえる。横のポーチでランチを——白パンとトマトのスライスを——食べていると、自然にたらした髪が肩をこすり、あなたはそよ風に顔を向ける。

次に介護施設を訪ねると、母が車椅子に座ったままぴょんと跳ねる。恐ろしいほどの力であなたをつかむので、自分を育てたその女性を、あなたはたったいま初めて見たような気がしてくる。手紙があるのよ、家に、と母が言う。孤独で禁欲的だった父が、その昔あなたに宛てて書いた手紙があると言う。〈必ず見つけ出すと約束して〉と、いまもあなたを強くつかんだまま母が言う。その曇ったまなざしをあなたは見つめ返す。温かい吐息が霧のようにあなたの顔にふりかかる。

引き出しという引き出しをくまなく探し、収納ケースをひっくり返して、部屋はずっと散らかりっぱなしだ。手がかりのないまま何日も探し続けたすえに、自分は信じたいのだ、とあなたは認める。ベッドに入り、黄土色のランプの明かりの中で、あなたは溶けゆく氷河とヨーロッパに押し寄せる難民の波についての記事を読む。いったいどうしたのかと夫に問われ、あなたの古傷が一瞬きらめく。夫の顔をじっと見つめて訴える。〈わたしをここから連れ出して〉いったいどこへ行くのか、具体的にはわからないのだけれど。夫はフランス語で答えるが、早口すぎて聞き取れない。もう一度繰り返すように頼むと、夫は手を伸ばし、その手があなたのそばを通り過ぎる。カチッと鋭い音がして、部屋は漆黒の闇に包まれる。

夫と永久に別れたのち、あなたは応募用紙に一枚一枚名前を書く。正式な就業経験も身元証明もなく、またしても法律上の名前が必要になる。これまでずっと変更すると自分に誓ってきたものの、なにをいまさらという気がする。新しくできたスーパーマーケットチェーンのウォルマートをそそくさとあとにしながら、三つのレジでそろって外国訛りの若い女たちが働いていたことについてはくよくよ考えないようにする。エチオピアから来たのだろうか。それともエジプトから？　こんななにもない丘のふもとの田舎町で、いったいどうやって地元出身の自分よりもいい仕事にありついたのだろう。食料品の入った重い袋を両脇に抱え、あなたは泣かないように自分をつねる。大人になりかけた子どもたちは、心ここにあらずでそばを歩いている。娘は高校二年、息子は最終学年で、もうすぐ州外の大学に進学する。どちらも手にしたスマホに目は釘《くぎ》づけで、あなたはそれが気にくわない。ヨーロッパに戻った子どもたちの父親が、連絡用に買い与えた。

まっすぐ前を向いて歩き続けると、後ろから声をかけられる。「バージニア！　バージニア！」あなたが歩みを速めても、声はどんどん近づいてくる。「ジニー！　信じられない、こんなところで会うなんて！」あなたの胸にまっ赤な熱がみるみる広がる。女はかつての知り合いで、血色のいい顔は経年とともにふくらんだいまも充分にきれいだ。あなたは体をひねるなり、さっと両手を振り上げる。食料品の入った袋が足元にどさりと落ちるが、かまわない。ありたけの声でわめきながら突進する。「わたしの名前はバージニアじゃないのよっ！」その女が抱いている孫、わが身を盾にしてあなたからかばおうとしている孫の、ガラスのようになめらかな顔にむかって声をとどろかせる。わなわなと震える息をどこまでも吸いこんだのち、あなたは勝手気ままな自分の子らの腕をぐいと引っ張る。車のドアをバタンと閉め、急ハンドルを切って発進すると、ガソリンが燃焼する際のいやな匂いが立ち昇る。バックミラーでその場の光景を目に収める――ぽかんと開いたいくつもの口、涙を浮かべた娘の目、そしておよそ買い直すことのできない食料品。

母の話が本当で、それがもうすぐ見つかることを、父の手紙が出てくることを、あなたは確信している。古い収納箱、父が先祖から受け継いだカビだらけの箱の中に、手紙の束は眠っているに違いない。それらの手紙のひとつひとつが、ばかのひとつ覚えのような頑固な憧れについて語り、ひとつひとつにあなたの住所が手書きでしたためられているに違いない。〈バージニア〉、と洗面所の曇った鏡に向かってあなたは認めるだろう。そこに映ったあなたはずんぐりとして、手の甲には加齢によるしみが点々と咲いている。鏡をじっと見つめながら、時間があまりにあっという間に過ぎていくことに、この世に刻まれた自分の痕跡があまりに浅いことに、あなたは愕然《がくぜん》とするだろう。

大丈夫、また始められる、とあなたは自分に告げる――時間はまだある！　こんどはアジアの高地でトレッキングに挑もう。南極大陸を船で訪れ、広大な氷冠が涙を流すさまをこの目で確かめよう。アフリカを訪ねて、大地を駆ける最後の野生のゾウの群れを追いかけよう――彼らには秘密の言語がある、と前に読んだことがある。超音波を利用した、クジラの歌のような言語が。彼らのために鎮魂歌を歌い、砂埃にキスをしよう。わが耳を大地に当て、慎《つつ》ましく耳を澄ませよう。

なにか甘いものを

SOMETHING SWEET ON OUR TONGUES

ぼくらはむちゃくちゃ早い時間に車から降ろされる。母親たちがシートにぐんと身をのり出し、ぼくらのほっぺを爪でかいて眠気をはがすと、がさがさのキスみたいな感触がする。車が去ってぼくらは校舎に向き直り、両開きのガラスのドアをおでこで押す。鍵はまだ開いてない。そこでぼくらは待つ間、リュックを蹴ったり道路に面した学校の看板に石を投げたりして時間をつぶす。「知識は力なり。ジョン・ヘンリー・ジェイムズ小学校」

続いてぼくらはスクールバスからあふれ出し、大音量で鳴らしっぱなしのテレビみたいな騒ぎを繰り広げる。運転手の脅し文句は気にしない。どうせ名前はばれてない。そうして広い中央廊下をのびのび行進するぼくらだけれど、つま先だけは前の日よりも窮屈だ。母親にはぼやかれる。〈まったく雑草みたいに伸びるんだから。ちょっとは考えてくれないと、これ以上どうすればいいんだか〉

ぼくらは十歳。学校ではすでに最年長で、教師への挨拶も心得ている——フードをかぶってひたすら無視。そうして押し合いへし合い朝食の列に並ぶと、頭に浮かんだ疑問をはばかることなく口にする。〈リチャード・ロードリーのやつ、なんであんなに本を持ち歩いてるんだろな。結末のパターンなんてそんなにいくつもないだろ？　アリヤとカリヤって年がら年じゅう並んで歩いてくっちゃべってるよな。もしかして腰がくっついてるんじゃないか？　デブのロット・ニーはなんであ

んなにデブなんだ？　まじで、本気で。毎晩はんぱなく食ってんだろな〉

　ぼくらはロドニーの名前を〈ロット・ニー〉と二つの単語みたいに分けて発音する。なにかが腐る《ロット》みたいに〈ロット〉と言って、それに〈膝《ニー》〉をつけ足す感じ。

　メルヴィン・モーゼス・グリーンが列につっこんできて、むきむきの腕を三角にしてデブのロット・ニーの頭に巻く。そしてロット・ニーの首のうしろの素肌がのぞいている部分をバシッと叩《たた》く。デブのロット・ニーがよろめいてトレイを前に突き出し、フルーツカクテルと牛乳がゆらゆら揺れる。痛みのせいで目は潤んでいるくせに、ロット・ニーはへらへらしている。自分たちは仲良しで、たんにじゃれ合っているだけだ、みたいなふりをして。

　メルヴィン・モーゼス・グリーンもぼくらと同じクラスで、みんなにはモーゼスと呼ばれている。明るい褐色の肌をした彼はほかの生徒より頭ひとつ分背が高く、体育館でも廊下でもとにかく目立つ。見るからに強そうだし、太腿《ふともも》はフットボールのように硬く、上腕は大きく盛り上がっている。大勢の男きょうだいの末っ子で、彼らは夕方に父親が出かけたあとは絶対に家から出ない。モーゼスは上階の男子トイレでぼくらのことを兵士《ソルジャー》と呼び、シャツをめくれと命令する。言われたぼくらは脇を締めて固く目を閉じ、胸やおなかに飛んでくる一撃に備える。それから回れ右をして背中を差し出し、腎臓のあたりを強打されてうっと声をもらす。モーゼスは冷静かつ慎重に、ぼくらになにかを教示するみたいに一撃をみまう。ぼくらの目には液体がこみ上げ、まつげに溜まる。それからぼくらは息を吐いて、にっと笑う。

　母親が病院や少年拘置所で働いていて夜勤のシフトが入ったりすると、ぼくらは大遅刻をする。

どんなにがんばって起こしても母親が起きないこともあれば、目を覚ましたら家の中にも外にも誰もいないこともある。角を曲がるとスクールバスの後ろ姿が見えて、ぼくらを残してどんどん小さくなっていく。年少の弟や妹たちが〈どうすんの?〉という目で見上げてくる。

遅刻をしたら職員室に寄っていかないといけない。教頭から厳重注意を受け、カウンセラーには〈家でなにか困っていることはない?〉と訊《き》かれる。それから事務員にピンク色の遅刻届けを渡されて、廊下で誰かとすれ違うたびにそれを掲げる。話しかけないで、説教はもうくらった! みたいな感じで。たとえ数分の遅刻でも、教室へ入る際には閉じたドアに阻まれる。自分がいなくてもすべてはいつもどおりに始まるのだ、とガラス越しにぼくらは悟る。ここ以外のどこかにいたかった、自分も中にいたかった、と思えてならない。

〈起立、国旗に注目、手は胸に〉校長の合図で、ぼくらは前日モーゼスに強打されて疼《うず》く部分を押さえつける。そして忠誠の誓いをぼそぼそと、口パクで、あるいは一言一句はっきりと暗唱する。着席が認められるのはシェリダ・スミス、ピンクのリボンが頭に何個も咲いている明るい肌の色をした女子だけだ。シェリダはぽっちゃりした頰を机に当てて白目をむき、自分はいまゾンビ顔ゲームで勝つところなんだ、みたいな表情をしている。シェリダが糖尿病で、ちょっとした不調でも保健室に行かなければならないことはクラスの全員が知っている。しかもシェリダは九月に母親を亡くしたばかりだ。母親が死んだとなれば、たいていのことは見逃してもらえる。

忠誠の誓いの間、ぼくらはリチャード・ロードリーにもチェックを入れる。彼のことはロード・リチャード、つまりリチャード卿と呼んでいる。その後起きる出来事、自分たちのしでかすことについては、まだ知るよしもない。リチャード卿はいつも本を山と積み重ねて持ち歩いている。つやつやのハードカバーに、ソフトカバーの分厚いサイエンスフィクション。彼の一家はアフリカから船でやってきた。たぶんどこか埃《ほこり》っぽい飢えたところ。そうでなければわざわざこんなところへ来るわけがない。彼の肌に触れないよう、ぼくらは体をすくめてよけ、木琴演奏にのせてハミングするようなファンキーなしゃべり方をからかう。忠誠を誓う間、リチャード卿は太古の祈りでも唱えるみたいに誓いの言葉をつぶやいている。日によっては貧相な胸をぴんと張り、額にぴしっと片手を当てて踵《かかと》をぴたりと合わせ、最敬礼のポーズをとることもある。〈ちゅうもーく！〉と自分で言ったかと思うと、おなかを抱えて笑いだし、黄色い歯の隙間から笑い声がこぼれてくる。それが始まるとぼくらも堪《こら》えきれずに笑いだし、教師までいっしょに笑いだす。彼はときどきぎゅっと目を閉じ、白人の女の人が踊るみたいに腕を左右に揺らしている。その顔をうっすらとよぎる笑みからして、いつも持ち歩いている本に出てくる甘い大冒険のことでも思い出しているんだろう。彼の頭の中で言葉がむくむくと湧き起こり、戦いを繰り広げて勝利する場面をぼくらは思い浮かべる。教師はみんな、リチャードが〈どこかへいっちゃった〉と言う。

ぼくらはプリントの文章を読んで問いに答えるように言い渡される。そこで算数の式を解き、いくつかは当たっているんだけど、絶対に教師には見せない。ぼくらは校庭でれんが色のボールを投げ、ボールがリングの網をくぐるとみんなでおーっと沸く。投げたボールが建物の梁《はり》に引っかかると、みんなでうーっとうめく。ぼくらは電動鉛筆削りに鉛筆をつっこみ、機械をわざとウィーンと鳴らす。かすかな煙に含まれる鮮烈な金属臭を味わう。どれだけ強く押しこめば壊れるだろうかと考えながら。

ぼくらは腿をぎゅっと締めて、トイレに行かせてほしいと懇願する。ぐるりと目を回す教師に、声を大にして訴える。〈もれちゃうよ!〉ようやく許可を得たぼくらは、大股歩きでいちばん遠くの廊下を曲がる。それからのんびり歩いて階下のトイレで用を足し、染みだらけの天井パネルにちびた鉛筆を投げて突き刺すうちに、頭に埃が降ってくる。やがて教室に戻ったはいいが、またしても閉じたドアに行く手を阻まれる。覚悟を決めてえいと押すと、白い平らな壁にドアノブがバンと当たって穴が開き、みんなが笑う。すぐに教師に助けを求めるが、教師はほかの生徒で手いっぱいだ。

教師はがりがりに痩せているか、しかめ面をしているか、そうでなければぽっちゃりとして、口紅を塗った口でにこにこしている。プリント地のワンピースを着て、椅子の背にカーディガンをかけている。教師の机に置いてあるフレーム入りの写真を手に取ると——ピンク色の顔をした夫とぽっちゃりした色白の子どもたちが海を背景に写っている。するとぼくらの頭の中に、父親に連れられて五番通りのガソリンスタンドへ行き、助手席で待たされているときのことが思い浮かぶ。ガソリンを入れている父親が、ふと気づくと開いた窓からこっちを見ている。愛してるからな、ぼうず、愛してる、愛してる……みたいな表情をして。〈ママに優しくするんだぞ〉と父親たちは言う。〈強くなるんだぞ、いいな?〉

ぼくらはお口さわやか、歯はぐらぐらで、べろはすぐに前に飛び出す。〈おまえの母ちゃんドブス〉そう言ってぼくらは拳を構える。〈黙れこの〉とぼくらは返す。〈おまえの頭、チェロキー族の太鼓みたいにぼこぼこに殴ってやるからな〉授業ではバージニア植民地の単元をやっている。

教室の隅でデブのロット・ニーがリチャード卿を煽《あお》っている。リチャードはかまわず膝にのせた本をじっと見ている。〈おまえ、ほんとデブだな〉とロット・ニー。実際にはリチャードはがりがりに痩せていて、見ているだけでもひもじくなるぐらいなんだけど。〈おまえ、デブすぎておっぱい出てんじゃん。女みたいにブラジャーしろよ〉ぼくらはロット・ニーを上から下までしげしげと眺める。ふんわりとカールして凝乳のように浮き上がった髪、たれ下がった胸。ぼくらはやれやれと首を振り、堪えきれずに笑いだす。

するとロット・ニーも笑う。みんなでいっしょに笑っているんだ、みたいな感じで。

気がつくと、サポートで入っているよく知らない教師がそばに立ちはだかっている。

〈人の勉強を邪魔するんじゃありません〉教師が言う。

〈自分の席に戻りなさい。いま、すぐ〉

〈誰かれかまわずちょっかいを出すのはやめなさい〉

昼には発泡スチロールのトレイにのった無料か割引の給食がある。ぼくらはいちごのパフェとビニール袋に入った硬い梨、それにドレッシングに浸かったレタスのざく切りサラダを落とさないよう、トレイの上でバランスを整える。これでとにかく食べられる、と思うのもつかのま、食べたあともやっぱりおなかはぺこぺこだ。

マテオが開けたばかりのトルティーヤチップスの袋を見せびらかすので、ぼくらは必死に手のひらを突き出す。〈いいじゃん、おまえもう充分に食っただろ！〉その後ぼくらは、指についた燃えるように辛いスパイスをきれいになめる。袋を細かく刻んで前歯に巻けば、よく親の兄弟なんかが歯にかぶせている銀のアクセサリーのできあがりだ。昼休みの校庭で、ぼくらはラトレルにバイバイと手を振る。校庭の隅にあるドーム形ジャングルジムの接合部に三つ編みがからまったそいつは、本物の刑務所に入っているみたいだ。キーキーときしむぶらんこからアリヤが落ちて胸を強打し、ぼくらもいっしょに息をのむ。きっと肺の空気が全部抜けたに違いない。アリヤはフェンス近くのマルチシートに仰向けに寝転がり、そばでカリヤがわんわん泣いている。〈息をして、お願いだから息をして！〉

メルヴィン・モーゼス・グリーンが茂みのそばの人目につかない場所にぼくらを集めたのはその日だった。彼はくすんだグリーンのジャージを着て背筋をぴんと伸ばし、ぼくらの不揃《ふぞろ》いな列の前を行ったり来たりした。〈おまえらみんなソルジャーだよな？〉モーゼスが歌うように言ったとき、できればぼくらは〈アーメン〉と答えたかった。けれどもぼくらは肩をぴんと張って姿勢を正し、太陽から雨のように降ってくる火の塊を頭に浴びていた。モーゼスはむきむきの腕をぼくらに向かって突き出したかと思うと、胸の前でさっとクロスさせ、Xの文字を作った。あるいは盾のようにかまえた。〈おまえらみんな戦士《ウォリアー》だよな？〉モーゼスの声がとどろいた。いまにも爆発しそうなパワーと緊迫感に満ちている。

〈そうです！〉喉を絞められたような甲高い声でぼくらは答えた。

答えながら、ぼくらは眠れぬ夜にテレビの深夜番組で見た泥まみれのコマンド部隊を思い浮かべた。あるいは通りの角にたむろしている年上のいとこや若者たちの落ち着きのない手を思い浮かべた。そうして鉛筆みたいに細い腕を貧相な胸の前でクロスさせながら、忠誠の誓いのときに国旗に向かって敬礼するリチャードのいっちゃった顔を思い浮かべた。胸元が汗ばんできたので、ぼくらは風を求めてTシャツの襟を引っ張った。

〈おれが合図を出したら〉とモーゼスが言った。〈おまえらどうすればいいかわかってるな〉

ぼくらはわかっているかのようにうなずいた。

昼休みのあとはたいてい図工か体育か音楽だ。ところがぼくらがぞろぞろ中へ戻ると、その日は読書の時間だった。階段の上に学校司書が立ち、手すりをぎゅっと握っていた。〈あなたたちのほとんどが本を借りっぱなしです〉のろのろと近づいていくぼくらに司書は言った。〈本を返していない生徒は、今日は新しい本の貸し出しはできませんからね〉

口をしっかり閉じて閲覧テーブルのまわりに座るように、と司書は言った。

ぼくらは散り散りに低い丸テーブルのもとへ向かった。エアコンの風が勢いよく吹き出して、顔と首の汗が引いていった。頭の中で静けさがボールのように弾んでいた。そうやって待機しながら、モーゼスはどこへ行ったんだろうと思いをめぐらせた。故国にいたころは一日一食しか食べなかった、とリチャードが転校したてのころに話していたのは本当だろうか。保健室に行くと保健師がいつも甘いものをくれるというシェリダの話は、ぼくらをおちょくっているだけだろうか。グラハムクラッカーや紙パック入りのジュース。ときにはジョリーランチャーのキャンディーをひとつかみ。急がないと手が震えてきちゃうのよ、とシェリダは言う。頭ががんがんしてきて、横になったまま何時間も起き上がれなくなっちゃうの。ときどき猛烈におなかが空《す》いて、そうなるとなにをどうやっても収まらないのだと彼女は言う。前に一度、まだ母親が生きていたころに、病院にかつぎこまれたこともある。その底なしの空腹が彼女をどこか遠くへ連れ去ろうとしているとでもいうように。

ぼくらのまわりで疑問と静けさがわんわんとこだまし始めた。沈黙を埋めるために、ぼくらは小さな音をたて始めた。おでこを近づけてひそひそしゃべった。ぼろぼろになった雑誌のページを引ったくった。

〈お口は閉じて〉司書が言った。

ぼくらは小声でしゃべり続けた。

リチャード卿は本をちゃんと返したか、そうでなければ特別扱いなのだろう。図書室の中をぐるぐる回りながら、おそらくすでに読んだに違いない本の角に両手を滑らせていた。〈お口は閉じて〉リチャード卿が宙に向かってつぶやいた。

続いてぼくらはハミングを始めた。最初は誰かひとりが始めたにすぎなかったが、そのうち全員の喉が無言で震えだした。女子までいっしょになってやっていた。淡いピンクのリボンの下で、シェリダまで。ハミングはみんなが知っている曲になった。ラジオで昼も夜も流れている曲。みんなで声をひとつに合わせ、押し殺したアンセムが図書室のオープンスペースに広がった。舌がぴくぴく震えても、あごはいっさい動かさない。ひたすらじっとさせている。誰が歌っているのか、司書には確信がもてなかった。〈しーーーっ〉と言いながらテーブルからテーブルへぎくしゃくと歩き回った。

誰かが咳《せき》をし、みんなが咳をし始めた。喉が乾いてむずむずしてくるのだから当然だ。

〈静かにしなさい。先生は本気ですからね〉司書が言った。

〈だって咳はしかたないじゃん〉デブのロット・ニーが言い返し、みんなが笑った。

笑って咳《せ》きこんでハミングするぼくらのそばを離れ、司書が部屋を突っ切って貸出管理用のコンピュータのもとへ向かった。ロット・ニーの顔がぱっと輝いた。

ロット・ニーが歌いだしたのはそのときだ。みんなでハミングしている曲に歌詞を添えて大声で歌い始めた。ロット・ニーの澄んだ声に、みんなも続いた。本を借りようとしていた二、三の生徒まで。書架を見て回ってもいいと言われた生徒まで。

〈やめなさい、ロッド、ニー!〉司書が命じ、ロドニーの〝ド〟の部分で舌が一瞬止まったせいで、なんだか別の名前に聞こえた。それでもロット・ニーがやめないので司書が足早に近づいてくると、ロット・ニーはすばやくテーブルの下にもぐり、そのまま大きな声で歌いながら反対側から出てきた。

司書の口がぽかんと開いた。全員をにらんでいるが、言葉はひとつも出てこない。

ちょうどそこへ、どこからか戻ってきたメルヴィン・モーゼス・グリーンが入ってきた。モーゼスはすぐさまぼくらの歌とリズムに合わせて体を揺らし始めた。彼は近くのテーブルに飛び乗ると、その歌のビデオクリップの動きを軽く再現してみせた。足元でテーブルが跳ねて細かく揺れたが、波乗りの要領で切り抜けた。ぼくらは思わず囃《はや》したてた。
ほころびだらけの危うい静けさを学校司書が本当の意味で自分もいっしょになってぶち壊したのは、そのときだった。まっ赤な顔で両目をむいて振り返ったので、全員がその顔を目撃した。〈大声を出すんじゃありませんっ！〉司書は大声でどなりつけた。〈大声もそれ以外も全部やめなさいっ！　なんて悪い子たちなのっ！　次から次に問題ばかり起こしてっ！〉
〈大声を出すなって、よく言うよ〉ぼくらは抗議した。〈自分のほうこそ大声じゃん〉
司書はぼくらの抗議を無視してモーゼスのもとへ駆け寄った。モーゼスはいまもテーブルに立ち、にやにやしながら足を踏み鳴らして踊っている。〈下りなさい！　危ないでしょう！〉司書はすがるように訴えたが、メルヴィン・モーゼス・グリーンに動じる気配はない。〈職員室へ行きなさいっ〉司書は言った。〈いま、すぐ！〉
〈なんでモーゼスにだけ言うんだよ〉ぼくらは抗議した。〈みんな席を離れてるのにさ〉
〈いま、すぐ！〉司書は叫び、引きずり下ろそうとしたのか、それとも落ち着かせようとしたのか、モーゼスの腕をつかんだ。その手がモーゼスに触れた瞬間、ぼくらの歌はぴたりとやんだ。ぼくらの声は喉の中でひからびた。司書の手が触れた瞬間、モーゼスは砕けて飛び散るかに思われた。
彼はさっと腕を振りほどくなり、テーブルから勢いよくジャンプして、バシッと床に着地した。続いて腕の筋肉がふくらんだかと思うと、さっきまで自分がのっていたテーブルをつかんでひっくり返した。それから彼は、くたびれたグリーンのジャージに覆われた胸を前に突き出し、司書に向かって突進した。両手は拳に握られていたが、むきむきの腕はさっと体の後ろに引っこめた。どれほどその司書を殴りたいと思っているかが、ぼくらにもひしひしと伝わってきた。かわりに彼は、近くにあった書架をひっくり返した。本が床に飛び散った。ぼくらはすでに避難していたが、リチャード卿は書架のすぐそばにいて、ジャンプしてよけたときにはまさに間一髪だった。

〈おまえいったいどうしたの？〉リチャードが言った。本当に答えが知りたいみたいに。自分には知る権利があるかのように。

開いた本が足元に散乱する中で、残りのぼくらはひたすら自分のスニーカーを見つめていた。モーゼスは本たちの華奢《きゃしゃ》な背骨を次々と踏んでいった。

司書の声が細くなった。〈職員室へ行きなさい、メルヴィン〉

モーゼスはいまも行ったり来たりしながら、体育の時間に障害物コースを走ったあとのようにはあはあと息をしていた。ぼくらとしてはそばに行きたい気持ちもあるものの、拳はいまも握られたままだし、その威力はいやというほど知っている。司書が壁の呼び出しボタンを押してもなお、モーゼスは出ていこうとしなかった。

教頭とカウンセラーがモーゼスを連れにやってきた。しばらくして、モーゼスはぼくらのもとに帰された。

ぼくらはハミングと咳のせいで疲れてしまった。テーブルの下をくぐったり噛したてたり床を見続けたりして、すっかりくたびれてしまった。教室に戻ってからも、下校まではあと一時間残っている。喉がひりひりして、なにか甘いものが欲しかった。

机につっぷしていたら、ポケットの底に昼に食べたチップスの袋の切れ端が残っているのに気がついた。唾でぬるぬるする表面を指でいじっていると、担任の教師に見つかって捨てさせられた。〈あと五分の辛抱よ〉教師はほとんどうれしそうに言った。〈そうしたらみんな、かばんに荷物をつめて帰れますからね〉

みんな教室を出るのが待ちきれなかった。だからといって本当に帰りたいわけでもない。〈はい、今日はここまで〉担任がようやく宣言し、スイカの皮みたいなグリーンのストライプもようのワンピース姿でドアのそばに立った。〈きちんと前を向いて一言もしゃべらずに並べたら、シールをあげますからね〉

〈なんでいつもおんなじほうばっかり向かせて黙らせたがるんだよ?〉ぼくらは指摘した。〈そもそもなんでそんなダサいシールを欲しがると思うんだか〉じつのところ、シールは欲しかった。担任が片づけてしまったあとも。

そうこうしながらも、ぼくらはかばんに荷物をつめて一列に並んだ。列はドアの手前に立つ担任から始まって、机と机の間を縫うようにして後ろの壁まで続いている。ぼくらはグループごとにかたまって、互いの首に腕を巻いていた。カリヤとアリヤもいつものように手をつないでいた。アリヤの一家は強制退去を申し渡され、週末までにはいなくなる予定だった。不揃いな列のそばをモーゼスが行ったり来たりして、誰かのシャツから首がのぞいていたらぴしゃりと叩いてやろうと片手を上げて狙っていた。ぼくらはくすくす笑いながらシャツの襟を思い切り上に引っ張り、モーゼスがそばを通るときにびくっとしないように気をつけた。

〈列に並びなさい、メルヴィン〉担任が言った。〈今日はもう充分に問題を起こしたでしょう?〉モーゼスはすり切れたジャージの裾を引っ張り、列の中ほどに向かってジャンプした。〈べつにふざけてただけだし〉

ようやく列が仕上がって出発できるかに思えたそのとき、シェリダがぐらりとよろめいて、『ドーラといっしょに大冒険』のホットピンクのリュックサック——ディスカウントショップのファミリー・ダラーで売っているようなやつ——を抱き締めた。額に手を当て、酔っぱらいのようにふらふらしている。〈すみません、保健室に行かないと〉彼女はうめくように訴えた。なんでだよ、とぼくらは思った。ほかの生徒が保健室に行きたいと訴えても、教師はみんな首を振って却下する。ぼくらのことは信用ならない、自分で痛いと思っていてもその痛みは信用ならない、みたいに。〈絶対に嘘《うそ》だし!〉ぼくらは叫んだ。本当に嘘だと思った。〈ぼくらがバスに乗り遅れるのを狙っているんだ!〉

いつもなら教師はぼくらを待たせ、バスの無料乗車券の束を取り出して日付と時刻を記入する作業はあとにまわす。ところがその日は珍しく、シェリダに向かって片手を上げた。〈ちょっとだけ待っててちょうだい、シェリダ〉

シェリダの目が大きくなった。

一歩後ろに下がった。

しゃっくりが始まった。

〈やっぱ行かせてやって!〉ぼくらはたかをくくったことを後悔し、主張を撤回した。〈シェリダ

を保健室に連れてってって！　いま、すぐ！〉

〈いらっしゃい、シェリダ、わたしの後ろに〉担任が言った。

　下校のベルが鳴ると、シェリダと担任はまっ先に教室をあとにし、ほかのみんなもそれに続いた。そうしてぼくらも戸口をまたぎかけたそのとき、目の前にモーゼスが立ちふさがった。その日昼休みにやったように、胸の前で腕を交差させた。ぼくらは周囲を見回して、ほかに誰が残っているかと確認した。どうか自分が事態を呑《の》みこんだ最後のひとりでないことを願いつつ。

　ぼくらの目はロット・ニーを探し当てた。ドアのすぐ手前に立ち、なにかが始まることを察知したかのようにモーゼスを見てにこにこしている。けれどもモーゼスは、ロット・ニーの肩に腕をまわして教室の外に連れ出した。ロット・ニーがいなくなってとまどうぼくらのもとにモーゼスが戻り、片手を上げて指を振った。彼はその指でリチャード・ロードリーを指し、最後尾にじっと立つ彼にぼくらの視線を振り向けた。リチャード自身は、自分はここにはいませんみたいな顔で目を細め、本の文字をじっとにらんでいる。

　ぼくらはごくりと唾をのんだ。理解したのだ。

　てっきりモーゼスが先陣を切るのかと思いきや、彼は〈急げ！〉と命じただけだった。

　リチャードはいまも下を向いている。

　ぼくらのひとりが拳を丸めてリチャードの口に力いっぱい殴りかかり、リチャードの唇がめくれて黄色い歯がちらりとのぞいた。リチャードはうしろによろめいて、〈なんで？〉と言いたげに目を見開き、血にまみれた顔を片手で押さえた。続いてぼくらはいっせいにリチャードに襲いかかった。げんこつで、肘で、膝で、歯で。自分たちがどれほどおなかを空かせているか、そのとき初めて気がついた。人の肌の感触がこれほどすばらしいごほうびに感じられたのは初めてだった。

モーゼスはかかとで立って揺れながらひいひい笑い、人が来ないか廊下を振り返って確認していた。リチャード・ロードリーが倒れても、ぼくらはやめなかった。みんなで寄ってたかってなにかの身支度でもさせているみたいだった。モーゼスに名前を呼ばれて、ぼくらはようやくその手を止めた。ぜいぜいと息をしながら、足元に転がったぼろぼろの少年を見下ろした。血と涙にまみれた顔。ガラス玉のようにうつろな目。ぼくらの口の中に苦みがつんとこみ上げた。続いてぼくらはひとり、またひとりと教室をあとにし、急いで列のあとを追いかけた。

世界の終わり《アポカリプス》に向けて家を買う

BUYING A HOUSE AHEAD OF THE APOCALYPSE

□ ネットの物件リストを毎日チェックすること。

□ 期限は四十歳の誕生日。迫りくる運命の日までに必ず見つけること。

□ 家は投資物件であり状況は総じて好転する、という考えは無視すること。

□ 目標は丘の上の一戸建て。れんが造りの丈夫な平屋か、多少の修理が必要な昔ながらのバンガローハウス。敷地の奥に、通りから離れて建っていること。

□ 可愛い娘はいまもアートスクールに在籍中。よって、リッチモンド郊外の、市街から遠すぎないエリアを探すこと。つまりあなたは今後も通勤に励み、毎朝夜明け前に起き出して、ウィリアムズバーグまでせっせと通い続けることになる。長距離運転は厭《いと》わない。消し忘れた明かりも気にしない。大家が直してくれないのでトイレの水はずっと流れっぱなしだが、それもまた気にしない。

□ 水辺にちなんだ地名（ただし実際には川も池もないところ）は要チェック。アポマトックス通り、ジェームズリバー通り、チェサピーク通りなど。ゲートつきのあの分譲地、守衛のブースがぽつんと立ってストライプもようの遮断機がエントランスを塞いでいたあそこをもう一度当たってみること。頼りなげなその一本の棒が、近い将来、あなた（と可愛い娘）を燃え上がる世界から守ってくれるかもしれない。一般公開のチラシを持たずに訪ねたせいで肌の黒い警備員にあなた自身が立ち入りを拒まれたことは、気にしなくてよい。

□　消費者信用組合ではローン担当のあの女性、くすぶるようなハスキーボイスのあの年配女性をつかまえること。どことなく母を彷彿《ほうふつ》とさせるあの女性。母が『スタートレック』のウフーラを信奉するカロライナ出身の黒人女性ではなく、褐色の肌をしたラテン系だったなら、きっとああいう感じだったに違いない。あなた自身はまっさらなストレートヘアの下に一本だけ、頭皮がむず痒《がゆ》くなるほどきつく編んだコーンロウを忍ばせる。秘めたる思い、みたいな感じで。そしてその女性に、給料が過去最高に上がったのだと伝えよう――その金額が同僚の三分の一にすぎないことは言わなくてよい（あなたは帳簿を預かっているのでその事実を知っている）。四十歳の誕生日が目前に迫っていることを打ち明け、力になってほしいと本気で頼もう。

□　夜中にはっと目覚めたときには、スマホのアプリでクレジットカードの信用スコアをチェックすること。画面をスクロールしてアマゾンの森林火災の状況を確認し、画面をさらにスクロールして、過去二十四時間で何百の種《しゅ》が失われ、焼きつくされたかもチェックする。さらに画面をスクロールして、ショッピングカートの中身、あとワンクリックで発送される商品も確認すること。娘から返信が来ていないか、はるか昔に別れたあなたの夫（娘の父親）がいまも確実に西部にいて、いくつもの州を隔ててあなたの身の安全が確保されているかどうかも要確認。最近の投稿写真、彼の脇に収まった二十二歳の若い女の子の写真をスクロールする。セクシーに尖《とが》らせたサクランボのような唇、つけまつげ、雌鹿のような潤んだ瞳。彼女の目がかつての自分のようにレンズを避け、恐怖の名残《なごり》を映していることにあなたは気がつく。スマホをベッドに放り投げて目を休め、暗い天井をじっと眺める。それからふたたびスマホを手に取り、気を取り直して最初から、更新事項がないか確認すること。

□　ジムのマシンで走りながら、スマホを片手に『ターミネーター2』を何度でも観ること。驚異のヒロイン、サラ・コナー。人類の終わりを淡々と語る猪突猛進《ちょとつもうしん》のシングルマザー。コナーの毅然《きぜん》たる態度、ジャージとまっ白なタンクトップに身を包み、サナトリウムでトレーニングに励む姿を見倣って、マシンのスピードを上げること。「あの女まじでクレイジーだな」鍵を持った介護士はばかにして笑っているが、コナーが差し迫った真の事態に備えていることを、あなた自身は知っている。あなたも黒いサラ・コナーになったつもりで、せめて両目をしっかり見開き、芯から鍛えて、来るべき事態に備えよう。傾斜を上げて、マシンを唸《うな》らせ、さあ、走るのだ。

□　目標は広い排水溝のある丘の上の一戸建て。敷地の奥に、通りから充分に離れて建っていること。塗装のされていない地下室では水漏れ箇所を探すこと。寝室の日当たりがいい家、私道をはっきり見渡せる両開きの大きな窓がある家を探すこと。その窓枠に縁取られた自分の姿を頭に思い描いてみよう。ヨガパンツにフェイクファーのベストをはおり、ビルケンシュトックのサンダルを履いた戦う女神。ショットガンのなめらかな銃床を肩にのせ、敷地に侵入してくる飢えたならず者どもに狙いを定める姿を。

□　赤いスーツを着た不動産会社の担当者に、キッチンタイルの隅に密かに広がるひび割れについて確認すること。塗装の剝げかけたシャッターについても要確認。鉛は含まれていないだろうか？その他もろもろの欠陥に免じて、売主が値下げに応じる可能性はないだろうか？　地下室の隅でクモの巣にまみれてきらきらしているあの発電機も、おまけにつけてくれないだろうか？　薪《まき》ストーブや重力式の雨水集水システムなど、天然資源を活用できる物件を探していると伝えること。ただし、現在借りている地下の部屋にはじわじわと水が溜《た》まってくるにもかかわらず大家に着信を拒否されている件については、黙っていること。東側の壁を水滴が小川のように流れていることも、花のように咲いたカビが鼻の中まで侵入してくることも。おかげであなたの体は浮き上がり、鼻が天井につきそうになったところで夜中にはっと目覚めることもある。

□ 読書用メガネとデンタルフロスと紺色のキャップのワセリンを備蓄すること――滅亡の危機に向かうからといって、文字が読めず歯が抜けて肌がかさついてもかまわないわけではない。トイレットペーパーと弾薬、そして娘が九歳のころに大好きだったあのパステルカラーの甘いシリアルも忘れずに。緊急避妊薬を（可能なうちに）買いだめし、菜園には有毒性のナスの花《ナイトシェイド》と白い夾竹桃《ホワイト・オランダー》、そして薬用に使えるアカニレを植えること。緊急時中の緊急事態に備えるために。群衆が押し寄せて玄関のドアを叩《たた》いたときに、あなたは寂しさと人恋しさのあまり、つい駆け寄って中に入れてしまうかもしれないから。

□ 父の蓄音機を探し出し、古いハンドルを回してみること。埃《ほこり》をかぶったレコードから、やがてゆらゆらと音楽が立ち昇る。父のエラ・フィッツジェラルド、父のビリー・ホリデイ、父のアース・ウインド＆ファイアー。レイ・チャールズといっしょに「カントリー・ロード」を口ずさみ、ただの一度も自分を温かく迎え入れてくれたことのない故郷を想う父の不条理なノスタルジアを真《ま》似《ね》てみよう。父の両脚が萎えて枯れるまで放置した退役軍人病院。胴枯病《どうがれびょう》にかかった切り株のような切断後の脚、熱けいれん、澱《よど》んだ水を思わせる悪臭。病室を訪ねるたびにあなたは大きく息を呑《の》み、部屋を出ると同時に浅く息を吐き出した。
□ 可愛い娘の粗悪な水彩画用紙、少しずつ揃《そろ》えたあなたの裁縫道具、母の錆《さ》びたピンキングばさみをまとめること。それらがどうやってまとまっていたのか、不規則な形がどうやって互い違いに収まっていたのか、頑張って思い出すこと。闇の中ではっと目が覚めたら、まっ先に深刻な亀裂が生じるとすればそれはどこかを予測すること。あと少しの間、どうやって危険から身を潜めるかについても思いをめぐらせること（娘から返信があるなら娘についても）。
□ 床板には広葉樹が使用され、庭には広葉樹が生い茂って、蔓《つる》の這《は》うあずまやがあること。菜園には滋養に満ちた日が差すこと。手近な蛇口を回してみること。水がお湯になるまでにどれくらいかかるだろうか？
□ 可愛い娘の初の展覧会のレセプションに遅刻してすまなかったと謝ること。たとえ渋滞でどうにもならなかったにせよ。たとえ娘は「大丈夫」と請け合ったにせよ。十九歳になったいまも娘の頬は赤く丸みをおびて、黒のタンクトップと裾のほつれたショートパンツから突き出た手脚は落ち着きなく揺れている。明るく澄んだ褐色の肌はあなた自身の肌より黒く、髪は先のほうだけ別の色に染めている。大ざっぱな分け目と左右に突き出た二本の三つ編みは、まるで黒い長くつ下のピッピだ。娘の古い投稿写真に目を通し、希望の兆しを探すこと。紙を縫い合わせた彫刻、揺れるインスタレーション。写真はもう何か月も更新されていない。
□ 火の起こし方と傷口の洗い方、皮と内臓の処理の仕方を覚えること。かつて生きていた小さき物への感謝の祈りも覚えること。昔ながらの護身術、一連の型を、ダンスのように練習すること。

別れた夫が珍しくショックの表情を見せた、あの技を思い出そう。ときには暴力を逆手に取り、状況を覆すことも可能なのだ。とはいえ、かつての技はその種の技とは性質を異にするのだが。人生最後のそこそこの日々を、サラ・コナーのようにクレイジーに過ごすのか、それとも窓明かりの灯《とも》るハノーヴァー通りで人々がいまも謳歌《おうか》する浮かれ騒ぎに与《くみ》するのか、自分に問いかけてみること。

□　髪はなるべく早く自由にしてやること。産地直送品店の棚が空になり、職場の入口にシャッターが下りたらすぐにでも。娘と同じ三つ編みでもいいし、七〇年代のアンジェラ・デイヴィスの指名手配写真ふうのこんもりとしたアフロヘアでもかまわない。軍放出品の苔《こけ》色の靴下を履き、ビルケンシュトックの合皮サンダルを履くこと――なぜならもう……いいからそうすること！　なぜならもう、あなたはほとんど自由の身なのだから。アメリカオオミズアオのタトゥー、あの黒人の青年が施術室であなたの心臓の上に彫ってくれた美しい蛾《が》に手を当てて、ひりひりと焼けつくひとつひとつの細かい線を彼が彫ってくれたときのこと、やがて仕上がった絵がキリストの手で死から甦《よみがえ》ったラザロのごとく、息吹を得たときのことを思い出そう。

□　選挙に行くこと。ただし救いは期待しないこと。

□　デモ行進に参加すること。ただし救いは期待しないこと。

□　神に祈ること。ただし救いは期待しないこと。

□　かつての夫との若すぎた結婚、現在の娘よりも若かったころの結婚について、娘に赦《ゆる》しを乞うこと。あなたに愛を誓った夫があなたの首にまっ赤な痕を残す、そんな世界に娘を送り出してすまなかったと謝ること。幼いころのかくれんぼのような暮らし、白カビやタバコの匂いの染みたソファーで眠った日々、長距離バスのターミナル、自動販売機ですませた食事の数々。だがこうして思い返してみると、すべては一種のトレーニングであったような気がしないでも……。

□　祈りとデモ行進と投票と仕事に向き合うのが遅すぎたこと、そのための努力が足りなかったこと、そのせいで娘に家を——彼女をかくまい支えてくれる緑豊かな野趣あふれる家を——与えてやれなかったふがいなさを詫《わ》びること。

□　目標は丘の上の一戸建て。金利が低いうちに。息を大きく吸い込んで、さあリストをチェックしよう。気持ちを新たに、もう一度、さらにもう一度。

サンドリアの王

THE KING OF XANDRIA

アッター氏がこの異邦の地をサンドリアと見なすのは、彼の唯一の息子で最大かつ最後の望みの綱でもある息子の名前がアレックスだからだ。息子は十三歳で、まだ中等学校に通っている。だが、アッター氏には娘もいる。娘のジャスティーナはペーパーショップで昼夜交替で働き、くすんだ茶色のズボンにぴかぴかのローファーを履いて、男のようななりをしてアパートを出ていく。娘の姿を目にするたびに、アッター氏は喉元でハチドリが羽ばたくような感覚にとらわれる。愛《いと》しい娘はつましい仕事にどっぷり首まで浸《つ》かっているが、それでもアッター氏よりははるかにましだ。なにしろアッター氏は仕事そのものを失《な》くしてしまったのだから――絶対に子どもたちに悟られるわけにはいかないが。

ラゴス郊外の故郷にいたころ、妻がこの地上からもぎ取られてしまう前、ジャスティーナが色鮮やかな布で髪を覆い、アレックスが学校の制服を着ていたころには、アッター氏は押しも押されもせぬ家長だった。堂々と胸を張って出社し、光沢を放つマホガニーのデスクの前にゆったりと座ったものだった。彼は窓辺にあったゼラニウムの鉢植えを思い出した。毎朝ミセス・イベが水をやり、それから彼にお茶を入れてくれた。振り子のように寄せては返す海の眺め、それどころかウィンドファンが甲高く軋《きし》む音まで、アッター氏は失われたすべてを悼んだ。いま、ここサンドリアで、この新しい不可解な土地で、彼と子どもたちはすっかり立ち往生している。ジャスティーナは肉牛のように肥えて怒りっぽくなり、その目でしげしげと見られるたびにアッター氏は自分がなんとも無力に思えてくる。

だが彼にはまだアレックスがいる。息子が。

アレックスはこの夏にぐんと背が伸びて、ひょろりと高くなった姿にアッター氏は称賛の念を禁じえない。非の打ちどころのない褐色の額にニキビが点々と一列に並び、その上に野球帽が王冠のようにのっている。「スナップバックだよ、パピ」とアレックスが訂正する。「野球帽じゃなくてスナップバック」耳に心地いい陽気な抑揚はみるみる失われ、息子が語る新しい物語には、アッター氏にはさっぱり理解できない金言がちりばめられている。だがたとえそうでも、アレックスさえなんとかこの地で輝く未来を手にしてくれれば、おそらくアッター氏もいくらかなりと尊厳を取り戻し、かつて思い描いていたような自分に近づけるのではないだろうか。

アレックスは現在W・E・B・デュボイス中等学校に在籍している。ハイウェイからそう遠くないところにある木立に囲まれた学校だ。今日は面談があり、アッター氏は先ほどからオフィスで立ったまま待機している。秘書がちらりとこちらを見たのは、おそらく部屋の隅に押しやるように置かれた低い椅子への着座を、彼が二度拒んだからだろう。かわりに彼は部屋の中をぶらぶら歩いては立ち止まり、額に縁取られた歴代校長の顔を吟味して時間を過ごしている。堅苦しい表情で写真に収まった男たちの下には、在任期間を示すプレートが添えられている。アッター氏はあごに手を当て、現校長の部屋の閉じたドアをのぞきこむ。

校長室というところはずいぶん慌ただしく、間髪を容《い》れずにまた別のアメリカ人の母親が入っていく。高慢そうな職業もちタイプの女で、バッジのように威厳をまとっている。ピンク色の顔をした秘書がぺちゃくちゃと出迎えて、すかさず生徒台帳を手渡す。女が自分の息子の淡いブロンドの髪にキスをしたところで、アッター氏は立ち止まって二人を眺めている自分、そろってしかつめらしい面持ちをしている親子を凝視している自分に気がつくとともに、喉の奥で生きたハチドリがかさかさと暴れだすのを感じる。

「アッターさん？」

彼が油断している隙に、現校長が音もなくドアを開けたに違いない。ドア枠に縁取られるようにして校長が立っている。額縁に収まっているのは全員男性だが、現校長のミズ・バスケスだけは女性で、アッター氏がその名を発音するたびに、鳥の鳴き声でも真似《まね》たように喉の浅い位置で音が〝ケッ〟と破裂する。

痩せすぎだ、と彼女を見るたびにまずそれが気にかかる。滋養たっぷりの濃厚なシチューを誰かが食べさせてやるべきだ、とアッター氏は思う。彼女はスーツ——スカートのほう——で身を固め、かかとの細い靴を履いている。顔はつやのある明るい褐色で、髪はほどよく長い。今日はその髪を巻き貝のように結い上げている。

「どうぞ中へ。おかけになって」

前回のことがあるので、彼女がドアを開けたままにしておくだろうということはアッター氏にも察しがつく。前回は髪をポニーテールにした色白の教師、息子のことが非常に心配だという若い女も面談の場にいた。だが彼女たちの話がついに核心に至ったとき、ピンク色の生肉の部分に達したときに、おそらく彼は若干声が大きくなってしまったのだろう。バスケス校長はたしか、彼のふるまいを〝理性的でない〟と評したのだった。いや、〝冷静でない〟だっただろうか。ある時点で彼女は警察を呼ぶと脅し、人間ではなく藪《やぶ》に潜む野生の猪《いのしし》でも見るかのような目で彼を見た。だがもし彼が声を荒らげたのだとしたら、握った拳がたまたま棚に軽くぶつかったのだとしたら、それは彼の言わんとすることを誰も理解しなかったからだ。

ともかく、今日は自制を心がけよう、とアッター氏は自身に誓っている。どんなに延々と待たされて、居並ぶ写真の下で待ちくたびれ、部屋じゅうに漂う業務用クリーナーのにおいのせいで目がちくちくしてこようとも。

バスケス校長が落ち着いたようすでデスクにつき、足首を交差させる。ストッキングは穿《は》いていない。「アレックスのこと、考えていただけましたか?」校長が言う。「前回話し合ったことについて」

アッター氏には為《な》すすべもない。息子の名前を出されたとたんに、理性はどこかへ吹き飛んでしまう。ギニア湾の浜辺に立つアレックスの姿、四、五歳だったころの姿が思い浮かぶ。海のしぶきを浴びて、半ズボンの裾が黒っぽくなっている。続いて別のアレックス、十一歳になったばかりのころ、母親が死んだと聞いて中庭でうずくまっている姿が思い浮かぶ。デルタに住む親族を訪ねていた妻がたまたま混雑した市場にいたときに、ひとりの子どもが胸に巻いた粗悪な爆発物を爆破させたのだ。

妻が亡くなってから何か月もの間、アッター氏は毎朝妙に体がほてり、昼になってもお茶すら飲めず、宵を迎えて世界が涼しくなり、気ままな眠りに落ちてゆく時刻になってもなお、体は煮えるように熱かった。肉片の飛び散る光景を自ら呼び覚ましてしまわぬよう、彼は背中を起こしてベッドに座り、目をしばたたいて闇に目を凝らした。部屋の中のごくありふれたものでさえ彼を裏切った——ベッド脇のテーブル、そろいのたんす、妻の鏡台。妻は女王のような風格を備えた女性だった。夕方にはときとしてその鏡台に向かい、花蜜のように甘くねっとりとした調べを口ずさんだ。「落ち着いてくださいな、お父さん《パピ》」妻はよく彼に言った。「あなたがどんなにかっかと熱くなったところで、ヤムイモだって煮えてくれませんよ」

妻を失い、アッター氏は自分がその事実に耐えられないことを悟った。気分がころころ変わって、自分でもなにをしでかすかわからなかった。ここから逃れなければ。だがどこへ？　結婚したばかりのころ、妻はよくアメリカへ行こうと彼を誘った。立派な息子を産んであげるから、と。それならば、妻との間に授かった子どもたちをその地へ巡礼の旅に連れていこうではないか、とアッター氏は決意した。彼にはアメリカの首都近郊に留学中のいとこがいて、アレクサンドリアという町の名も、息子アレックスのために名づけられたように思われた。

持てる貯《たくわ》えをすべて注《つ》ぎこみ、一族の地所をこっそり投資に活用し、現実味の湧かぬまま領事館へ何度か足を運び、一年半の準備期間を経て、ついにアッター氏と子どもたちはジャンボジェット機に乗ってヨーロッパ経由でアメリカを目指した。国際便の航空券はミセス・イベが手配してくれたが、それが最後の仕事になることを本人は知らなかった。出発に際してアッター氏は、行って、帰ってこよう、と自身に言い聞かせた。アタッシェケースには家族全員分の書類——三か月の滞在ビザ——がきちんと収まっていた。そういえばアレックスにとって空を飛ぶのは初めてだったと気づいたのは、飛行機が離陸してからのことだった。「ぼくたち海の上を飛んで、サギみたいだね、パピ」飛行機の円窓に額を押し当ててそう言う息子の声は、ずいぶん幼く聞こえた。

はたと気づくと、バスケス校長はまだしゃべっている。そうして彼女が延々としゃべるうちに、アレックスの幻影は哀《かな》しく散っていく。アッター氏には、ヘビがくねくねと這《は》うように続く校長の話の尻尾の部分しかつかめない。「……認めていただければ、そういう教育サービスがアレックスのためになることは明らかで……」

「そう、そうでしょうとも」アッター氏は割って入る。「息子は、アレックスは、確かに特別です。それに勇敢、ですよね？　しかも強くて——」

「もちろんです。ですがとにかくこれを、この成績表をごらんになれば……」校長が差し出したフォルダーを、アッター氏は即座に払いのける。

「あんたがたは、息子は勉強ができないとおっしゃるが、仮に——仮にですよ！——そうだとすれば、それはおそらく教える側のあんたがたの仕事がなっていないということでしょう。あんたがたにはどうも見えていないようだが、あらゆることを考慮に入れれば、その子は、その若者は、もしかするとかなりの可能性をもって、きわめて聡明《そうめい》で——」

アッター氏が顔を上げると、バスケス校長はまたしても例の表情を浮かべている。恐怖と、別のなにか。組んでいた華奢《きゃしゃ》な足首をほどいて両手をぱたぱた動かすさまを見ていると、母国の交差点に立ってオートバイと満員のシャトルバスをむなしく誘導する哀れな交通整理の男を思い出す。

そして気がつくと、彼は立ち上がっている。これはまずい。こんなふうにじっとしていられないというのは。ほんのしばらく座っていたと思ったらもう立ち上がって、両手を絞るように組み合わせ、喉仏の裏側ではハチドリが羽を震わせて鳴き叫ぶような音を立てている。

「あんたがたは――」アッター氏はふたたび言いかけるが、それに続く適切な言葉が見つからない。

「いや、失礼します。もう行かなくては……」彼はつぶやく。

そして校長室のドアを抜ける。

そしてふたたび外にいる。


まだ十月だというのに、ここサンドリアでは気温はすでにかなりの落ちこみようだ。寒さのせいで顔の露出した部分が焼けるようにひりつくのを感じつつ、アッター氏は急いで学校をあとにする。石板のような灰色の空が重くのしかかり、呼吸を整えようと息を吸ったら、冷気にむせて咳《せき》が出る。自分の車、ヒュンダイにたどり着いて鍵を探りながら、アッター氏はふと気づいて苦々しく笑う。雨とはな。これだけ寒ければ雪になってもよさそうなものだが、なんとも惨めなこぬか雨だ。

アッター氏は鍵を挿してエンジンをかける。唸《うな》り声をあげてエンジンが動きだすが、はっきり〝ヒート〟と表示されたボタンを押したにもかかわらず、吹き出し口からは凍るような冷たい風しか出てこない。彼はもう一度ボタンを押して、教え諭すように「温風だよ、この、温風だ！」と言い、ワイパーのレバースイッチを倒す。ワイパーのか細い腕がキーキーと音をたてて目の前をよぎる。燃料計を見ると、ガソリンはタンクの四分の一しか残っていない。アッター氏は助手席に体を倒し、グローブボックスをカナッと開く。

　二週間前、アッター氏は一寝室のアパートのキッチンの引き出しにまとめて保管してあった重要書類をヒュンダイに移し替えた。家族の渡航書類、偽造身分証明書、新たに入手したばかりの亡命嘆願書――そこに並ぶチェックボックスは、どれが命取りにならないともわからない。それはある夕方のことだった。娘のジャスティーナが、アッター氏にも聞き覚えのある故国のポップソングを甲高い声で歌いながら、勢いよくドアから入ってきた。たちまちひどく大げさな恐ろしい考えが思い浮かび、アッター氏の頭はがんがんと疼《うず》きだした。彼はあわてて外へ飛び出し、またたく街灯の下まで来て初めて、書類の束を胸に押し当てていることに気がついたのだった。彼の愚鈍なところは書類の整備に手を貸すと約束したくせに、これまで実際にしたことといえば、〝ネットワーク作り〟のためにアッター氏をラゴス出身のナイジェリア人男性のみが集まる夕食会に誘ったぐらいで、おかげでアッター氏は亡き妻の名前を何度も聞かされ、そのたびに彼女を死に至らしめた恐ろしい状況を思い起こすはめになった。それと、アッター氏に先の仕事、いやな仕事だが生活のためにせざるをえなかった仕事を斡旋《あっせん》したことぐらいだ。アッター氏はその仕事を辞めていた。アパートの外で、アッター氏は書類の束を抱えたまま、自分が何をするつもりだったのかきれいさっぱり忘れてしまい、ヒュンダイの中でずいぶん長い間座って考えていたにもかかわらず、けっきょく思い出せなかった。

　その夜以来、アッター氏はそこが自分のオフィスだとでもいうように、書類の束と薄くなっていくトラベラーズチェックをグローブボックスに保管するようになった。そしていま、彼はそれらの書類を引っかき回して、毎週日曜の朝に受け取る娘の勤務表を探し出す。

いまはとにかく狭いアパートに戻って目を休めたい。だが勤務表を確認すると、どうやらそれは難しそうだ。ジャスティーナの勤務が始まるのは午後の遅い時間で、そうなると、娘はいまも家でソファーを占有し、王様のように肘置きに足をのせて大好きなヒマワリの種をかじっている可能性が高い。

これほど寒くなる前なら、もとの職場のロイヤルスイーツホテルのそばにある池にでも行ったのだが。かつては職を求めて周辺のホテルを一軒ずつ車で回り、勇んだわりにはなんの収穫も得られずに終わったあとで、毎日午前中にその池を訪れたものだった。ホテルの池は駐車場の向かいにあり、そこへ立ち入るにはゲストパスが必要だ。だが守衛室に詰めている警備員はアッター氏と同じ大陸の出身で、それを除けばとくに知らない者同士なのだが、アッター氏とヒュンダイを見かけるたびに手を振って中へ招き入れ、アッター氏がホテルを辞めてからもそれは変わらなかった。アッター氏はほぼ毎日のように舗装された黒い小道をたどって水辺に向かったが、そういうことをしようと思う人間はほかにはいないらしかった。ホテルに泊まっている旅行者もビジネスマンも、誰ひとりとしてそこへは来なかった。それにフロント係も、もちろん〝ホスピタリティ〟の精神で働いていた他の従業員も——金色の顔をした彼女たちはエルサルバドルやグアテマラの謎めいた部族の出身で、いつもそれぞれの言葉で噂《うわさ》話に興じていた。あるとき、とりわけひどい内容のシフトを終えたあとで、アッター氏はマネージャーに問いただした。タイルにこびりついた排泄物をこすり落とすことのどこがホスピタリティなのか。そして、いつになったらもっと自分にふさわしい部署に配属されるのか。アッター氏の半分ほどの年齢と思われる、シャツにしわの寄ったそのマネージャーは、「きみのことは聞いているよ」と曖昧に答えただけだった。数日後、搬入口にやってきたアッター氏は、〝きみには行ってもらうことになった〟と申し渡された。「いったいどこへ？」最初、彼は無邪気に問い返した。そしてじわじわと状況をのみこむにつれ、怒りをこめて同じ言葉を繰り返した。

そろそろ潮時かもしれない——アッター氏はそのとき察した。正直なところ、故国が恋しかった。あの雑踏さえ、歩くたびに舞い上がる細かな土埃《つちぼこり》さえ。だが無一文で、敗北しきって、どうして帰ることなどできようか。それに、たとえ航空券は買えたとしても、期限の切れた書類についてはいったいどうすればいい？　空港のゲートで両手に手錠をかけられ、ひとり息子の見ている前で床に押しつけられるのか？　そうしてその日とそれに続くいくつもの日々、アッター氏は池のほとりのベンチに座り、溺れかけた男がもがくかのようにむなしくしぶきを上げ続ける噴水を何時間も眺めていたのだった。前回そこを訪ねたときには、コハクチョウの群れを見かけた。おそらく壮大な渡りのとちゅうで道に迷い、うっかりそこをねぐらにしてしまったのだろう。水に浮かぶ鳥たちの姿は超然として、泡の浮く濁った池の中で、彼らの羽毛だけが雪のように白く輝いていた。

だがこのごろはめっきり寒くなり、いまの時期は噴水の栓も締まっている。前回車でそばを通りかかったときには、鳥の姿も見当たらなかった。おそらく小さな楔形《くさびがた》の隊列を組んで旅を続け、もっと暖かい場所を目指したか、あるいは捕獲されて処分されてしまったのだろう。

いなくなった白鳥のことを考えるうちに、アッター氏はなにかばかげた行為、むこうみずな行為に及ぶところを想像する。

娘の働いている店は倉庫のようにだだっ広く、テイクアウトの中華料理店と美容院の間に挟まれている。アッタ一氏が着いたときには、駐車場はがらがらだった。彼は敷地のいちばん手前に車を停《と》める。ガソリンを無駄に使うわけにはいかない。正式には紙を売る店ということだが、ここサンドリアでは、どこの店もずいぶん優柔不断だ。紙、そう、確かにあらゆる色合いの紙が何連も積み重なっているのだが、それ以外にも、カラフルな輪ゴムがグレープフルーツぐらいの大きさに丸められていたりする。どういう用途を想定しているのかアッター氏には計り知れないが、透明な樽型《たるがた》容器入りの硬い塩味のプレッツェルまである。アッター氏はそれらの通路をひとつずつぶらぶらと見て回る。こうすれば時間をつぶせるし、これまでも実際にそうしてきた。

いちばん奥の通路でアッター氏は立ち止まり、そこに並んだ小さな枕、手首の下に敷くというものを吟味する。〝タイピングを快適に!〟とラベルには書いてある。

「アッターさん! やっぱりあなたでしたか!」

聞き覚えのある声にアッター氏はすぐさま気づいて振り返り、続くべき心のこもった握手に備える。

「コスタさん!」アッター氏が答えるころには、両手はすでにマネージャーの温かい手の中にある。次は友愛に満ちた抱擁だと言わんばかりに、二人は力いっぱい握手をする——アッター氏は実際に抱擁を期待する。

コスタ氏はけっして背の高いほうではないが、でっぷりとした王様のようなおなかをしている。

顔はタマネギの皮を思わせる透明な黄色だ。彼には一度、昼食をご馳走《ちそう》になったことがある。隣にあるテイクアウトの中華料理店にすぎないが、それでも恩義を受けたことに変わりはない。二人で政治やビジネスについてざっくばらんに語らい、コスタ氏は生まれ故郷のアテネの苦境を延々と嘆いた。その間、互いにやけどしそうに熱いお茶をすすりながら、アッタ一氏はお茶の入った発泡スチロールの容器がたわんでいくのを感じていた。

コスタ氏が顔に手をやってうなずく。「なるほど、人間工学ですね？　オフィスグッズでしたら7Aの棚にもありますよ。何をお探しかにもよりますが……」

アッタ一氏は上唇が嬉々《きき》として歯茎に貼りつくのを感じる。あごを深く下げてうなずく。〝人間工学〟という単語は聞きとれないが、とっさに「ええ、ええ」と答えている。「本当にあらゆるものがそろっているんですね」と言いながら、何を探しているのかコスタ氏にそれ以上追及されないことを願う。アッタ一氏はコスタ氏に顔を近づける。「娘は、その、ジャスティーナは、うまくやっているようですか？」と彼は言う。「仕事ぶりはいまも……まずまずやれていますかね？」

ジャスティーナはこのペーパーショップですでに数か月間、常勤スタッフとして働いている。だがアッタ一氏は娘がまだ試用期間であるかのように——自分とコスタ氏で娘に最終評価を下すかのように——尋ねる。それでも、ジャスティーナは責任感が強く非の打ちどころがない、とコスタ氏に請け合われると、アッタ一氏の胸の内には父としての誇りがこみ上げる。「働き者のお嬢さんに育てあげられましたな！」コスタ氏が彼の肩をぽんと叩《たた》く。

「なにをおっしゃる」アッタ一氏の声は若者のように高くなる。「午前中、昼休みの終わりまでは時間の融通が利くんですが——こちらではなんと申し上げるんでしたかな——軽く食事でもいかがです？」言ってしまったとたん、髪の生え際に沿って真珠の粒ほどの冷たい汗が噴き出す。いったいなにを考えているのだ。自分の食事代さえままならないというのに。だがまあ、ひとかどの男らしく座って食べて談笑でもすれば、それだけの価値はあるかもしれない……。

ところがコスタ氏は手を振って辞退する。笑顔だが、きっぱりと。それまでの寛容な態度に対し、アッター氏はたちまち疑念を抱く。もしかしてコスタ氏は彼をばかにしていたのだろうか。するとコスタ氏はまたしても彼の手を両手で握り、身内のように温《ぬく》もりのこもった握手をする。

「またの機会に、アッターさん」娘の上司が言う。


日によっては、ジャスティーナが仕事に向かう時間とアレックスが学校から帰宅する時間の間に隙間の時間帯が生じ、アッター氏はアパートに戻っていいものかどうか迷うことがある。これは彼が息子に——息子に対してのみ——勤務時間が変わったと告げたことに起因する。夕方早くに家にいることに対するとっさの言い訳だった。だが口にしてしまってからはたと、そうなるとほぼいずれの時間帯においても、子どもたちの少なくとも一方にとって彼は不在でなければつじつまが合わなくなることに気がついた。コスタ氏が去っていくのを見守りながら、アッター氏はこれ以上店にいるわけにもいかず、かといって子どもたちのいる狭いアパートに戻るわけにもいかないと感じる。そこでゆっくり正面のレジへ向かうと、店の電話を強引に拝借し、勤務中の女性にアレックスの学校の番号をダイヤルさせる。

アッター氏が舞い戻るころには、下校時間を待つ黄色いスクールバスが壁のように連なり、正面のロータリーを占拠している。今回、秘書はすみやかに彼に挨拶する。「ようこそ、みなさんお待ちかねです」そう言ってデスクを回りこみ、校長室を出てさっそうと歩きだすので、アッター氏もあわてて追いかけ、彼女のあとについて迷路のような廊下を歩きだす。目の端でずっと息子の姿を探すものの、どこにも見当たらない。かわりに淡いブロンドの髪をした少年、母親が雨あられとキスを浴びせていたあの少年がちらりと見える。

ある教室の前で秘書が立ち止まり、ドアを押し開く。部屋の中がさっと静まる。

アッター氏が足を踏み入れると、女の声が高らかに響く。「アッターさん！　お待ちしていました！」

会議室の中央近くにバスケス校長が立っている。何週間か前に息子の成績が芳しくないといって言葉巧みにアッター氏を丸めこもうとした、あのポニーテールの若い教師もそばにいる。実際のところ、部屋にはずいぶん人がいて、楕円形《だえんけい》の長いテーブルをぐるりと囲んでいる。カウンセラーのヘイズと保健師のカルフーン。息子の担任。その名前は虫のようにアッター氏の耳元をブーンと過ぎていく。アレクサンドリア市の保護者会調停役と学校駐在の警察官。警官のほうは制服着用で、自分が呼んだとバスケス校長が認める。アッター氏は目を細め、ひとりひとりの顔を凝視する。

これだけの人数が集まっていようとは。**私のために**、と思うと、かつてのプライドが甦《よみがえ》り、アッター氏の胸は大きくふくらむ。

バスケス校長が咳払いをする。「どうぞおかけください」

もう一度彼らを見渡したところで、アッター氏には事態がのみこめてくる。ここにそろったサンドリア人たち――バッジと役職をもつ人々――は、むしろ自分を威圧するため、貶《おとし》めるために集まっているのだ。彼は可能なかぎり礼儀正しく答える。「立ったままでけっこうです」

続いて各職員がそれぞれに短い報告をおこなう。彼らはアレックスが〝集中力に欠ける〟と主張し、アッター氏をちらちらとうかがいながら、息子に対する彼の献身ぶりを小ばかにする。彼らによると、アレックスには支援が必要で、きちんとした検査を受ければ、〝学習障害〟が認められる状況が継続していると結論づけられるだろうという。彼らはキーキーと唸るホワイトボードのそばに入れ替わり立ち替わり出てきては、矢継ぎ早に主張をまくしたて、それが榴散弾《りゅうさんだん》のように次々とアッター氏のほうに飛んできて、首や顔など肌の露出している部分にぱらぱらと降りかかる。

最後にバスケス校長が結論を述べる。「ようするに、アレックスは少なくとも一般的な知性は持っているということです」

「もちろん！　もちろん！」他の面々が口にする。

一方のアッター氏は咳《せ》きこむあまり、息をするのもままならない。部屋の中は耐えがたいほど暑くなり、アッター氏は思わずぎゅっと目をつぶる。続く暗闇の中で、ひどく悲しげな長いひとつの音が体に染みてくる。調べというほどのものではなく、むしろそこに音楽はない――不埒《ふらち》で残忍な主張のあとに不気味にこだまする沈黙。

やがてアッター氏は、わなわなと震える自身の声を耳にする。「それが私に言うべきことなのか？」彼の声がとどろきわたる。「この愚か者、あほうどもめが！　私が誰だかわかっているのか？」

　まばたきとともに目を開くと、白目をむいた白い顔が彼の視界を埋めつくす。制服を着た警官が彼のほうに一歩踏み出す。ネイビーブルーの制服の上に漂白したようにまっ白な顔が浮かんでいる。アッター氏は固く目を閉じ、唇の力を抜く。今回はこのまま引き下がるつもりはない。

「私を貶めるつもりだな……」アッター氏は訴える。彼の声がとどろき渡る。「私が厄介者だからといって、そこにいる職務怠慢の教師たちが結託して裏で手を回したんだろう！　いいか、こんなことをする輩《やから》は……人の母親を爆弾で吹き飛ばす子どもと同じだ！　やめろ……私に触るな……。やめろ、いいか、私の息子は、いまのままで完璧なんだ！」

　アッター氏は自分が部屋じゅうの空気を吸いこんでしまったことに気がつく。いまもその場に立ったまま、息を吐き出す。心臓がわずかに元気を取り戻す。ノックの音がして、ドアが振動する。目を開けるとそこにはアレックスが――息子のアレックスがいて、部屋に入ってくる。片方の肩からリュックサックがだらりとぶら下がっている。息子はもこもこにふくらんだダウン入りの新しいスクールジャケットに包まれている。本人は黒を欲しがっていたが、色は深紅だ。そしてアレックスは、先ほどの騒ぎを聞いたに違いない。低くうなだれている。ナイキのエアペガサスを履いた足をじっと見ている。

「アレックス？」

　アッター氏が続きを口にする前に、バスケス校長が割って入る。彼女は息子の耳元に顔を近づけ、怯《おび》えた動物を相手にするかのようにささやきかける。なるほど、先ほど彼女が校長室で見せたまなざし、恐怖とともに彼に振り向けられたまなざしは、憐《あわ》れみだったのだ。「お父さんがなぜここにいらっしゃるかわかるわね。私たちがさっきマン先生になにを話していたか……」

アレックスがポニーテールの教師を見上げてうなずく。

「お父さんに話してちょうだい」バスケス校長が息子に指示し、アレックスの黒いまなざしがアッター氏にやんわりと刺さる。

「支援を受けさせてよ、パピ」アレックスが訴える。「国語は落第点だし、数学なんかもっと悲惨だ。頭の中がごちゃごちゃなんだよ」そう言いながら、ジャケットの銀色のジッパーを上げたり下げたりする。

「ジャスティーナはいつだってぼくより賢いんだけどさ」アレックスが言い、アッター氏の頭の中に、小さなボウルを二つそばに並べてソファーでくつろぐ娘の姿が思い浮かぶ。一方のボウルにはヒマワリの種がそのままの形で入り、もう一方には嚙《か》んで中身を食べたあとの縞《しま》もようの殻が入っている。娘はせっせとあごを動かし続け、もはやアッター氏に話しかけることもない。「そのジャスティーナが、いいと思うよって言うんだ」アレックスはさらに続ける。「でもこんどばかりは自分で決めろって」

いまや全員が注目している。アッター氏には息子を見つめることしかできない。リュックサックの半開きのジッパーからさまざまな紙がてんでに噴出している息子。靴紐《くつひも》がほどけたまんまの——しかも両方——母親譲りのハート形の顔をした息子。アッター氏は自身の胸元を握り締め、帽子をかぶっていない息子の頭に触れそうになるのをぐっと堪《こら》える。

「そうしたらマン先生が七時間目に教えてくれるんだよ。でもそのためにはパピの許可が必要なんだ」

アッター氏がこんどこそ着席し、クッションの利いた回転椅子の背に深々ともたれると、彼の下で椅子が甲高く軋んで上下に揺れる。廊下でチャイムが鳴り響く。曇りガラスの窓のむこうを若者たちのシルエットが次々とよぎる。こんどばかりはアッター氏も物申す気分ではないが、それでもなんとか一言だけ、震える声で口にする。「わかった」

アッター氏は息子のあとについて、じょうごに吸いこまれるようにバスに乗りこむ生徒の群れを通り抜ける。建物を出たところで息子をハグしようとするものの、リズムを失くしたダンスのように不発に終わる。アレックスは顔を赤らめてうしろに下がり、アッター氏は車でいっしょに帰ろうと促す。

「仕事はどうしたの?」アレックスが尋ね、冷たい空気の塊が口から飛び出す。「このところずっと」息子がつけ加える。

「いっしょに帰ろう」アッター氏は繰り返すが、口ごもるような言い方になり、息子と目を合わせることができない。

「それじゃあ本当なんだ」アレックスがささやく。「ぼくたちいったいどうなるの?」少年の日をパニックがよぎり、やがて不安を残しつつも決然とした表情に変わるが、アッター氏はそれを見逃す。「パピはぼくたちをここへ連れてきた」アレックスはそう言って、リュックサックの紐を両肩にきちんとかける。「ぼくは自分で帰れるよ」

アッター氏の手脚がずっしりと重くなる。恥辱のせいで胸の内側が疼く。

アッター氏が顔を上げるころには、息子は華奢な背中をこわばらせ、摺《す》り足でバスのほうへ歩いていく。じっと見つめるアッター氏の目の前で、アレックスは見知らぬ横顔の少年たちに合流する。

ヒュンダイに戻り、アッター氏は鍵を挿す。胸の内側では心臓がジェットエンジンの勢いで振動している。タイヤを軋ませて車をバックで出し、やみくもにハンドルを切ってハイウェイにのる。灰色の路面に映る赤いテールランプも車線も無視し、衝突を避けるために二度、急ハンドルを切る。さらにアクセルを踏みながら、彼は書類のことを思い出す。グローブボックスに入っている、彼しか触れることのできない書類。もはや子どもたちが自分を必要としないならば、自分はどうするべきなのか？　このまま道が闇の中に消えるまで車を走らせ続けるか？　彼は体を前に倒して力いっぱいアクセルを踏む。ところがそのとき、ロイヤルスイーツホテルに向かう道をたまたま通り過ぎ——なにかしらまばゆいものが目の端をよぎる。彼はブレーキを踏みこんで首を伸ばし、眼下の池の堤を覗《のぞ》きこむ。てっきり去ったのだと思っていたのに、完全にそう信じていたのに、彼らはいまも身を寄せ合って水に浮かんでいるではないか。丸々とした白い体で、ほっそりした優雅な首を斜めに伸ばして、せめて春が終わるまではここで粘ろうとでもいうように。

モンティチェロ　終末の町で

MY MONTICELLO

1

最初にこの場所、この小さな山に居座ることを主張したのはわたしたちだった——男たちがやってきて通りに並ぶブリキの家に火を放ったあとで、そろって一番通りから逃れてきたわたしとバイオレットおばあちゃんと近所の人たち。男たちは夕暮れどきに、アメリカ国歌を大音量でオペラのように鳴り響かせてやってきた。埃《ほこり》っぽいジープの上に白い顔がいくつも並び、新たに吹き荒れだした風の中で黒い髪が裂けた旗のようにのた打っていた。〈われらのもの！〉男たちはシャウトした。彼らのライフルはたったいま量販店で買ってきたかのようにぴかぴかで、にわか仕立ての民兵といった観を呈していた。祖母の家のブラインドの隙間から外をのぞくと、なかには少年も交じっていて、ブロンドの髪をなびかせ、ピックアップトラックの窓枠の中で薄ら笑いを浮かべていた。男たちはジープの荷台と後部座席から飛び降りたかと思うと、家々の正面に向かって駆けてきた。彼らは白い手に金属容器を握り締め、トーチを振り回して炎をまき散らしていった。緊迫した怒声、立ち昇る煙——わたしたちは追い立てられるように外に出た。何人かの隣人が彼らを阻止しようと向かっていき、ところどころ芝のはげた前庭に立つわたしたちの視界をぼやけた影がよぎった。十代とおぼしき少年がライフルの銃床で殴られて、こめかみに赤い染みが広がった。幼い子どもを抱いた母親が転んで歩道に膝をつき、おむつ姿の子どもが母親の腰にしがみついて手足をばたつかせた。それらの光景にわたしたちは一瞬、身動きを封じられ、続いて自由になった。

どこへ逃れようかと思ったそのとき、ジョーント社のバスの星とストライプもようが目に留まった。高齢者や障害のある人たちのために市が運営していたマイクロバスで、祖母もよく利用していた。電力供給が途絶えてからは多くの車と同様に放置され、もう何週間も前からそこに停《と》まっていた。大音量で近づいてきたジープの列がとぎれると同時に、ノックスとわたしはいまも白っぽい部屋着にスリッパを履いただけの祖母を間にはさんで引っ張り、バスに向かって駆けだした。後方にある二つの建物の間からデヴィーンが飛び出してきて、口の中と腰のあたりで金属がきらりと光った。彼の双子のいとこがそれに続き、三人が派手な動きで男たちの注意を引きつけた。

マイクロバスにたどり着くと、祖母はステップを上りつめるなりぐらりと傾き、前の座席に倒れこんだ。続いてわたしもハンドルの下に飛びこんだら、ありがたいことに鍵がぶら下がって揺れていた。バスの中では短い通路に沿って何人かの隣人たちが身を寄せ合い、わたしたちだとわかってほっとしたような声が漂ってきた。ところがわたしに続いてノックスがいちばん上のステップに立った瞬間、その場がしんと静まり返った。わたしと同じ大学に通うボーイフレンドの彼は、背が高く、肌の色が白くて、細いワイヤーフレームのめがねをかけている。わたしも一瞬彼を見つめ、とっさに思ってしまった。どうしてよりによって互いを愛してしまったのか。

すると、銃を持った男たちがバスの窓越しにわたしたちの影を見たのだろう。花火が散るような音がしてあたりがちかちかと光り、間髪を容《い》れずに聞き覚えのある声がどなった。〈行け！　行け！　行け！〉

デヴィーンの声だった。デヴィーンと双子が男たちに向かって撃ち返しながらこっちへ向かってきた。三人がバスに飛び乗るのを待ってわたしは思い切りアクセルを踏みこみ、必死にハンドルを握り締めるあまり、その後何日も筋肉痛が残った。わたしたちは飛ぶような勢いで一番通りを逃れ、あとにはタイヤ痕すら残らなかった。

それが、わたしたちがここにたどり着いて〝この場所〟を要求するに至った夜の経緯だ。厳密に言えば、わたしたちがその種の要求を口にするのは今回が初めてではなかったが、ともかくこの新たな崩壊が始まって、すべてがふたたび闇の中に解き放たれたかのような様相をおびてからは、初めてだった。そしてもちろん、わたしたちには本来の権利が——否定され、切り捨てられ、けれども依然としてわたしたちの血の中に、少なくとも祖母とわたしの血の中に脈々と受け継がれている権利が——あったのだが。

2

男たちがトーチを手に一番通りにやってきたのは、凄まじい嵐が歴史的な古木を次々となぎ倒し、市役所を水浸しにして間もないころのことだった。停電が発生してそのまま電気が途絶え、スマートフォンが不具合を起こして手の中で暗くなったあとのことだった。わたしたちのスマホがいっせいに機能を停止した直後には、四月の灰色の空からジェット機と病院のヘリコプターが急降下するのが目撃されて、はたして自分たちは何者かに包囲されているのか、それともこの世のバランスが崩れて勝手にひっくり返ってしまったのか、わたしたちには知るよしもなかった。

何週間かに及ぶ非現実的な崩壊の日々、強気の学生たちはキャンパスを去ることを拒み、大雨で水に浸《つ》かったビール樽《だる》をグラウンドに放り投げたり、なんの因果か自分たちの未来が妨害されていることに腹を立てて抗議活動をおこなったりした。わたし自身も数週間にわたり、必死の覚悟でキャンパスに残った。大学への転入も払いこんだ授業料もなにもかも、計り知れない犠牲と努力の賜《たまもの》だったのだ。しかもその犠牲と努力はわたし一人のものではない。そのころにはもうノックスの部屋、芝生の広場のそばにある質素だけれど伝統ある学生寮の一室に移り住んでいて、出かけるのは何日かに一度、祖母のようすを見に行くときぐらいになっていた。バイオレットおばあちゃんは母の母で、わたしにとっては育ての親のような存在だ。大学から数キロと離れていないところ、町にいくつかある公営住宅地のひとつに住んでいたのだが、最後にそこを訪ねたあとで大学に戻ってみたら、キャンパス全体にバリケードが築かれていた。わたしが中へ入ろうとすると、大学のスクールカラーを顔に塗った男子学生の一団が犬のように吠《ほ》えたて、唾を飛ばしてわめきながら押し返してきた。〈でもわたしはバージニア大学の学生なのよ〉わたしは訴えた。〈荷物だって中なのに!〉ノックスはキャンパス内で待っていたのだが、閉じたドアの外で事態がそのように急変していたとは思いも寄らなかった、とあとから聞いた。その後、同じクラスの学生たちにどんなふうに締め出されたかを話すと、ノックスは信じられないと言いたげに視線を泳がせたが、はたして信じられなかったのは彼らの行為なのか、それとも話そのもの、つまりわたしのことだったのか。それでも肝心なのは、けっきょく戻れずじまいになったわたしのことを、ノックスは祖母の家まで捜しに来てくれたということだ。

マイクロバスで一番通りを脱出する際に、角にあるブラウンさんの店を猛スピードで通過した。ガソリンポンプが破壊され、窓に板が打ちつけられていた。立ち枯れしたような信号機を疾風のごとく通り過ぎ、長い坂道を下って、かつては陽気に見えた小さな家々を走り過ぎた。いまでは腰の高さまで伸びた草に囲まれて、うらぶれたようすでむっつりと建っていた。

後ろのほうで声がした。〈怪我《けが》したのか?〉

別の誰かが声をあげた。〈みんな大丈夫?〉

新たなパニックとともにみんながいっせいに騒ぎだした。〈見ろ、あいつらじゃないか? なんてこった! まだ追ってくるぞ! 急げ!〉

確かにサイドミラーには、加速しながら追ってくる真っ黒なジープが映っていた。先ほどと同じ男たちがさらに大勢乗りこんで、しだいに距離を縮めてくる。追いつかれたらどうなるのか——わたしたちはどうするべきなのか。バスの通路から新たな泣き声が聞こえてきたが、一瞬、わたしにはなんの意味も聞き取れなかった。頭の中は凄まじいベルの音に支配されていた。交差点でハンドルを右に切ったら、ジープも曲がり、一定の距離で追ってきた。車は南へ向かい、町のはずれに迫っていた。

〈なんてことなの、いったいなにが起きているの?〉祖母の声が聞こえた。

具体的にどこへ向かっているかはわたしにもわからなかった——とにかくみんなを連れて逃げ切ることしか頭になかった。道をそれてハイウェイに乗るという手もあるが、男が一人、昇り口の手前で行ったり来たりしていた。わたしたちのバスを見て、男は腕を大きく広げた。なにやらどなっているようだが、なんと言っているかはわからない。わたしたちを誘導しているのか、来るなと警告しているのか。顔はバンダナでほぼ隠れ、目のまわりからなにか黒いものが滴っていた。

背後でジープがタイヤを軋《きし》ませ、見えない線が引かれているかのように両方の車線にまたがって停止した。

喉がどくどくと脈打つのを感じながらわたしはそのまま直進し、それとともに町はどんどん縮んで遠のいていった。バスの中の声が収まり、静けさの中でタイヤが路面を踏む際のシューッという音と路面に散った木の枝に車体が乗り上げるときの不規則な振動音が耳についた。バックミラーをのぞくと、祖母が不安そうに服の胸元をいじり、陰りゆく赤銅色の日差しを顔じゅうに浴びていた。バスは丘陵地のふもと、前にわたしが通っていたコミュニティカレッジのそばを通り過ぎた。続いて道はピードモント台地に迫り、両側から影を落とす木立の間をすり抜けていった。壊れた街灯の最後の一本に達したところでわたしはハンドルを大きく左に切り、いまも道路をまたいで横向きに停まっているあの重油のように真っ黒なジープをとりあえず視界から消し去った。

まさかみんなをここへ連れてくることになろうとは、思ってもみなかった。果樹園へ登る急勾配の私道を通り過ぎたときにも、カーブの手前で速度を落とし、黒っぽい壁板に巨大な水車が張りついた昔ながらの雑貨屋を間近に見たときにも。駐車場の反対側では、プランテーション・ハウスを改装したレストランの黒い鎧《よろい》窓のある白壁が、まばゆく輝いていた。あたかも重力に引かれるようにわたしはひたすら前へ進み、木立にはさまれた細い道をたどって、次々と現れるS字カーブを曲がった。ずんぐりとしたマイクロバスは大勢の人を乗せて重くなり、いまにも道をそれて眼下の林に転がり落ちていきそうだった。わたしがようやく理解したのは、モンティチェロのあの石橋が夕暮れの中でぼんやり光って見えたときのことだった。

わたしは橋の下をくぐり、長い私道をたどって行きつ戻りつしたのちに、こんどは同じ橋の上を渡った。そうしてバスは最後の登りに差しかかった。ゆっくりと、上に、上に。生まれてこのかたずっと坂を登っているような気がした。わたしたちは折れた枝にこじ開けられた木のゲートを通過して、そびえる木立の間をさらに登り続けた。

さながら夕方開始の特別ツアーにやってきたかのように、わたしたちは小さなロータリーをぐるりと回って受付パビリオンへ——パティオを囲んで並ぶ石と木の建物群へ向かった。そうして道端で拾った弾痕だらけのバスの中で、がくりと揺れてぴたりと止まった。バスの窓は撃ち抜かれ、着いたときにはみんなの髪の上でガラスのかけらが光っていた。

乗っていたのは全部で十六人。ほとんどが近所の住人で、ほとんどが褐色か黒い肌の持ち主だった。下は生後三か月から、上は七十八歳のバイオレットおばあちゃんまで。祖母は支えを求めて腕を開き、座ったたまじたばたともがいていた。ノックスがそれに手を貸し、立ち上がらせた。彼のめがねには点々と血が散っていたが、別の誰かの血だとあとでわかった。

誰もがとりあえず手近にあったもの、なにかの足しになりそうなものを持参していた。ヤヒア家の人たち、幼い子ども二人と赤ちゃんを抱えた一家の父親は、カラフルな布を腕いっぱいに絡めていた。六十歳をゆうに超えるにもかかわらずいつも元気で、茶色いスウェットの上下を着ているせいでなんとなくフクロウに似て見えるミズ・イーディスは、合成皮革の表紙の讃美歌集を持参していた。一番通りのむこう側の白い家に住んでいた白人夫婦のアイラとキャロルは、二羽のまっ白な雌鶏《めんどり》を連れていて、それが腕の中で毛を逆立ててコッコと鳴いていた。一人で生活し、十歳にしては痩せているKJは、片側に裂け目の入ったエンドウ豆色のスーツケースを持っていた。うちの隣に住んでいたラトーヤは、自身の輝くボディと錆《さび》色の髪、かぎりなく白に近い肌を持参し――彼女が体を売っていたことは周知の事実だ――その頰はローズゴールドに染まっていた。

そしてデヴィーンは、まばゆいばかりの怒りの種を持参していた。彼のいとこで壁のように体の大きいエライジャは、銃と弾がいっぱいに詰まった大きなダッフルバッグを担いでいた。エライジャの双子のかたわれで体が小さいほうのエズラは、拳銃を一丁と髪に染みたマリファナの香りを持参していた。それらの銃は双子の父親、つまりデヴィーンの叔父さんが使っていたもので、郡の警察官だったその人は、生前には勲章も授与されていた。

わたしたちは新たな足場を確認しながら、慎重にステップを下りた。

所持品は全部でポケットナイフが九つ、鍵が五組、そして各自のポケットに石のようにずっしりと収まった使えないスマートフォンが七台。ノックスは数日前にキャンパスから持ってきたのと同じ斜め掛けの鞄《かばん》を下げていた。中身は歯ブラシと方眼ノート、それに少し前にわたしから借りたトニ・モリスンの『ソロモンの歌』。バイオレットおばあちゃんの持ち物は空っぽの震える両手のみ、そして隣に立つわたしも着の身着のままだった――ハイウエストのカットオフジーンズと、これ見よがしなオレンジ色の大学のエンブレムがついたネイビーブルーのTシャツ。ゆるくなった襟元を数か月前によかれと思って大きくカットしたものの、そのときわたしはそこに立ち、一方の肩からずり落ちたシャツをもとに戻そうと引っ張っていた。

刻々と濃くなってくる暗がりの中、チケット売場から三人の警備員が飛び出してきた。無精髭《ぶしようひげ》を伸ばした六十過ぎの男たち。三人そろってカーキのズボンにクランベリー色のポロシャツを着ている。去年の夏にわたしが着たのと同じ制服だ。だが実際にそばに来てみると、彼らは警備員というよりも、ドライバーかガイドが誰かに頼まれるか命じられるかして歴史的建造物を守っているという印象だった。三人とも疲労がうかがえた。ズボンの裾は泥で縁取られ、かまえた散弾銃はずいぶん古めかしくて、壁から展示品を引ったくってきたのではないか、火を吹くどころか詰まって破裂するのではないかと思えるほどだ。警備員のうち一人は白人、二人は黒人で、白人のほうが前に進み出た。〈このまま通過しろ〉と彼は言ったが、わたしたちはすでに降りていたし、ここに着いた時点でバスはガス欠寸前だった。

端のほうでデヴィーンがあごをもたげ、黒い巻き毛がはらはらと肩に落ちた。銃に手をかける気配はないが、腰ではそれが黒光りしていた。高校の最終学年で喧嘩《けんか》を理由に退学になるまでは、彼は成績優秀な優しい少年だった。エライジャとエズラも彼の後ろに控え、エズラのほうは足元のアスファルトに拳銃の口を向けていた。とはいえ、年配の警備員たちが滞在を許可してくれたのは、わたしたちの武器が理由ではなかったと思う。黒人の警備員、アフロヘアを伸びるにまかせたフレデリック・ダグラスの現代版みたいなほうが、わたしのことをじっと見ていた。

〈わたしはきみを知っているな〉と彼は言った。

わたしも彼を思い出した。去年の夏、世の中がすでに深く傷ついて内出血を起こしてはいたものの、傷口はまだ開いていなかったころ、少なくともわたしにとってはそうだったころに、会っていた。去年の夏には記録的な回数の森林火災があったが、それもすべて遠くの出来事、西海岸のことにすぎなかった。中西部全体が熱波に見舞われて計画停電が実施され、行政サービスが何度も停止した。国政選挙があって、大規模な抗議活動がいくつもあった。何千人もの死傷者が出た、とニュースで報じていた。それでも去年の夏には、そして今回のこれが起こるまでは、電気は通じていた。少なくともバージニア州のこのあたりには、観光客もいた。だからわたしも年配の警備員がいま着ているのと同じカーキズボンとクランベリー色のポロシャツを着て、時間給制で働いていたのだ。見習いとしてのわたしのここでの任務は主として〝セキュリティ〟で、細長いプラスチックの棒で小さな鞄をつついたり、たまにシャトルバスを屋敷まで運転したりした。

面接のとき、わたしはこの屋敷のかつての主《あるじ》である白人男性、第三代アメリカ大統領にして独立宣言の起草者でもあるその人物と自分が親族関係にあることは黙っていた。春ごろにここの誰かから連絡があって、バイオレットおばあちゃんが彼の子孫であることが証明されたと伝え聞いてはいたのだけれど、棘《とげ》に満ちたその関係については触れずにおいた。その人たちが町まで迎えの車をよこしてくれたので、祖母は同じくトマス・ジェファソンの黒人の子孫である他の人たち、すなわちジェファソンが所有していた人々の子孫である人たちとともに、屋敷での催しに参加した。〈いまごろになって、来てほしいんだってさ〉と祖母は言っていた。

実際には、わたしたちがトマス・ジェファソンの子孫であることは、わざわざモンティチェロから電話で教えてもらうまでもなかった。その男性およびこの場所とわたしたちとのつながりについては、すでに一族の物語に織りこまれていたからだ。母が幼いころに祖母が話して聞かせ、それを母が、教訓物語かなにかのようにわたしに話して聞かせた。〈体は覚えている〉と母はよく言っていた。

わたしがまだ子どもだったころ、母は自分が初めてモンティチェロを訪れたときのことを話してくれた。三年生全員でスクールバスに乗って山を登り、ジェファソンの珍奇な発明品に驚嘆したあとは、手つかずの自然を堪能することになっていた。そうしてグループの仲間とガイドツアーの順番を待っているときに、当時八歳だった母は、これが前に母親が話していた人なんだ、と気がついた。〈だってほんとに、うちはあの大統領のおじいさんと親戚なんです〉母は頑として主張し、教師が顔を近づけて〝作り話〟はやめなさいと注意しても、譲らなかった。〈まったく何を言い出すやら〉と教師は言った。母がなおも言い張ると、その教師は他の生徒がスキップで正面ポーチへ向かい屋内ツアーに参加する間も、母をずっと道の脇に待たせていたという。〈誰にも言っちゃだめだから〉と何年も経《た》ってから母に言われたわたしは、おそらくそれは、あの人たちのことにはかまわないで、どうせ誰も本気にしないから、という意味だと思っていた。その名前をミドルネームとしてわたしに貼りつけたのは、ひとえに祖母のため、バイオレットおばあちゃんが背負っている義務感ないし敬意のようなもののためにすぎなかった。

母が遠足でここを訪れたのは、もちろんモンティチェロの委員会がジェファソンとサリー・ヘミングスのつながりを公に認定する前のことだ。ヘミングスはジェファソンの若き奴隷であっただけでなく、肌の色が濃いけれどもそこまで黒くはないいわゆるベイビーママでもあり、愛人として彼の子を産んでいたのだ。〈誰にも言っちゃだめだから〉死ぬ前にもう一度、あのハスキーな声で母は言った。その古い歴史に関しては黙って耐えるよりしかたがないという意味なのだろう、とわたしは受け取った。だから母は、トマス・ジェファソンや彼の一族のしゃれた屋敷のことが話題になると、いつも顔をそむけていた。彼に対する賛辞がボディブローとなって効いてくるとでもいうように顔をしかめていた。そういうわけで、何年も経ってからここでアルバイトをするために面接を受けたときにも、わたしは口を慎んだ。そのころにはすでにヘミングスの名を冠した特別ツアーが打ち出され、追加料金を支払えば〝奴隷にされた人々〟用の入口を通って屋敷に入れるようになっていたのだけれど。わたしは引きつった笑みをとりつくろい、自分がこの町で生まれ育ったこと、コミュニティカレッジからジェファソンが設立した世界レベルの大学に編入を認められたことを話した。ようするに、彼らの見たがっているものを見せたわけだ。地元出身の茶色い娘が頑張って成功した姿を。

　マッシュルームのようなアフロヘアの警備員が銃を下ろした。彼と目が合い、わたしも相手の名前を思い出した。〈バードさん〉とわたしは言った。

〈やっぱりきみだと思ったよ〉バードさんが言った。

　バードさんはほかの二人に、わたしがここで働いていたことを伝えた。〈ラブ、だったかな？　ダナイーシャ・ラブ〉

　その晩彼がわたしの名前を口にしたとき、ミドルネームが抜け落ちていることに気づいたが、あえて指摘はしなかった。〈ナイーシャと呼んでください〉とわたしは答えた。

残る二人の警備員も銃を下ろした。

わたしは後ろにいるみんながいまにも倒れそうなのを感じていた。屋敷そのものは、山をさらに一キロほど登った先にある。祖母が足を踏み出そうとしてよろめき、わたしはノックスと二人で祖母を近くのベンチに座らせた。わたしたちがもぞもぞと前に進んだせいで警備員らのゆるい列が崩れ、それを合図にほかのみんなも歩きだした。座った場所から祖母はぐるりと周囲を見渡した。

3

わたしたちはみな動揺し、くたくたに疲れていた。見ると、デヴィーンは負傷していた。前腕に沿って割れたガラスがいくつも刺さり、なにかしら絶滅した生き物の骨板のようになっていた。祖母と並んで座ったベンチから、わたしは彼がぎざぎざの破片をひとつずつ抜いていくところをちらちらと盗み見していた。その日はあまり食べておらず、空腹のせいで胃がきりきりするほどだったのに、なんとなく吐き気を覚えた。気がつくと繰り返し家のことを、自分が食べて眠って笑って打ちひしがれた部屋のことを考えていた。黄色い花もようの散ったキッチンテーブルは一方の壁に押し当てられていて、そこではよく宿題を片づけた。あるいはまっ赤に焼けた電熱器のコイルで母が櫛《くし》を熱し、それでわたしの髪を梳《と》かす間も、よくそこに座っていた。母によると、わたしの頭は感じやすかったのだという。髪の生え際から蒸気が立ち昇って体をくねらせていたことを、自分でも覚えている。髪が仕上がると、頭に大きなリボンをつけてもらって表に飛び出し、みんなに見せびらかしたものだった。

わたしは祖母の体に寄りかかった。〈おばあちゃん、大丈夫?〉

〈ナイーシャ〉祖母が答えた。〈こんなところであたしたちはいったいなにをしているんだろうねえ〉

一方の端にアイラとキャロルの姿が見えた。二人の白い家は厳密に言うと一番通りにあるわけではなく、道を一本隔てたむこうにある。二人は緊急報告をするかのような勢いで、警備員に詰め寄っていた。〈連中はうちの目前に迫っていたんだ〉アイラが白髪を逆立てて訴えた。キャロルの足元では二羽の雌鶏がぐるぐる回り、水が泡立つような音をたてていた。〈トーチを持って〉アイラはなおも続けた。〈マシンガンまで持っていた!〉

〈そのとおり〉わたしの横に立っていたノックスが、行ったり来たりし始めた。彼は長ズボンの上に襟つきの薄いポロシャツを着て、色褪《いろあ》せたストライプが胸のまわりを一周していた。〈ぼくのガールフレンドの通りに車で押し寄せてきたんだ。二十何台だったか、そこまで数えたところで締めたが〉

〈狂気の沙汰だ!〉アイラが言った。

ノックスは斜め掛けの鞄から水の入ったペットボトルを取り出して長い一口を飲み、それをわたしに差し出した。わたしは吐き気がひどかったので、それをそのまま祖母に渡した。祖母がノックスを気に入っていることは知っていた。冬の終わりごろに家に連れていったときには食事をごちそうしてくれて、ロースト肉のまわりにはポテトが山とよそわれ、コンロではライ豆がぐつぐつ煮えていた。ノックスはそれを全部たいらげて、お腹《なか》はいっぱいだったはずなのに、おかわりまで頼んでいた。ノックスはあんたを大事に思っているみたいだね、と祖母は言い、自分がいなくなったあとも誰かがわたしのためにいてくれるとうれしい、とつけ加えた。それにしても、祖母がノックスの水を、引っかきもようのついた分厚いブルーのペットボトルを、なんのためらいもなく受け取ってそのまま飲む姿を目の当たりにすると、自分たちの置かれている状況がまたしても大きく変化したことを思い知らされた。

チケット売場のむこうにはミュージアムと小シアター、カフェ、ギフトショップがある。下のほうにも子どものための施設や会議室などいろいろあるが、その最初の晩にはとてもそこまで行く気にはなれなかった。カフェはすっかり荒らされていたものの、ギフトショップは難を逃れたとみえ、テーブルには本や気取った感じの土産の品がピラミッドの形に積み上げられていた。わたしたちは手を望遠鏡のように丸めてガラスに当て、手つかずのままに保たれた暗がりの奥をのぞきこんだ。そんなふうにしてわたしたちは、屋根つきの回廊をぶらぶら歩いたり、疲れてベンチに倒れこんだり、中庭中央の植えこみをぼんやり見つめたりして過ごした。

もう一人の黒人警備員のジョージーは、バードさんの肩を引っ張りながらずっと同じことを訴えていた。その後聞いたところによるとジョージーはまだ五十代のなかばで、明るい褐色の肌をした彼は、たれたお腹の下にクランベリー色のポロシャツを几帳面《きちょうめん》にたくしこんでいた。〈この連中を居座らせたらだめですよ〉彼は主張した。

それでもバードさんは、ガムテープで作ったストラップにライフルをぶら下げた格好で、白人の警備員のオーデムさんといっしょに水とぬるいルートビア、そして子どもたち用にオレンジソーダを持ってきてくれた。それに、見たこともない高級そうなポテトチップスの袋も。とはいえ、それを配るときの彼らはひどくむっつりとして、自分たちは昔ながらの親切心でしかたなくやっているだけで、本当はさっさとこういうことから解放されたいのだ、という思いが伝わってくるようだった。ポテトチップを一枚舌にのせて溶けるのを待つと、スパイスが利いていて喉がひりひりした。バードさんは腰のベルトにぶら下げた工具でみんなの飲み物の栓を開け、デヴィーンには腕に塗る軟膏《なんこう》も持ってきてくれた。

その最初の晩は、一キロほどの道を登って山の上の歴史的建造物へ行こうとする者は、エライジャとエズラを含め誰一人としていなかった。ヤヒア家の両親はミュージアムの入口付近に色鮮やかな布を敷いて、ショックのあまり口もきけずにいる子どもたちのために寝床をしつらえた。六歳のイマニはシンプルな白のワンピースを、七歳のジョバリは父親とよく似た細かなもようのシャツを着ていた。白い家の夫婦は連れてきた雌鶏を中庭の植えこみに放し、キャロルのほうはサンダルをカタカタいわせてそばをうろつきながら、葉っぱの下で雌鶏たちがふだんと違う声で鳴くのを聞いていた。その後二人は並んで座り、アイラの革のショルダーバッグからマゼンタ色のワインを取り出してがぶがぶ飲み始めた。キャロルのめそめそ泣く声が遅くまでずっと聞こえていた。

その晩は琥珀《こはく》色のブーツを除いて全身を黒で固めていたデヴィーンが、どこからか箒《ほうき》を見つけてきて、バスの後部ドアから草むらにガラスの破片を掃き出し始めた。ノックスがチケット売場のほうへ歩きだすのが見えたとき、彼の向かう先がわかっていれば、薄いポロシャツをつかんでなんとしても引き戻しただろう。けれども実際には、彼がマイクロバスのそばにいるデヴィーンのほうへ近づいていくのをわたしはなすすべもなく見守っていた。デヴィーンは作業からほとんど顔を上げることもなく、片手を振ってノックスを追い払った。

〈きみ、出血しているじゃないか。ぼくがやるよ〉ノックスが言った。

デヴィーンは箒の柄をバスに立てかけ、ノックスを上から下までじろりと眺めた。

〈おまえいったい何者だよ？〉デヴィーンの声が聞こえた。その時点ではすでにノックスとわたしの関係に気づいていたはずなのだが。〈そもそもなんでここにいるんだよ？〉デヴィーンが言った。ノックスはなおも箒をつかもうとするように手を伸ばした。デヴィーンの全身がびくっとした。彼の口がぱっと開いて、それまで彼の隙を突いて笑わせたときぐらいしか見えたことのないゴールドの歯冠が、またしてもちらりとのぞいた。ノックスも答えようとして口を開いたが、その前にデヴィーンが体を起こし、いまにも殴りかかりそうな勢いで身構えた。やめて、と本当は言いたかった。なにか双方の間に立って引き止められるようなことを叫びたかった。けれどもわたしがなにかを言うより先にデヴィーンがバスの側面を殴りつけ、あたりに金属音がこだました。ノックスは小さく両手を上げて引き下がり、デヴィーンはポケットからジッポーのライターを取り出してタバコに火をつけた。それからふたたび作業に戻り、アスファルトにぶつかるガラスの音がジャラジャラと響いた。

ようするに、デヴィーンとわたしは前につき合っていたことがあるのだ。高校に上がる前の夏、まだどちらも『ゴー・ブラック・ナイツ！』に夢中になっているような年のころに。わたしは二、三か月前に母を亡くしたばかりで、体の中から聖なるものを掘り起こされたみたいにぽっかりと大きな穴があいていた。わたしたちはどちらもまだほんの子ども、十三歳と十四歳で、つき合うと言っても角にあるブラウンさんの店までいっしょに歩いて行って、黄色いランプヒーターの下に並ぶフライドチキンとフライドポテトを買うぐらいのものだった。赤と白のチェックもようの箱を互いの間に置いて、デヴィーンがふたを開けると湯気と香りが立ち昇り、どれもしょっぱく油でぎとついていた。大人のふりをしていたけれど、実際には子犬がじゃれ合うようなものだった。セックスは、彼の小さな地下部屋で、長い夏の終わりに一度だけ。わたしは祖母と暮らしていて、デヴィーンはいとこのエズラとエライジャとその父親と暮らしていた。けっきょくのところ、あまりに幼いうちにセックスをしたせいで、わたしたちの仲は終わった。自分には完全に早すぎたのだと、あとになって理解した。さらに時間が経ってから、彼のほうも、同じように早すぎたことを認めた。

ノックスと出会ったのは去年の秋、バージニア大学に編入した最初の学期のことだ。彼は五年生で特待生だったが、出会ったばかりのときにはそういうことはなにも知らなかった。知っていたのはただ、彼が「平等を求める学生の会」の最初の集まりに参加した唯一の白人男性だったことだけだ。わたしはボランティアとしてアウトリーチ活動に携わっていたので、彼はまずわたしのいるテーブルに「はじめまして、わたしの名前は……」のカードを受け取りに来た。〈ぼくはノックス〉彼はわたしが聞き取りやすいように顔を近づけてそう言い、わたしにも名前を尋ねて、注意深く繰り返した。彼は工学専攻、わたしは教育学専攻だったので、本当はそれきりでもおかしくなかった。

ところがわたしは昔から数字に弱く、とりわけ確率の計算が苦手だった。そこで支援を求めて学生課を訪ねたら、またしてもそこに彼がいたというわけだ。ワイヤーフレームのめがねのむこうの明るい色の瞳はなぜか寂しげで、彫りの深い顔立ちと彼の集中力にわたしは惹《ひ》かれた。高校のころには「黒人にしてはかわいい」と何度か言われたこともあるが、ノックスの表情を見るかぎり、彼にとってわたしはそういう対象ではなさそうだった。続く個人授業の際には、円形ホールの影のむこうに広がる芝生で、それぞれ敷物を広げて座った。ノックスはときおり、水のようになじんだものを見るような目でわたしを見た。ある日彼は一枚の写真を持ってきた。彼の家族、ワシントン州で暮らす家族の写真で、山の湖の前でポーズをとり、青緑色の湖面が無数の面に砕けて宝石のように輝いていた。写真の中で、防弾ベストとフランネルのシャツを着た父親は厳格そうに見えた。ノックスのそばに立つ母親は凜《りん》とした顔立ちのブロンドで、目は息子と同じで色がなかった。弟たちは互いにぴったりくっついて、細い腕を絡め合い、裸の胸には泥がこびりついていた。〈実家にはしばらく戻っていないんだ〉写真を見つめるわたしにノックスは告げた。互いの敷物を隔てる草の川の中から、彼は一枚の赤い葉をつまみ上げた。それから数学の問題でも口にするようにわたしの名前を口にした。その問題ならわたしにも解けた。すでに自問もしていた。

その後、実際につき合うようになってから、言葉が白く見えるほど空気が冷たくなったころに、ノックスとわたしは芝生の広場で身を寄せ合い、はしゃいだ気分で自撮り写真を撮った。彼の脇にぴったり収まると、当然ながら自分がずいぶん小さく思えた。ノックスはオリーブ石鹼《せっけん》と薪の煙のにおいがした。いよいよ本格的に寒くなり、寮の暖炉を使うようになっていたからだ。頭の上から愛情たっぷりに見つめる彼の視線が伝わってきたことを覚えている。きつく引っ張ってうなじの位置で丸くまとめたわたしの髪を、彼はその後、同じ夜に、震える手つきでうやうやしくほどくことになる。その場でポーズを取っているときには、自分たちの間に、というより並んで立つ誰かと誰かの間に、それほど不自然ななにかの存在することがあろうなどとは思ってもみなかった。ところが撮った写真をいっしょに確認したわたしたちは、自分の受けた衝撃をそれぞれ相手に隠さなければならなかった。スマホのフラッシュはほとんど機能せず、ノックスの整った顔がぼやけて写る一方で、わたしの顔は炭のように焦げていたのだ。

ようするにわたしが言いたいのは、わたしはノックスを愛している——崩壊が始まったばかりのころに何があったにせよ、わたしはいまも彼を愛している、ということだ。それは春休みのこと、まだ飛行機が落ちる前、ノックスが空路で実家に戻り、わたしが町に残ったときのことだった。祖母をバスで病院へ連れていくために、わたしは数日の予定で一番通りの家に泊まっていた。祖母は大学病院の呼吸器科に通っていたのだが、当時すでにいろいろなことが起こり始め、けれどもそれがどこまで続くかわからず、診察の予約日がころころ変わっていたからだ。ようやく病院に行ってみると、方針が変わったことを申し渡された。治療費の全額を支払えない場合、今後は手だてを講じなければならないという。診察室を出るわたしたちに、看護師が袋いっぱいに緊急用の吸入器を詰めて持たせてくれた。

その日の夕方、一番通りに戻ったわたしはきっと落ちこんでいたのだと思う。窓の外にたまたまデヴィーンの姿が見えた。ずいぶん久しぶりだったのでなんだかうれしくなり、わたしはそのまま外へ出ていった。背後で網戸が静かにギイと軋んだ。最後に会ってから彼の身にいろいろあったことは知っていたが、わたしたちはもっぱら昔のこと、同じ通りで過ごしたほんの子どもだったころのことを話しながら並んで歩き、リングの網がなくなったバスケットコートを通り過ぎ、草木が伸び放題の地元の公園を通り過ぎた。そんなふうに話していると、かつてそれを共有したというただそれだけの理由で、過去の痛みが喜びのように感じられた。デヴィーンがタバコに火をつけると、わたしたちは歩き続けて彼の叔父さんの家にたどり着き、彼の部屋にたどり着いた。

香りにつられて母のことを思い出した。そうしてあらゆるささいなことを思い出しながら、わたし〈体は覚えている〉――ほかになにが言えるだろう。母にはいつも用心しろと言われていた。年ごろに達した娘の体は爆発間際の時限爆弾だとでもいうように。そしてわたしも用心していた――そのときまでは。けれども崩壊が始まって店の棚が空になったころから、わたしはノックスに対しても用心を怠るようになっていた。春休みが終わって、わたしはノックスの部屋に帰った。なぜならわたしたちはすでに約束していたからだ。〈わたしはあなたのもので、あなたはわたしのもの〉そうしてわたしはキャンパスに、自分が必死に築きあげてきた世界に戻った。なぜなら自分がそうしたかったから。デヴィーンと過ごしたゆったりとほぐれていくようなひとときには確かに心を揺さぶられ、長らく忘れていた本の一節をふたたび読んで既知の言葉に啓示を見出《みいだ》す思いがしたのだけれど。それでも自分に言い聞かせて、わたしは戻った。デヴィーンとの間に起きたことはたんなる過ち、あるいは気の迷い。大丈夫、なかったことにしてしまえる。それからあの嵐がやってきて、あの颪と水が襲ってきて、気がついたのはそのあとだった。

デヴィーンはノックスのことを知っているが、ノックスは彼のことを知らない。知っているのは高校に上がる前のロマンスのこと、はるか昔のことだけだ。妊娠のことはこの世の誰も知らない。知っているとすれば祖母ぐらいのものだろう。祖母なら愚かなわたしが自分を知る以上に、わたしのことがはっきり見えているかもしれない。

割れたガラスを片づけるデヴィーンをその場に残し、ノックスが戻ってきた。動揺がわたしにも見てとれた。デヴィーンの怒り、その日一番通りで起きた出来事、続く日々に起きるであろう出来事に対する動揺。わたしはすぐそばに祖母がいるけれど、ノックスの家族は大陸の反対側にしかいない。電話で無事を確かめることさえできない。春休みにノックスが実家に戻ったとき、父親が息子の顔も見ようとしなかったことは知っていた。母親は彼のためにパンを焼いて食事を用意してくれたというが、取るに足りないことをたまに話すぐらいで、ほとんど口をきくこともなかったらしい。弟たちまで両手を尻に敷いて座ったきり、兄には触るなと指示されているかのようだった、と話していた。父親はノックスが高校生だったころに突然なにかの啓示を受け、あるいはなにかの危機に迫られて、シアトルでのネットワーク関連の仕事を辞めるなり、家族を連れて北へ移り、岩の荒野でサバイバル生活のようなことを始めたという。それ以降、彼は父親と反りが合わなくなっていった。世界の現状と未来のあり方に関する父の新たなヴィジョンに対し、ノックスが異を唱えたことが原因だった。彼が東海岸の名門校に行くと主張したことも。そして冬を迎える直前に、つき合っている相手がいると両親に告げ、スマホに入っていたわたしの写真、光と影が誇張されたあの写真を送ったことも。

わたしはノックスが戻ってくる前に立ち上がった。彼は身を屈《かが》め、わたしの額に自分の額を押し当てた。〈ダナイーシャ〉と彼は言った。

わたしにはわかった。ノックスは謝っていたのだ。わたしたちがともに受け継いだ崩れゆく世界のことを。けれどもその中で彼自身は片目をつぶって見逃され、生得権として永住を認められているることを。自分と同じ肌の色をした男たちが、わたしと似たような肌の色をした人々を恐怖に陥れていることを。わたしはうつむいて自分のスニーカーを、互いの足元に広がるれんがのモザイクもようを見つめていた。

わたしたちのような人々に対する憎悪と暴力は、生まれてこのかたずっと繰り返し目にしてきたように思う。州の隅々から、国の隅々から、男たちは波のようにわたしたちの町に押し寄せてきた。子どものころ、怒り狂った白人男性が車で群衆の中に突っこみ、わたしたちの側に立ってプラカードを掲げ行進していた若い白人女性が亡くなった、という話はみんなが知っていた。母には見るなと言われたが、わたしはこっそり動画を閲覧し、自分の目で確かめた。白人男性の黒い車がキーッと音をたてて突っこんでいったかと思うと、壊れた体がいくつか宙に舞い上がった。わたしは驚いてもう一度見直した。注意深く観察することで惨事をなかったことにできるとでもいうように。とこ ろが数週間後、母とバスを待っていたら、白人女性が二人でそのことをああだこうだと話しているのが聞こえてきた。雨よけのスカーフをあごの下で結んだほうが、先ごろ亡くなったあの娘は本当のところ車にぶつかって死んだわけではないのだ、と主張した。新聞に載っていたのは昔の写真で、死んだときにはあれよりさらに太っていた、と。自分も大柄でパン生地のような顔をしたもう一人もうなずいて、その太った娘はわたしたちの座っていた場所からそう遠くない道路のまん中で抗議活動の最中に心臓発作を起こして亡くなったらしい、と返した。わたしは母が正してくれることを期待して、母の腕のくたびれた皮を引っ張った。けれども母はなかなか来ないバスを待ち、ひたすら道路を見つめるだけだった。その一連の出来事について、ようするに無残に殺されたその娘の官能的な体は時限爆弾だったのだ、とわたしは解釈した。若い娘が多くを望みすぎると命を落としかねないのだと。

その後も男たちは何度も繰り返しやってきた。

さらに大きくなると、男たちが来るたびに、〈用心しなさい〉というような感じで〈しゃきっと顔を上げていなさい〉と祖母に言われた。友人たちがうーんと唸って携帯電話をいじるさまを目にすると、母もよくそうしていたことが思い出された。一番通りの住人たちは暗くなる前に子どもたちを捕まえて家に入れ、自分は庭に置かれたプラスチックの椅子に座って身を屈め、〈やれやれまただよ〉というようなことをつぶやいた。

わたしがバージニア大学に入ってからも、男たちはそのたびにまばゆいばかりの新たな怒りを従えてやってきた。バージニアの海岸に高波が押し寄せるようになってからも、彼らの熱狂的な怒りはつねにわたしに関するなにか、自分の意思ではどうにもならず逃れようのないなにかに集約されていた。ぴかぴかの街宣車がキャンパスのすぐ横を行進する光景、旗で埋めつくされた黒のＳＵＶが這《は》うようにのろのろと進む姿を見かけることも珍しくなかったが、それでも目にするたびにどきっとした。あるとき、ＡＴＭで口座の残高を確認して帰るとちゅう、歩道に新しくばらまかれた透明なビニール袋が目に留まった。わたしは銀行の明細書を片手に握ったまま、小石で押さえられている袋を空いているほうの手で拾い上げ、中のビラを取り出した。そこには**排除せよ、やつらに白い子どもは産めない**、と書いてあり、妊娠した黒人女性の絵が描かれていた。そしてその女性は、全身がお腹とお尻と胸と唇という代物だった。

あなたには価値がある、と裏面には書いてあった。

あなたは高貴なる存在だ！

あなたは脅かされている！

引き下がってはいけない！

伝統の価値を守ろう！

そして、アメリカ国旗を体に巻いた白人女性が描かれていた。

ビラを見て〈くだらない〉と言う人もいれば、〈無視すればいい、どうせすぐにいなくなる〉と言う人もいた。それに対して〈寝ぼけたことを言うな、放っておいたらそのうちどうなることか〉と言う人もいた。わたしはビラを幾重にも折りたたんで、ポケットの奥に押しこんだ。

受付パビリオンにたどり着いた夜、イーディスさんはカフェの椅子に腰を下ろし、指を曲げて讃美歌集の詞をなぞっていた。ラトーヤはウレタンのサンダルを脱ぎ捨てて素足になり、先の欠けたプラチナ色の足の爪が小さな貝殻のように輝いていた。ＫＪはスーツケースを引きずってマイクロバスのまわりをうろうろし、額に刻まれた細い傷痕が第二の眉のように弧を描いているせいで、幼い顔はつねになにかに驚いているように見えた。その後わたしは、ＫＪがそれまでマイクロバスで寝泊まりしていたことを知った。母親は服役中で、彼は里親のもとから逃れてきたのだという。

デヴィーンとエズラとエライジャはカフェの椅子をロータリーまで運んでいき、それぞれ銃を片手に、年配の警備員たちによるパトロールとは別に、下のエントランス道路を見張っていた。ジョージーだけはあの甲高い声で、どうせ自分たち以外には誰も来やしない、そもそも不法侵入者がどうやって警備なんかするんだ、と異を唱えた。デヴィーンも双子も彼の皮肉を気にかけることはなかったが、わたし自身は同じことをもっと間の抜けた言葉で考えていた。ここまで来れば大丈夫でしょう、と本当は言いたかった。それどころか、自分たちはその晩のうちに帰るのだと思っていた。けれどもやがてみんながベンチに寝転がるさまを見て、現実を受け入れた。わたしは祖母がもう少し楽に過ごせるよう、ノックスの手を借りて回廊の屋根がぎりぎり届くあたりに場所を見繕い、木の椅子に予備の布を敷いて、祖母をそこに座らせた。それから長靴下を履いた足をもうひとつの椅子にのせた。わたしたちもさほど離れていないところ、屋根はなく、草がそこまで茂っていない場所に横になった。体の下に敷くシーツもなかった。ノックスの斜め掛け鞄に二人でごろりと頭をのせた。春とはいえ、その晩も変わらず暑かった。わたしたちは小さな中庭に横たわり、わずかばかりの風が吹いてくれることをひたすら願っていた。

〈わたしたち、いったいどうすればいいんだろう〉気がつくとつぶやいていた。

ノックスが長い指をわたしの指に絡めた。〈なにかぼくにできることは?〉

わたしは寝返りを打ってノックスに背を向け、斜面の下の、低木が茂っているあたりに顔を向けた。その晩は満月で、月明かりを映して地面が真珠色に輝いていた。体が離れた埋め合わせに、わたしはつないだ手を引っ張って彼の腕を自分に巻いた。家のバスルームの窓台に置いてある蠟燭《ろうそく》が燃えつきて、水溜《みずた》まりのようになっているところが思い浮かんだ。その前の晩、わたしは揺らめく明かりの中で、出血がないだろうかと確認した。ノックスの鞄の留め金が頬に食いこんだ。

わたしを妊娠前の体に戻して、とわたしは思った。

〈とりあえず大丈夫〉わたしは答えた。

お腹に手をすべらせると、平らだった。でもいつまで？　どうか理解してほしい。妊娠に対する心の準備はできていなかった。いずれ覚悟ができるのかどうかもわからなかった。この世の崩壊が始まる前、世界がもとのままだったときでさえ、わたしの眼中にあるものはごく限られていた。学位を取得すること、できれば大学院まで進むこと。将来は教師になって、誰かのためになにかをしたかった。わたし自身が本当に多くの人にそうしてもらったように。

〈本当に？〉ノックスが訊《き》いた。

せめてこの子をあなたの子に、とわたしは思った。

じつのところ、父親がノックスなのかデヴィーンなのか、自分でもよくわからない。わたしはノックスに体を押し当て、あごの下から彼を見上げて、うつろな胸が疼《うず》くことにはかまわずに唇を差し出した。ノックスはわたしのまつげに、なだらかな鼻に、キスをした。それからいまも絡め合った二人の手を上に引き寄せたので、彼の親指がわたしの肋骨《ろっこつ》に触れ、胸に触れて、心の奥の不安にもかかわらず、わたしの開いた唇からは彼を求める声がもれた。彼は時間をかけて、じっくりとキスをした。その場の暑さにもかかわらず、わたしの体を繭のように包みこんだ。わたしたちはずっとそんなふうにして、二人いっしょに寝返りを打ち、硬く容赦のない地面から腰や肩をかばおうと試みた。

ノックスが淡い眠りに落ちるのを感じ、わたしは体をほどいて仰向けになった。背中にあたる地面がどこまでもでこぼこと続いていた。屋根のない空の高いところで、月が皓々《こうこう》と輝いていた。虫たちの甲高い鳴き声を突き破って、祖母のいびきが聞こえてきた。

体はくたくたで目は焼けるようだったが、だからといって目を閉じれば、家の窓から斜めにのぞいたあの光景が見えるのみだった。銃を手に飛び出してくる男たち、ガソリン臭のする炎に照らされてオレンジ色に輝く顔。そしてピックアップトラックの窓のむこうに見えたあの少年の、ぼさぼさの髪とむき出しの歯。頭の中に思い浮かぶ少年は凶暴な笑みを浮かべ、藁《わら》のような灰色がかったブロンドの髪は肌の続きのようで、恍惚《こうこつ》のせいか恐怖のせいか、眼球が飛び出していた。わたしはぱっと目を開けた。ノックスが眠ったままふたたびわたしの上に腕を投げ出し、わたしの名前らしきものをつぶやいた。すると祖母が、実際にわたしを呼んだ。

〈ナイーシャ〉

わたしは答えようとした。重力に抗《あらが》って眠りから抜け出し、体を起こそうとしたが、起き上がれなかった。地面の一部につかまってしまったような感じ、自分がそこに百年以上も横たわっているような感じがした。誓って言うが、左右の肩甲骨の間で根が張り、岩にひびが入るのを実際に感じた。

〈ナイーシャ〉祖母が言った。

わたしはなんとか意志の力で起き上がり、椅子に寄りかかっている祖母のもとへ向かった。水を早くと焦ってペットボトルを傾けたら、祖母の口からこぼれた水が部屋着のギャザー飾りに沿って小さな玉になった。染みこむ前に二人であわてて払った。

〈あの連中はうちにも来たんだろうかね〉祖母が言った。

それを聞いた瞬間、わたしには家の居間が本当に見えるような気がした。そびえ立つ高い棚と、ところ狭しとそこに並ぶ祖母の一生分のコレクション。いまは亡き祖母の夫アルレッドおじいちゃんの、埃をかぶった写真。写真の中のおじいちゃんはサスペンダーでズボンを吊《つ》って、浅い中折れ帽をかぶっている。母が亡くなり孤児になってしまったアフリカ製の黒檀《こくたん》の頭部彫刻と、その横で光沢を放つ祖母の陶磁器人形たち――それぞれに注目を引こうと工夫が凝らされている。続いて、近所の家のまったく同じ造りの居間の、それぞれの光景が思い浮かんだ。二世帯ないし四世帯ごとに連結された建物は金属屋根の勾配がばらばらで、まるで住宅地全体が残り物でできているかのような印象を与える。長年の間に祖母はそのうち三つの家で暮らした。最初にローズヒルから引っ越してきたのは、アルレッドおじいちゃんが亡くなり、大家がいきなり家賃を吊り上げたあとのことだった。祖母の作るフルーツパイとレッドベルベットケーキはことのほか評判で、町じゅうのイベント、ときには郡のイベントにも提供していたほどだったのに、いざ住む家を借りるか買うかしようと探すと、いずれも入居不適格と見なされた。大学の学生食堂で職を得たあとでさえ。そうして祖母と母は一番通りにやってきた。地域には黒人と褐色の肌の人々が大勢暮らし、そのころはまだ建物も新しくぴかぴかで、明るい未来のようなものが感じられたという。

祖母が体を起こし、片手で口をぬぐった。〈うちも燃えてしまったんだろうかね〉

〈うちは大丈夫でしょう〉わたしは答え、本当にそうであることを願った。

あたりからヤヒア・ママの声が聞こえてきた――赤ちゃんに歌を歌っていた。赤ちゃんにすがるように歌っていた。泣いていた。

4

目を覚ますと鳥が鳴いていた。目を覚ますと体がぐっしょり汗で覆われ、見えない虫に刺された痕が手脚に点々と散っていた。わたしたちのお腹はぐるぐる鳴り、夜の間に数えて過ごした喪失のせいで胸が痛んだ。ヤヒア・パパは琥珀のビーズのネックレスを家に置いてきてしまった。母親の形見の品で、その母親というのは気難しい女性だったという。エライジャはルビーの指輪を置いてきた。ずっと前にボーイスカウトでもらったもので、偽物だとわかってからも、輝きといい、指にぴったりフィットする感じといい、それをはめると可能性を信じる気になれたという。ラトーヤは高校卒業認定資格の証書を置いてきた――いちばん上の引き出しに、ばらばらの紙幣といっしょに入っているところが目に浮かぶ、と彼女は言った。イーディスさんはベッドの枕元の壁に掛けてあった小さな木の十字架を置いてきた。わたし自身も大切なものを一番通りに残してきたのだが、それについてはもっとずっとあとになるまで自分でも気づかないふりをしていた。朝になり、友人やほかの隣人たちはどこかで無事にしているだろうか、とわたしたちは思いを馳《は》せた。そもそも自分たちは無事なのだろうか、と思わずにいられなかった。

白い家に住んでいた白人夫婦は夜の間に雌鶏が一羽逃げてしまったとみえ、わたしたちが目を覚ますとキャロルが甲高い声で呼んでいた。キャロルはけっして諦めず、ようやく見つけたその鶏は、小シアターの薄暗い通路で床をつついて糞《ふん》をしていた。一夜が明け、白人警備員のオーデムさんが夜の間に去ったことを告げられた。バードさんによると、散弾銃を一丁持って、ミセス・ダンドリッジが残していったセカンドカーに乗って出ていったとのことだった。ダンドリッジさんというのはモンティチェロの社長代理で、しばらくの間は広大な屋敷と庭の維持に努め、発電機を使って明かりもつけていたという。世の中が落ち着きを取り戻して人々がまた過去の歴史のためにチケットを買う状況になれば、すぐにでもモンティチェロの門戸を開放できるよう、備えておくつもりだったらしい。けれどもけっきょく二頭のブルマスチフ犬とともにレンジローバーに乗りこんでここを去り、リッチモンド近郊に暮らす成人した子どもたちのところに身を寄せることにしたのだという。

わたしは祖母といっしょに薄暗いトイレを利用した。水道は使えなかったので、べとつく石鹸を手のひらにすりこんだ。中庭に戻り、ここへ来て最初に座ったベンチに祖母が落ち着いたと思ったら、誰かの大声が聞こえてきた。夜の間に何者かがギフトショップを襲撃したとみえ、ピラミッド状に積み上げられていたダークチョコレート・バーの山が崩されて、外包紙と内側の金紙の切れ端が散乱していた。わたしが中へ入ったときには、ジョージーが胸の前で腕を組んでＫＪの前に立ちはだかり、対するＫＪは痩せた腕で緑色のスーツケースを必死に抱き締めていた。バードさんもその場にいて、いったいどうやって眠ったのか、白髪まじりの髪が片方だけ平らになっていた。年配の警備員は二人してKJにスーツケースの中身を見せるように告げていた。バードさんはなだめすかすように、ジョージーは声を甲高く震わせて。〈これはおれのだ〉KJはそう言って、房状の巻き毛から汗をたらしつつディスプレイテーブルの間に退いた。

エズラは騒ぎを聞きつけたのだろう。寝起きの頭にあれこれくっつけたまま、長めのショートジーンズ姿でふらふらと入ってきた。父親を亡くして以来、彼に押された嘆きの刻印については、わたしたちみんなが間近で見てきた。通りの角で、彼はいまにも誰かに殴りかかりそうなようすで拳を握り、怒りと悲しみのにじんだ声で何時間もわめいていた。そのエズラが、落ち着きのない両手をKJの細い肩にのせた。〈こいつのことはほっといてやれよ〉彼は言った。〈誰がやってたっておかしくねえだろ〉

気温がさらに上がってくると、わたしたちは中庭のカフェの前に集まってテーブルを寄せ合い、それぞれの鞄に入っていたわずかな所持品を分け合って、念のためにポケットも再度改めた。ノックスは方眼ノートになにやら書きこみ、ラトーヤはひなたのベンチで体を丸めて昼寝をしていた。イーディスさんはなにかの一節を音読しながら、ジョージーが近くを通るたびに合図を送り、みんなの水や食べ物をもっと運んでくるように要求した。ヤヒア・パパは子どもたちのために数当てゲームを始めた。ここからチケット売場までの間に柱は何本ある？　ドアと窓はいくつある？　緑の種類はいくつある？

カフェの前になんとなく集まっているわたしたちのほうへデヴィーンが近づいてきたとき、頬にぽつぽつと髭の伸び始めた彼の顔は、前の晩よりも穏やかになっていた。ほどなく双子も、二人で盛んにしゃべりながら向かってきた。エライジャは流れるような美声の持ち主だが、見た目はブルドッグ顔で、以前はきちんと手入れしていた髭がだらしなく伸びていた。エズラよりも体が大きく、ワンシーズンは大学でフットボールをやっていた。大柄なエライジャとは対照的に、エズラはひょろりとしている。兄弟には見えるが、同一人物のようにそっくりというわけではない。

〈主はわが力、わが盾〉イーディスさんが唱えた。

アイラが溶けていくかのようにカフェの椅子に沈みこんだ。青いボタンダウンシャツを脱ぎ捨てて白の下着姿になり、大きく開いたV字の襟元から白い胸毛がのぞいていた。彼は元弁護士、それも勝ち目のない戦いを引き受ける頑固な善行の人で、別れた奥さんには法外な慰謝料を支払ったという。引退後に政府の助成金で建てられたわたしたちの集合住宅の近くに越してきたのも、そのせいだった。〈市の役人はどこに消えた?〉彼は言った。〈消防士は? 警察は?〉

キャロルは夫ががなりたてる声に合わせてうなずき、それと同時に蚊をぴしゃりと叩《たた》いていた。

〈警察だ?〉エズラが言った。〈そうではなく、おれたちが戻って、自分であのくそやろうどもを見つけ出して、目に物見せて――〉

〈逃げ出すのがおちだな、坊や!〉アイラの白髪は汗をかいてニスを塗ったように光っていた。

〈連中はおまえの姿に一キロ先から気づくだろうよ〉

〈誰かが落とし前をつけてやんないとだろ〉エズラは返した。

デヴィーンが濁すように同意した。〈誰かがな〉

実演して見せようと思ったのか、エズラとエライジャがいきなりジャンプして拳を突き上げ、武装した男たちを叩きのめそうとするかのように、体から汗を飛ばしながら拳を振るった。〈いい加減にしてくれないか〉ヤヒア・パパが声をあげた。〈子どもたちが怯《おび》えているだろう〉確かにジョバリとイマニは母親の後ろに立って黙りこんでいた。母親のほうは、色鮮やかな布でくるんだむっちりとした赤ちゃんを揺らしていた。

〈おれは絶対に帰るからな〉エズラはなおも主張してその場をぷいと離れていき、残されたわたしたちは、自分たちが仲間でもなんでもなく、ただあの恐ろしい出来事があったためにいっしょに中庭に座っているにすぎないことを改めて思い知った。イーディスさんとともに離れた場所に座っていたラトーヤが、足首を交差させ、琥珀色の豪華な髪の中をぽりぽりと掻《か》いた。夜の間に厚い化粧を落としたとみえ、そばかすがあらわになっていた。〈あたしたちの家、いまごろはもう灰になっちゃったかもよ〉ラトーヤは言った。〈いったいどこに帰るっていうの？〉

〈彼女の言うとおりだ〉ノックスの声がして、わたしはびくっとした。彼は祖母をはさんで反対側に椅子を引き寄せた。彼の声を聞いた瞬間、刺すような苦みとともにわたしは気づいた。ノックスはおそらくその気になれば町へ、大学の寮へ帰れるのだ。

それでも彼は帰らなかった、とわたしはその事実を心に刻んだ。

ノックスは年配の警備員にあれこれ質問しながら、わたしたちの目下の状況をゆっくりと表にまとめていった。バードさんの車、リンカーンのタウンカーはいまも使用可能で、下の駐車場に停めてある。そしてわたしたちが乗ってきたぼろぼろのマイクロバスのほかに、ガソリンのいくらか残っている古いシャトルバスが　台あるとのことだった。

〈どこかほかに行けるところはあるかな?〉ノックスが言った。
わたしは何週間か前、キャンパスを突っ切ってベータ橋のほうへ歩いていたときのことを思い出した。低いガードレールは歴代の学生たちの落書きで埋めつくされ、風雨にさらされてところどころめくれた層が堆積岩のようになっている。わたしは一人でその場に立ち、山のような荷物を車の屋根に縛りつけて町を出ていく人々の列を眺めた。嵐のさなかにはそうした動きは一時的に収まっていたが、やがて人々は手元にあるものをまとめ、去るべきかとどまるべきかを決断した。
ノックスがあたりを見回し、ノートになにやら書きこんだ。〈だが道路だってどれだけ安全なのかわからない〉
デヴィーンは頭の高い位置で髪を無造作に束ねていた。〈いつのまにあいつがリーダーになった?〉彼はそう言って、全員見知った顔の隣人たちを見回した。
ある意味わたしも同感だったが、実際にはこう言った。〈いいじゃない、いずれにせよ全員の意見を聞かなくちゃならないわけだし〉
ノックスはなおも続け、数日前にキャンパスから祖母の家まで訪ねてきたときの道中について、わたしに話したのと同じ話を繰り返した。駆け足で通り抜けた町は不穏な空気に包まれ、実際に身の危険を感じたこと。近隣の地区はもぬけの殻か、そうでなければよそ者は去れという警告が貼ってあったこと。メインストリートにも人の姿はなかったが、もとのバス停近くで汚れた白衣に斜め掛け鞄を下げた女性の一団とすれ違ったこと。食料と医療は足りているかと張りつめた表情で尋ねられ、ノックスが必要ないと答えると、すぐさま別のほうに注意を向けたという。

ノックスが話し終えると、ほかのみんなも次々に前の晩のことを語り始めた。アメリカ国歌が執《しつ》拗《よう》に鳴り響いていたこと。男たちがテレビで見る兵隊たちのようにゆるい隊列を組んでいたこと。〈あいつらはドアと窓枠にガソリンをまいていた〉ヤヒア・パパが言い、その声がうわずった。〈わたしたちの逃げ道をふさぐつもりだったんだ。妻と二人であわてて子どもたちをつかまえた〉〈あいつらきっとここまで登ってきておれたちを殺すんだ！〉ＫＪが言った。

デヴィーンがマイクロバスのほうを振り返り、それからバードさんのほうを向いた。〈上まで登ったら町は見えるかな？〉

〈屋敷はだめだからな〉ジョージーが言うと、デヴィーンはすかさず彼を制した。〈屋敷の話なんかしてねえよ！　町が見えるところに行きたいだけだ〉

バードさんが、たぶん見えるだろう、晴れていれば、シャトルバスの終点まで登っていけば、と教えてくれた。パントップス地区の高い建物の屋根が木立の間から見えるだろう、と。ジグザグと続く遊歩道を登って隣のモンタルト山まで行けば、往復一時間ぐらいでさらに多くが見えるという。ほどなく数人が高いほうの頂上を目指して歩きだした。先頭を行くデヴィーンはひときわ背が高くて一人だけ頭が上に飛び出し、バードさんが老いた手に急ごしらえの杖《つえ》を握って隣を歩いた。ＫＪを連れて双子もあとに続いた。小走りに後ろからついていくＫＪは、スーツケースから解放されて身軽そうに見えた。中庭では見かけなかったので、どこかに隠したのだろう。

ノックスとわたしはほかのみんなと受付パビリオンに残った。上までいっしょに登って自分の目で確かめたい気持ちもあったが、祖母のもとに残ることにした。あたりの風景を上から一望できれば、どの道を通って戻ればいいか見当がつくのではないかと思ったのだが。一行の姿が見えなくなると、ジョージーが落ち着きなく目をぱちぱちさせながら水の入ったペットボトルを一列に並べ、わずかばかりのスナックも出してきてくれた。それから見張りを続けに駐車場のほうへ向かった。ストラップにぶら下げたライフルが、穏やかな傾斜を描いて背中を横切っていた。

山へ行ったグループはばらけた列になって戻ってくると、吸いこまれるように中庭に入ってきて、残っている水のもとに集まった。デヴィーンがそばを通るさいに、じっとりとした熱気が伝わってきた。黒いTシャツがさらに黒くなって体に貼りついていた。彼はアイラの頭越しにボトルを放り投げてKJにパスし、それから別のボトルのキャップをひねって、一気に半分まで飲んだ。

汗でブロンズ色に光る顔で、デヴィーンとみんなは見てきたことを報告した。わたしたちの地区と思われるあたりから煙が昇っていたこと、それ以外にも少なくとも町の三か所からすすけた煙の柱が立ち昇り、火災の痕跡が認められたこと。うちの通りは完全に燃えてしまったのか、それとも燃えたのは一部だけか、とわたしたちは尋ねた。ほかにも火災があったというのはどの地域かわかるか。霞《かすみ》がかかっていたのでよくわからない、と彼らは答えた。

〈とりあえずはっきりしているのは、帰るのが無理ってことだけだ。少なくともいまはまだ〉デヴィーンは言った。

〈なんてこった〉ノックスが言い、またしても行ったり来たりし始めた。〈大丈夫、状況はじきによくなる。よくなってくれないと〉

崩壊が始まってからというもの、ノックスがそれを主として技術と物流の問題と見なしていることをわたしは知っていた。すなわち電力と天候の問題だと。吐き気のするほど不快で危険な人々がいることとも知ってはいるが、善人のほうが多いのだから、と彼は一度ならず口にしていた。電力が復旧して飛行機がまた空を飛ぶようになれば、事態はすぐにでも好転するはずだと確信していた。〈合図を送ろう〉とノックスは言った。〈上空から気づいてもらえるように〉そうして子どもたちといっしょにその日のうちに行動に移した。カフェの倉庫で白いビニール袋を見つけてきて、なんと書けばいいだろうかとわたしに相談し、袋を地面に並べて文字を書いた。仕上がったあとで、ひとつひとつのはためく文字の縁《へり》をわたしも歩いて巡った。**われわれはここにいる**、と書いてあった。

暑さは衰えることなく午後じゅう続いた。祖母は背中を丸めてカフェの椅子に座り、なんとか笑みのようなものを浮かべようとしていた。わたしは祖母に手を貸して立ち上がらせ、腕を組んでもう一度トイレまでいっしょに歩いた。そのときには警備員がバケツに水を用意してくれていたので、わたしたちは両手を洗い、ペーパータオルを水で濡らして顔をふいた。

子どものころ、母が高校の行事で遅くまでバスを運転するときには、祖母が夕食前に浴槽にお湯を張ってくれた。わたしがお湯の中で泡の雲を持ち上げて過ごす間に、祖母はシチューであれ、キャセロール料理であれ、仕かかり中の料理を仕上げた。ときにはイーディスさんが訪ねてきて、カウンターにバスケットを置いていった。中身は曲がったキュウリやいびつな形のグリーントマトなど、野放図に育った菜園の恵みだ。ほかの隣人たちも、それぞれひょっこり訪ねてきた。二人だけで夕食を食べるときには、祖母に言われアルレッドおじいちゃんの古いレコードをかけた。学校では頑張ってる？　と祖母はよく訊いた。先生はちゃんと指導してくれる？　今日はなにか楽しいことはあった？　わたしは石鹸をバケツに投げ入れ、祖母が部屋着から腕を出すのを手伝った。中には薄手のナイトガウンを着ていて、淡い色の生地の下に丈夫そうな白い下着が透けて見えた。〈あんたはいい子だね〉鏡に映ったわたしに向かって祖母は言ったが、その角度からだと一部しか見えていないはずだった。わたしは腰を屈め、祖母の血行をよくするための長靴下を脱がせて、薄く張った水の中に放り入れた。続いて部屋着を丸めながら、明日もここに留め置かれていたらナイトガウンも洗おう、と思ったそのとき、部屋着のポケットに入っていたなにかの外包が指に触れた。取り出してみると、吸入器だった。祖母の吸入器。わたしは胃がすうっと落ちていくのを感じた。それでもとにかくそれを自分のポケットの奥に突っこんで、わたしの顔をよぎったに違いないパニックの表情も含め、祖母に見られなかったことを祈った。祖母の部屋着を椅子の背にかけてひなたで乾かす間、わたしと祖母は比較的プライバシーの確保できそうな小シアターで過ごし、多少の明かりが入るよう、ドアを少し開けておいた。

午後の日差しが手脚にオレンジ色の光を投げかけていた。エズラはラトーヤとカードゲームを始め、そのへんにあった紙マッチをちぎって賭けていた。ラトーヤが三連勝して、いかさまだろうとエズラがいつまでも文句を言い続けたところで、ゲームはやめになった。デヴィーンとエライジャはロータリーのほうへ戻り、マイクロバスのむこう側に置いてある椅子に陣取った。バードさんが近くを通るたびに、ジョージーが聞き慣れた声で繰り返した。〈忘れたんですか？　連中はここにいちゃまずいんですよ？〉わたしはカフェの椅子に座って背にもたれ、目を休めようとした。闇の中に、ピックアップトラックに乗っていたあの少年の姿が浮かび上がり、窓枠から指がクモの脚のように伸びてきた。ぱっと目を覚ますと、そう遠くないところにキャロルがいた。銀髪のボブは熱気でくたびれ、足元を雌鶏が行き来していた。彼女は子どもの熱を測るような感じで、アイラの額に手の甲を当てていた。〈わたしたちはここに隠れているのかしら〉とキャロルは言った。〈なにかを待っているのかしら〉

アイラは体を曲げて近くにいるほうの雌鶏、羽根に赤茶の筋もようが入っているほうに手を伸ばした。雌鶏はアイラの手をつつくと、カサカサとすべりながら逃げていった。〈わたしにわかるわけがないだろう〉アイラは言った。

イーディスさんはパンフレットの光沢紙を束ねて作ったうちわでひたすら自分をあおぎ、涼をとっていた。〈主はわたしの光、わたしの救い〉彼女は言った。〈わたしは誰を恐れよう〉〈いいかげんに黙ってくれないか〉アイラが言った。〈あんたは口を閉じるということを知らんのか？〉

間髪を容れずにイーディスさんは尖《とが》ったパンフレットをアイラに投げつけ、うなだれた肩にみごと命中させた。

アイラは座ったまま椅子をすべらせた。〈こんな連中とこれ以上ここにはおられん！〉彼はバードさんを呼んで、どの車でもかまわないからとにかく車の鍵をくれ、と要求した。

イーディスさんのほうはアイラを見ることもなく冷ややかに返した。〈その人が鍵をもらえるなら、あたしだってもらうわね。ザイオン国立公園も訪ねてみたいし、コロンビアハイツの歴史的建

造物も見てみたいものだわ〉
〈わたしは出ていく〉アイラは言った。
続いてわたしたちは鍵の閉まる音を耳にした。全員がいっせいにカフェに目を向けると、ジョージーが中に立てこもり、大半の食料とボトル入りの水からわたしたちを締め出していた。ガラスのむこうに見える彼は不安ゆえか興奮ゆえか引きつった顔をして、クランベリー色のシャツに覆われたお腹をガラスのドアに押し当てていた。バードさんがすでにチケット売場から大急ぎで向かっていたが、エズラがドアに着くほうが先だった。〈あんた、冗談のつもりか？〉エズラは言った。背中にぐっしょり汗をかいていた。彼は手のひらのつけ根でガラスを強打した。〈くそっ〉
エズラはくるりと後ろを向き、立ち去るのかと思いきや、ズボンの後ろから拳銃を取り出してふたたびくるりと向き直り、銃口をガラスに押し当てた。
ヤヒア・ママの腕がいきなり何本か増えたように見えて、それがしゅっと伸びたかと思うと、何事だろうと身をのり出したジョバリとイマニにすばやく巻きついた。なにやら黒っぽいお菓子を口に運んでいたＫＪも、視線はエズラに釘《くぎ》づけだった。祖母が立ち上がった。〈ちょっと、エズラ！〉恐ろしく険しい顔つきをしていた。ガラスのむこう側ではジョージーが凍りついたまま、エズラの銃を凝視していた。
〈きみ、銃を下ろしなさい〉バードさんが言った。
誰かがエライジャを呼んだのだろう。マイクロバスのほうから飛ぶ勢いで片割れのもとへ走ってきた。デヴィーンも間髪を容れずに追ってきた。〈おい、おいって〉エライジャは何度もそう言いながら、自分より小柄な片割れの体をドアから引きはがそうと粘り強く試みた。けれどもエズラは体を反らして肘を突き出し、エライジャの喉からうっと声がもれた。エライジャは腕を後ろに引くなりエズラの顔を二発殴った。続くもみ合いの中で拳銃が地面に落ちた。双子も転倒し、積み上げられていた椅子がばらばらと崩れた。エライジャがエズラを地面に押しつけると、エズラは抵抗して噛《か》みつき、引っ掻いた。バードさんが銃を二人の手の届かないところに払いのけた。デヴィーンがエズラをどやしつけ、アイラがエライジャをどやしつけた。イーディスさんは毅《き》然《ぜん》とした声で祈り、ノックスはつまずきながら後ろに下がった。ヤヒア・パパは、またしても危険に近づこうとした子どもたちを叱りつけた。〈親の言うことを聞きなさい〉

わたしの横で祖母がぎゅっと顔をしかめた。

わたしはふらふらと立ち上がった。

みんなを見渡したことを覚えている。ほとんどが何年も何か月も前から知っている人たちだ。その中にはわたしが心から愛してやまない人たちも含まれている。みんなが声を荒らげ、萎縮し、嘲《あざ》笑《わら》い、怒り、怯えている。目をしばたたくと、見慣れた顔がふいにぼやけてトーチを持った男たちの顔、怒りに歪《ゆが》んだ別の顔に見えてきた。わたしは生意気にも大口をたたいた。母がここぞというときに用いたようなどすの利いた低い声で。自分が思いきりどなり散らしたことを覚えている。

〈わたしたちはこうしてここにいるわけだけど！〉

その場の全員が凍りついた。皮肉たっぷりに笑っていたアイラまで。頰の痣《あざ》が黒くなりかけているエズラまで。ノックスがぎょっとしてそばで凝視しているのも感じた。バードさんがカフェのドアに鍵を挿して、ゆっくりと回し、開いたドアと戸口の間にぐっしょりと汗をかいたジョージーが出てきた。わたしは震える息を長々と吐き出した。

わたしたちはみんなでここにいて、とりあえずは安全かもしれないが、だからといってどれだけ安全かはわからない、とわたしは訴えた。お互いに協力し合わないで、どうやって家に帰るというのか、と。あの場から脱出できたのは偶然にすぎないし、本当に危険を脱したと思っているならおめでたいにもほどがある。このわずかな幸運をもっと確かなものにできるかどうかはひとえにわたしたち自身にかかっているのだ、と。

わたしの口からは言葉が次々に飛び出してきたが、言い終えてみると、それらはひどく空虚に感じられた。わたしたちの頭の上で、一筋の影が中庭をよぎった。仲間からはぐれたコウモリかスズメだろう。ふたたび日が暮れかけていた。白っぽい満月が昇り、その下で自分が無防備に照らし出されているような気がした。

迷路のように並ぶ椅子と人々の間を縫って、わたしはすごすごとトイレに向かった。水の流れないトイレは入口に近づいただけで悪臭が鼻を突いた。喉にこみ上げるものを感じたが、なにも出てこなかった。自分がなにかとんでもなく重いものを抱えているような、どんよりとした拘束感にとらわれた。しかもその荷は、一瞬たりとも下ろすことは叶《かな》わない。壁にもたれ、身についた習性でつい壁のスイッチを押した。すでに何週間にもなるというのに、わたしの指はいまだにかつての世界を求めていた。

暗がりの中をシンクに向かって歩きながら、自分が混乱を悪化させただけにすぎないことを感じていた。鏡をのぞくと、そこに映った自分の顔がぼんやりと見えた。ひとつにまとめた髪はぼさぼさ、青黒い顔はかつて母が収集していた黒檀の彫像のようだった。外に戻ったら、偉そうな口をきいてしまって、とみんなに言おうと思った。外に戻ったら謝ろうと思った。

ところが外に出てみると、みんなはいまもカフェの前にいて、身を寄せ合うような感じで立っていた。なにやら声が聞こえてきた。不安定だけれど、よく響く高い声。祖母の声だ。わたしにも聞き覚えのある古い讃美歌だった。イーディスさんの声も聞こえた。ほかのみんなもリズムは知っているとみえ、歌に合わせて体を揺らしていた。

つまるところ祖母は人生の大半を一番通りで暮らしてきたわけで、全員のことを知っている。夕食時になると野良犬のようにこそこそと現れるKJのことも。アイラとキャロルのように、一番通りのすぐそばに家を建てたり古くなった家を改装したりして住んでいた白人家族のことも。イーディスさんにしても、外出の困難な人たちに食事を届けたり、共同菜園が色彩であふれ返る八月には採れたての野菜やハーブをみんなに届けたりしていたので、わたしたちの多くを知っている。その宵、老いた二人の女性は、さながらわたしたち全員の命がかかっているかのように歌を歌った。祖母の明るい声がひときわ高くなったかと思うと、マーチングバンドの指揮者を思わせるイーディスさんの低い声がそれを支えた。そして二人の声の間で抱かれようとするように、みんなもいっしょにハミングしたり歌ったりし始めた。わたしが歌のほうへ歩いていくと、みんなの手が次々に伸びてきて、気がつくとわたしは祖母の隣に立ち、その場にできた不揃《ふぞろ》いな輪の一部になっていた。わたしの声も聞かせてほしいと、それもまたみんなの声の延長なのだというように、みんなが視線を上げてわたしを取りこむのを感じた。

5

歌はわたしたちを救ってはくれなかった。わたしたちを救ってくれたもの、この先も救ってくれるかもしれないものは、昔ながらの隣人同士のつながりにほかならなかった。なにはともあれ一番通りで暮らしてきたことで、わたしたちはともに転び、膝をすりむきながら学んできたのだ。正面ポーチにはプラスチックの椅子をひとつか二つ置ける程度のスペースしかなかったが、必ずやどこかのおばさんがタカのように目を光らせ、どこかの子どもが道路に飛び出していったりしないか、誰と誰がつるんでいるか、誰が誰にぶち切れそうになっているか、と見張っていた。子ども同士も親戚のような感覚で、年上の子が年下の子に目を配っていた。わたしが子どものころには、夏にはいつもアイスクリーム売りのトラックが少し不気味なカーニバルふうの音楽を響かせながらやってきて、薄気味悪い色白の男が、熱くなった二十五セント硬貨をとろける甘い食べ物と交換してくれた。いきなり腕をつかまれてさらわれたりしないよう、子どもたちは隙なくお金を手渡した。赤くなった舌、べたついた手。その後は歩道で無事を祝うダンスを踊った。ガラスのかけらを踏まないように、ただでさえ苦労の絶えない母親たちにそれ以上の心労をかけないように気をつけながら。

この世の崩壊とともに、一番通りはまたしても変容を遂げた。イーディスさんは同じ教会に通う女性たちとともに、不揃いなキャベツや痩せたナスビなど、菜園の収穫物を隣人たちに提供する一方で、町じゅうをめぐって余ったハーブを規格外野菜と交換してきた。何人かの母親たちは、球技場の裏にある大きな貯水タンクから容器に何杯も水を汲《く》んできた。その成人した息子たちの何人かは、デヴィーンやエライジャとともに、物資を持ち寄る人々で新たな賑《にぎ》わいを見せ始めたブロック造りのクラブハウスを警護した。木炭、缶詰、そのほか手に入るものはなんでも持ち寄った。夕方には隣接する駐車場で、タバコやスピリッツやパンパースを交換した。古着や子どものおもちゃも提供された。初期のころには地元の教会がシリアルと石鹸と蠟燭を届けてくれた。あるときは、比較的新しく越してきた家族——濡れた砂のような肌の色をした父親と息子——が庭の裏の小峡谷でシカを仕留めた。二人はそれを下処理して、肉が悪くなる前にと気前よくみんなに分けてくれたので、通りじゅうのグリルから、さらには近隣の地区からも、焦げた肉のにおいが立ち昇ってわたしたちの鼻をくすぐった。

続く朝はショックとホームシックで、わたしたちは受付パビリオンでただぼうっと過ごしていた。自分たちが隠れているのか、待っているのか、どちらとも判断がつかなかった。水の入ったペットボトルは手の中でくしゃくしゃになり、中の水はぬるくてプラスチックの味がした。一番通りにいたときには、というよりこれまではずっと、日常のちょっとしたものについては誰もが所有権を主張できた。わたしの部屋、わたしのソファー、わたしの夕食、といったぐあいに。けれども受付パビリオンではすべてがほかの誰かのもの、あるいは過去のものだった。そのなかでバードさんは少なくとも鍵を持ち、それを使ってドアを開放してくれた。子どもたちはパビリオンの周囲を駆け回って鬼ごっこに興じ、鬼役の子は機関銃やトーチを持っているふりをした。祖母も元気そうで、前日の古い讃美歌がいまも喉に残っているかのように、静かにハミングしていた。デヴィーンとエライジャはエントランス付近に加え、わたしたちと下の道路を隔てる林の見張りを続けた。二人はマイクロバスをきれいに掃いてそこで寝起きしていたが、エズラはいまも不機嫌そうにむっつりとして小シアターのあたりをうろついていた。

　太陽が空の高い位置に昇ったころ、ヤヒア・ママがどこかへ歩いていく姿が目に留まった。柄物の生地をきつく巻いたスカートの上にゆったりとしたTシャツを着て、毅然とした足取りでわたしのそばを通り過ぎ、まっすぐに中庭から出ていく。カフェの椅子で居眠りをし、首を前にたれてこくりこくりしているヤヒア・パパを起こそうともしない。いつものように赤ちゃんを抱いて、片足を前に踏み出すたびにかすかに体を揺らしながら、シンコペーションの動きで歩いていく。チケット売場のドアを通り過ぎ、マイクロバスを通り過ぎても、後ろを振り返ろうともしない。おそらくその無駄のない動きと静かな音楽に潜むなにかに注意を引かれたのだろう。わたしは彼女のあとを追った。

　ヤヒア・ママの速さに合わせて一定の距離を保ちながらついていくと、彼女は野花の間に延びる舗装道路をどんどん歩いて、そのまま一段高くなった駐車場を突っ切った。尖った草が伸び放題になっている人気《ひとけ》のない空き地の前でヤヒア・ママが立ち止まり、わたしも止まった。いくつかの駐車スペースに囲まれた中で、そこだけが丸太の割り材を用いた低いフェンスで仕切られている。案内表示によると、歴史学者らによりここで奴隷たちの遺骨が発見されたというが、墓石も墓標もなにもない。フェンスの手前でヤヒア・ママは唇を動かし、母国の言葉でなにやら赤ちゃんに話しかけた。それとも母と子だけに通じる私的な言葉だったのか、わたしはなにかしら聞き覚えがあるような錯覚に陥った。

〈そうとう参ってるんだろうな〉ノックスの声がした。わたしがヤヒア・ママを追ってきたのと同様に、彼もこっそりわたしを追ってきたらしかった。道の少し後ろに立って、わたしを驚かせまいとするように手のひらを軽く上に向けている。わたしのことなら心配ない、そう言おうと思って口を開いたはずが、まったく別の言葉が出てきた。〈あの少年、ピックアップトラックに乗っていた子——あなたも見た?〉

〈もちろんみんな多かれ少なかれ参っているわけだけど。あんなふうに男たちに乗りこんで来られて〉ノックスが言った。

わたしは急に体がふわふわして、浮き上がってしまいそうな感覚にとらわれた。おそらくノックスは気づいたのだろう、背後から腕をまわし、わたしを地面に引き留めてくれた。彼が自分の頭をわたしの頭に重ねたので、しばらくそうやって墓標のない墓地を眺めていた。

ノックスがヤヒア・ママのほうを示した。〈彼女が無事に戻るのを見届けるとしようか〉

そのときの浮遊感は一日じゅうつきまとった。ポンプ式のハンドソープとバケツに汲んだ雨水で体を洗う間も。祖母とイーディスさんがギフトショップのそばのベンチに座って近所の知り合いの名前を挙げ、いまごろどこにいるのだろうと話す間も。わたしの意識がようやく体に戻ったのは、ガラスの砕ける音があたりに響いたときのことだった。割れたかけらが降ってきたような錯覚にとらわれて、腕に沿って細い毛がぴんと立った。わたしは立ち上がってバードさんのあとに続き、ミユージアムの開いた扉、ガラスの音がしたほうへ向かった。

灰色の中を通り過ぎて階段を駆け上がると、ヤヒアの子どもたちにはさまれてＫＪが立っていた。三人がいるのは二階のドアからそう離れていない場所で、開いたドアから分厚い光の束が降り注いでいた。ドサッと音がしてハンマーが床に落ち、ＫＪが後ろに下がった。ジョバリとイマニは割れたショーケースの前で凍りつき、物が壊れるなんて思ってもみなかったとでもいうように目を見開いていたが、わたしたちを目にしたとたんにわんわん泣き出した。〈うちに帰りたいよう！〉泣きながら何度も洟《はな》をすすり、ひび割れた黒い頬を涙がつたった。

割れたショーケースの中では展示用の小物が光沢を放っていた。台座に据えつけられた真鍮《しんちゅう》製の望遠鏡、古びた刃がトンボの羽のように開いた状態で置かれたポケットナイフ。トマス・ジェファソンが実際にそれらの道具を使って印をつけたり測定をおこなったりしたのだろうか、とわたしは思った。家を逃れたあと、ほかのどこへ行き着いてもよかったはずなのに、わたしたちはよりによってここに、わたし自身のはるか昔の先祖を記念するこのミュージアムにいるのだった。とはいえ、これだけ世代を隔てたいま、なにをかまうというのだろう。わたしは割れたばかりのぎざぎざのガラスの中に用心深く手を差し入れ、曲げた指を腕時計のほうに伸ばした。表面に真珠があしらわれ、手のひらサイズの四角い木箱に収められて、コンパクトミラーのように開閉できる仕組みになっている。触った瞬間、微弱電流に触れたような、通電したような衝撃に見舞われた。

こんどはなに？　とわたしは思った。

〈ガラスが割れている、気をつけないと〉バードさんが言った。

子どもたちは後ろに下がり、その後も〈家に帰りたい〉としくしく泣いていた。

その出来事のあとでみんなを招集したのはわたしだった。ノックスとバードさんがカフェの椅子を引きずってざっと円形に並べてくれた。ジョージーはいまもエズラとの間に距離を保ちつつ、テーブルに水を用意してくれた。エズラは双子の片割れに殴られたあごが濃い紫に変色し、てかてかと光っていた。デヴィーンとエライジャもやってきて、みんなからやや離れて右端に立ち、祖母は中央近くのテーブルのそばに座った。イーディスさんは席に着く前にさっそうとカフェを通り抜け、菜園の野菜を摘むかのようにシリアルミックスと黒っぽいシードクラッカーをつかみ取ってくると、テーブルの上に一列に並んだペットボトルのそばに並べて置いた。みんながそれを手に取り、むっつりと噛む音が始まった。ノックスは、わたしに頼まれてギフトショップから見繕ってきた文具セットを開封した。それを見て、イマニが下のほうにある子ども向けの体験センターから羽根ペンとインクの瓶を持ってきた。顔にはいまも涙の跡が粉を吹いていた。

〈みなさんはどうしようと思いますか？〉全員が座ってこちらを向くのを待って、わたしは言った。

〈もう大丈夫なことを期待して、家のようすを見に行きますか？　それともこの先は別行動にして、それぞれの目的地へ向かうことにしますか？　と言っても、わたしと祖母はほかに行く当てもないんですが〉

　わたしは中庭全体を見渡した。アイラはキャロルと並んでベンチに座り、ひとしきり咳《せ》きこんだあと、肘の内側で口を覆った。祖母は乾いたクラッカーをかじりながら口元以外はみじんも動かさず、わたしに向けて光線でも発するみたいに目を輝かせていた。〈みなさんはどうしたいですか？〉

わたしは尋ねた。

熱風が吹き抜け、あたりの藪がカサカサと鳴った。〈わたしはとどまるべきだと思います。みんなで、とりあえずいまは〉わたしは自分の意見を述べた。

風が止まった。賛成を口にする人が一人もいないかわりに、反対する人もいなかった。ヤヒア・パパが息子のジョバリを自分のほうに引き寄せた。髪を編んでみごとなコーンロウに仕上げたラトーヤが、できたての畝《うね》と谷に指をすべらせた。わたしは縁のほつれたシャツの襟元を肩の内側に引っ張り上げた。〈とりあえず、お互いに対する要望などはありませんか?〉

わたしたちは互いに見合って座っていたが、やがてゆっくりとそれぞれの希望や要望を口にし始めた。そこで自分たちにできることをリストに書き出し、実際に取り組むことにした。言いたいことは声に出し、互いに耳を傾けよう、とわたしたちは合意した。互いに争わないように努力しよう、と約束した。羊皮紙色のノートにインクの染みをつけないように気をつけながら、ノックスがひとつひとつ左手で書き留めた。雌鶏が自分も賛意を表するかのように甲高く鳴いて、みんなの笑いを誘った。

するとエズラが声をあげた。〈そいつらはフライドチキンにすべきだろう〉わたしは思わず通りの角のブラウンさんの店のことを考えた。その昔デヴィーンと分け合って食べた衣つきのフライドチキン。口の中に唾液が湧いて、どうしようもなく過去が恋しくなった。

〈ばかなことを言わないで〉イーディスさんが言った。〈一食分の肉のために毎日手に入る卵をふいにするつもり?〉

アイラの横で、キャロルが声を出さずにありがとうと口を動かした。

〈だけどその二人は、自分らだけでワインを飲んでたんだぜ〉エライジャが食い下がった。〈まわりの誰にもどうぞとも言わずにさ。悪いけどイーディスさん、そいつらが卵一個でもおれたちに分けてよこすとは思えないね〉

アイラがベンチの縁を握り締めた。〈あのワインはわたしのものだった！　飲む権利があった！〉けれども続いて、揺らめく炎に見入るかのように、風に揺れる中庭の草をじっと見つめた。〈どうせあいつらはやってくる。そうだろう？　遅かれ早かれ、武器を手に。虚言にあおられて！　あの恥知らずな旗を担いで〉アイラが旗のことを口にするのを聞いて、わたしはふと、一番通りにやってきた男たちが一様に青いアームバンドを巻いていたことを思い出したが、エンブレムのもようまでは見えなかった。〈あのときはたぶん、あいつらをもう一度見るぐらいなら、自分はもう生きていたくないと思ったんだろう〉アイラが言った。

〈卵は分けるわ〉キャロルが言い、アイラの背中をさすった。その背中は妻の手の下で震えていた。

〈これからは分けます〉

わたしたちはさらに意見を出し合い、急場しのぎの合意書に肉づけをしていった。ひとつひとつの発議について忌憚《きたん》なく話し合い、あるいは黙ってうなずいて賛意を示した。山にある食料と飲料はすべてまとめ、全員で分けることにした。必要な道具や物資は売店やスタッフエリアから、なんなら展示エリアからでも、借りて使うことにした。ジョージーはあごに力をこめながら、テーブルの間を行ったり来たりしてわたしたちのごみを運んでいた。

山にあるものとわたしたちが持参したわずかばかりのものを合わせると、ずいぶん奇妙な組み合わせになった。基本的な救急用品とありとあらゆる工具。ポテトチップスとバー・タイプのグラノーラ。クラッカーときれいな缶に入った紅茶。ダークチョコレートのドロップに白い粉をまぶした昔懐かしいお菓子の袋も山ほどあって、祖母は子どものころに食べたことを思い出すと言った。そしてあまり当てにはならない卵と、銀色の缶に入った大量のつやつやのバージニア産ピーナッツ。イーディスさんはその前にギフトショップのガーデニングコーナーで、代々この地で収穫されてきた種を凝視していたが、いまは鶏の正しい放し飼いの方法とバージニアに自生している食べられる植物について、みんなに伝授していた。子どものころ、母親の菜園のまわりに生えていたものを実際に食べていたという。〈デイリリー、タンポポ、アミガサタケ、ハコベ〉イーディスさんはそれらの言葉を、さながら聖書を引用するかのように口にした。

〈バージニアのご出身なんですか?〉わたしが尋ねると、イーディスさんは眉間にしわを寄せ、お仕置きしてやるから鞭《むち》打ち用の小枝を取ってこいと言わんばかりの形相でにらみ返した。それから質問に答えて、生まれた場所をだんだんと広げて教えてくれた。生まれたのはリーおばあちゃんの家、その家は非白人系の人たちがハープ通りと呼んでいたところにあり、それはシャドウェルの近く、ピードモント台地、北アメリカ、神の緑土にある、と。

ヤヒア・パパは、コンゴ民主共和国の紛争地域から逃れたのち、タンザニアの難民キャンプで何年も待機しながら、衛生的な飲み水にも不自由するような状況を生き延びてきたという。あまりに長く待たされたので、一思いに惨殺されるのと、飢えと渇きで磨耗するようにゆっくり死んでいくのと、どちらがましだろうかと考え始めた、と語っていた。バードさんが、ジェファソン自身が設計した大きな貯水タンクがあるのでポンプで汲み上げられるはずだ、と提案した。〈上にある屋敷のそばに〉と彼が言うのを聞いて、わたしはこめかみが疼き出すのを感じた。まだ町へ戻れる状況ではないといえ、できれば山の上の屋敷へ行くことは避けたかった。あと二、三日はど受付パビリオンで過ごせばなにかが起きて、それをきっかけにおのずと次の行動も決まってくるだろうと思いこんでいた。

わたしたちは互いを守ることに同意し、それもノックスが書き留めた。

〈なにがあろうとだ〉デヴィーンが大きな声で念を押した。

〈なにがあろうと〉わたしたちは繰り返した。

〈なにがあろうと〉わたしたちは約束した。

当座はバードさんとわたしが鍵を預かることになった。そしてイーディスさんとキャロルが、朝と夜にみんなに配る食料を仕分けする。なるべくみんなで順番に手伝い、家に戻れるようになるまで協力し合おうと決めた。

話し合いののち、デヴィーンとエライジャはバードさんといっしょに彼のタウンカーを壊れたゲートの下に移し、林の中にバックで停めて藪で目隠しした。それからガソリンの切れたシャトルバスを利用して、そこから上のエントランス道路を封鎖した。そんなふうにいちおう用心はしたものの、武装した男たちもまさかここまではやってこないだろう、とわたしたちは自分で自分に言い聞かせていた。連中は町を手に入れたいだけだ。だから先日も町の境界まで来て追うのをやめたのだ、と。そして、ほとんどそれに納得しかけていた。

わたしたちは、必要なものは使うが、自分たちが多くを失いこれからも失うだろうからといって、腹いせのためにモンティチェロのなにかを破壊するような真似《まね》はしない、と合意した。それもまたノックスが書き留めて、わたしたちの即席の憲法に新たな条項が加わった。そんなふうに自分たちの意志を言葉で共有したことで、わたしたちの関係はわずかながら変化したように思われた。アイラはイーディスさんに、聞き取れないほどの声でぞんざいにおやすみを言うようになったし、イーディスさんも手を払って拒絶はするものの、前ほど邪険な感じではなく、仕分け中の種から軽く指を上げて応えた。ヤヒア・パパは子どもたちとKJを引き連れてギフトショップへ入っていくと、それぞれ特別ななにかを選んで大事にとっておくようにうながした——大きな金色の記念コイン、木製の知恵の輪、かつてバージニアを自由に歩き回っていた猛獣のぬいぐるみ。ヤヒア・パパがギフトショップの新品のTシャツを子どもたちの鳩《はと》のような胸に当てて肩幅と比べる姿を見ていると、わたしは自分の母を思い出さずにはいられなかった。わたしがその子たちほどの年齢だったころには、母もなけなしのお金をわたしに注《つ》ぎこんでくれたものだった。色鮮やかな服にこぎれいな靴、いつも髪まできちんと仕上げて、外の世界にわたしを送り出すに当たって、ひとつひとつに小さな祈りがこもっているかのようだった。この子をよろしく、この子は愛されているんです、と。

ヤヒア・パパが、子どもの本のコーナーから腕いっぱいに本を抱えて戻ってきた。いずれもトマス・ジェファソンの長く突出した人生に関する本だった。

〈この人のことは知っておいたほうがいい〉と言うのが聞こえた。〈偉大で善良な人だったんだよ〉

翌朝起きると天気が一変していた。風が吹き荒れて体を鞭打ち、わたしとノック人の頭上に広がる空は、渦を巻いて泥のような灰色に変わっていくところだった。風にあおられて梢《こずえ》がきしみ、顔のすぐ横で長い草がぺしゃんこに押し潰されていた。椅子にクッションを押しこんで座ったまま近くで寝ていた祖母が、目を開けた。わたしがそちらへ歩いていくと、カモミール色の顔のまわりでほつれた髪が宙に浮き上がった。祖母は大儀そうに片方の膝を伸ばし、続いてもう片方も伸ばした。気圧が下がると決まって祖母の言う〝アーサー〟、すなわちリウマチ《アースライティス》が悪化する。わたしは祖母のほうに身をのり出した。

〈大丈夫、おばあちゃん?〉

〈大丈夫でないと困るでしょう〉祖母は答え、わたしは祖母の体に腕をまわして立ち上がるのを手伝った。

本当はもっと実際的なことを言うつもりだった。建物の中に入ろうと言って、カフェかミュージアムを示すとか。そこへ突風が吹きつけて、わたしの着ていたギフトショップの新しいTシャツが大きくふくらみ、祖母の部屋着が帆のようにはためいた。

〈そろそろ上の屋敷に移ったほうがいいのかな〉わたしは言った。

〈手遅れにならないうちにね〉祖母は答えた。

そうしてわたしは心を決めた。みんなで上に行こう。すぐにでも。

中庭のカフェの近くでは、キャロルがグラノーラ・バーとチョコレートとナッツを小分けにしていた。イーディスさんはペットボトル入りの水を新たに出してくるよう、エズラに指示していた。ほかのみんなは口をもぐもぐさせながら軒下から空をのぞきこみ、なにやらつぶやいていた。前回の嵐のことがあるので、天候に対してみんなひどく懐疑的になっていた。

〈屋敷へ〉と、テーブルからテーブルへ移動しながらわたしは言った。〈嵐が来る前に、上に移動しませんか〉アイラが口についた食べくずを払い、ヤヒア・ママが、クークーと喉を鳴らす赤ちゃんにほほ笑みかけた。ヤヒア・パパはわたしの問いを歌に変えて宣言した。〈屋敷へ行こう！〉ジョバリとイマニがコーラスで返した。〈行こう！〉

吹きつける風の中で、バードさんは髪を嵐雲のように逆立てて木立の隙間から空を見上げた。わたしたちの計画を彼がジョージーに伝えると、ジョージーは体を前後に揺すり始めた。〈でもダンドリッジさんは〉彼は毎度のように言いかけた。だが今回、バードさんは近くにいる全員に聞こえるようにはっきりと返した。〈ジョージー、ダンドリッジさんがどう言ったかは関係ない。いいか、ダンドリッジさんは頭の大きな犬たちを連れてここを去ったんだ。いまも残っているのはわれわれだ〉

〈ですがおれたちは屋敷を守らないと〉ジョージーはすがるように訴えた。するとバードさんは、彼のうなだれた肩をぎゅっと握った。〈この人たちの身に起きたことはきみも聞いただろう。いいか、ダンドリッジさんはわたしに鍵を託したんだ。きみはいいやつだが、ジョージー、そろそろ自由になったほうが――〉

ジョージーは下を向いたので、なんと言ったのかはわからない。それでも彼ががくりと肩を落とすのは見えたし、なんと言ったにせよ、声は涙で詰まっているようだった。わたしの頭に、他人の土地の片隅に建つ粗末な家と、モンティチェロでの仕事だけが生き甲斐の孤独な人生が思い浮かんだ。急に彼が気の毒になり、喪失感についてはわたしも知らないわけではないと伝えたくなった。〈お、おれは残れます〉ジョージーはそう言って涙をぬぐった。〈おれもこの人たちの力になれます〉

貝殻に耳を当てたときのような音がして、一瞬、風がやんだ。

わたしがノックスに近づいて軽く肩を握ったときには、彼はイーディスさんを手伝って食べ物を小分けにしていた。すぐに戻るから、とわたしは告げた。

わたしは一人で、いまもロータリーに斜めに停まったままのマイクロバスへ向かった。足を踏み入れるのはここへ逃げてきて以来だった。〈ちょっといいかな〉わたしは開いたドアから呼びかけた。抵抗する足を無理やり持ち上げてステップを上り、ほとんど身をのり出すこともなく繰り返した。〈いないの？〉

運転席は小さく裂けていた。バスの中は雨と長年の乗客たちのにおいがした。おそらくわたしたちのにおいも混じっているのだろう。後方の割れた窓をざっと見たが、誰の姿も見当たらなかった。戻りかけたそのとき、いちばん上のステップにのっていた足が音をたてた。

シートのひとつからデヴィーンががばっと起き上がった。額の上で黒い髪が絡まり合っていた。続いてエライジャが通路の反対側、二つほど後方の席から起き上がった。見ると、ハイトップのスニーカーを履いた大きな足が通路に置かれている。彼は寝起きの目をこすった。

〈外で待ってる〉わたしは二人に告げた。

ほどなくステップを下りてきたデヴィーンは、まず入口付近を見渡し、それから駐車場に目を向けた。〈そっちはとくに異常なし？〉彼は尋ね、弱々しくうなずくわたしを視界の隅で確認したが、視線を合わせることはなく、新たな嵐の気配にざっと目を走らせた。彼は新しいTシャツの胸の前で腕を組んだ。エライジャが後ろのドアから飛び降りて、どこかへ歩いていった。デヴィーンがバスに寄りかかり、わたしはなにか心からの言葉を伝えたいと思った。

〈ありがとう〉とわたしは言った。〈みんなのために、いろいろと。その、一番通りのために〉

エライジャが戻り、デヴィーンをこづいてタバコを要求した。

〈また思いっきり荒れんのかな〉エライジャはそう言って空を見上げた。もちろん誰にもわからない。わたしは二人に、上の屋敷へ移動しようと話していることを伝えた。高齢者と子どもたちを言い訳に、こういう天気の中でずっと屋外にとどまるわけにはいかないから、と。

デヴィーンはそこらじゅうに目を向けるくせに、わたしのことだけはけっして見ようとしなかった。わたしはこっそり彼を盗み見た。〈いっしょに行こうよ〉わたしは言った。

エライジャがくすくす笑い、デヴィーンはジッポーを握った。わたしはその場を去ろうと、汚れたスニーカーを履いた足で重心を移し替えた。〈いずれにせよ、わたしたちは行くから〉

バードさんは今回も杖代わりの枝を斜め前に突き出し、節くれだった先端を遊歩道に押し当てながらわたしたちを先導した。両側を木立にはさまれたその広い道は、トマス・ジェファソンのプランテーション屋敷へと続いている。ジェファソンが自ら設計した屋敷は築二百年以上に及び、主として彼の奴隷たちにより建てられた。中庭のミュージアム側の端から出発して階段を上りつめたところにジェファソンの等身大の彫像が立っていて、金属質の光沢を放っている。かつてわたしが観光客の手荷物検査をしていたのもそのあたりだ。わたしたちは白っぽい小石を踏みながら、ザッザッと音をたてて歩き続けた。

雨粒がぽつぽつと頭を叩きだしたが、頭上を覆う木の葉のおかげで最初の一降りの直撃は免れた。バードさんはクランベリー色のポロシャツから独立宣言の文言をあしらったギフトショップのノベルティTシャツに着替えていて、先頭を行く彼の背中でトマス・ジェファソンの言葉がくねくねと波打っていた。〈われわれは、以下の事実を自明のことと信じる。すなわち、すべての人間は生まれながらにして平等であり……〉

わたしたちはさまざまなものを運んだ。イーディスさんの腕に絡みついたいくつものトートバッグには、食べ物と種とお茶が入っていた。キャロルとアイラはそれぞれ雌鶏を一羽ずつ抱え、アイラはそれに加えていまやぱんぱんにふくらんだ革のショルダーバッグを下げていた。エズラはペットボトル入りの水をケースごと担ぎ、その後ろにKJが影のようにぴたりとついて、エンドウ豆色のスーツケースをあたかもキャスターがついているかのように引きずりながら小石の上を歩いていた。ノックスはさまざまなものでいっぱいになった斜め掛け鞄を下げてわたしといっしょに祖母を左右から支え、祖母はうながされて脚を擦《す》りながらゆっくりと進んだ。祖母が脚を運ぶたびに、長靴下の上から明るい色の膝こぞうがちらちらとのぞいた。祖母は高校の卒業年度にマーチングバンドの指揮を務めた。金色の肩章のついたユニフォームに身を包み、ヒールの高い白いブーツを履いて、さっそうと校庭を行進した。その当時はバトンを宙高く放り上げ、百発百中でキャッチできたという。練習に次ぐ練習のすえにね、と祖母は言った。けれどもいま、祖母はおぼつかない足取りで懸命にその道を登っていた。道はわたしが記憶していたよりも急坂で、端のほうは浸食されて溝になり、雨水が流れていた。祖母の室内用のスリッパにはすぐに小石が入りこみ、わたしはたびたび、それを捨てる祖母に手を貸さなければならなかった。

バードさんによると下のほうにシャトルカートが少なくとも一台は残っていて、祖母を乗せられるとよかったのだが、バッテリーがほぼ切れているとのことだった。ダンドリッジさんはそれに乗って敷地を見て回り、発電機を回し続けて万全の状態で待機するよう残ったスタッフに指示して、従来どおりに徹することで世界がもとに戻るかのように振る舞っていたという。

しばらく行くと、ほんの数日前にマイクロバスで走った人気《ひとけ》のない道路が眼下に見えた。本降りの雨に追いつかれないよう、それまでも頑張って歩いてはいたが、その道路とバスで封鎖した入口を目にするや、わたしたちはさらに歩を速めた。ラトーヤはウレタンのサンダルを履いて意気軒昂《けんこう》と歩いていた。イーディスさんはふうふう言いながら、息をつく合間にあたりの植物の名前を口にした。アイラは遊歩道の並木を片手で押して反動をつけながら、あとどれぐらい歩くのかと尋ねた。祖母の手を引くわたしもついせっかちになり、もう少しゆっくり、とノックスに言われた。

〈だって嵐が〉と、差し迫った不安を引き合いにわたしは言い訳した。デヴィーンとエライジャにも来てほしかったが、二人は〝見張りのため〟と言って、わたしたちがここに来るまで警備員が使っていた古いトランシーバーを引っ張り出してきて、ジョージーとともに下の受付パビリオンに残った。

　前方で道が曲がり、ジェファソンの墓地へと続く短い階段が見えてきた。前にここでアルバイトをしていたときには、シャトルバスはトマス・ジェファソンの家族墓地の下で小休止して、観光客がジェファソンの方尖柱《オベリスク》の墓碑を眺めるための時間をもうけていた。遊歩道もそこを通っていて、黒い金属フェンスに囲まれた墓地のそばを通る間だけ、足元の小石が硬いれんがのモザイクになる。一行は施錠されたゲートの前で立ち止まった。黒地に金で記された文字がジェファソンの子孫を歓迎するとともに、関係者以外の立ち入りを禁じている。先の尖った柵のむこうに石の墓標がいくつも並び、その多くにはランドルフの姓が刻まれている。それからわたしたちは気を取り直し、華奢《きやしや》な木立の間を縫って高原の牧草地を突っ切る細長い小道を、ふたたびさっそうと歩きだした。〈もうすぐだよ、バイオレットおばあちゃん〉とわたしは言った。

　林を抜けて上まで来ると、嵐はいよいよ間近に感じられた。風が後ろ脚で立ち上がり、犬のように背後から襲いかかった。右手に木製の蔓棚《つるだな》が現れ、その下に広がる菜園の存在を告げていたが、わたしたちはそれを横目にひたすら目を伏せて歩き続けた。前方正面に、奴隷制度を物語る最初のモニュメントが見えてきた。焼け焦げた煙突の跡、粗悪な板で再現された奴隷小屋、奴隷にされた人々の居住地と記された粗末な看板が立つだけで建物の名残《なごり》すらないむき出しの空き地。右手斜面の下には菜園の全景が見渡せる。延々と続く作物の列とその間を縫う赤茶色の畦道《あぜみち》は、まるでラトーヤの髪型のようだ。バードさんが、わたしたちがいま歩いている未舗装の小道は桑の並木《マルベリー・ロウ》だ、と教えてくれた。そう言われて、わたしも思い出した。特定の奴隷たちが、釘作りや機織りに従事していた場所だ。

その朝、わたしには山の上のすべてが初めて見る光景のように思われた。学校の遠足やアルバイトで訪れたときとはまるで違っていた。これまではつねになんらかの距離が感じられた。モンティチェロのあらゆるものと現実との間に壁が横たわっているような感じ。現実の人生とは、すなわち母と祖母と友人たち。学業に加え、なにか有意義なことに取り組みたいという決意。わたしはずっと人のために、とりわけ自分がともに育ったような人々、あまりに往々にして痛めつけられ、軽んじられる人々のために、少しでもなにかができればと思ってきた。そういう現実の人生がある一方で、自分の先祖に当たる人々の想像上の人生は、よく吟味しないままどこか別の場所、窓のない小部屋のようなところに放置しているという感覚だった。ところがいまや、現実のほうが背後でひっくり返って煙を吐き、目の前のそれが自分にとっての現実なのだった。その日ここまで登ってきたわたしは、またしてもシーソーのように揺れる自分を感じていた——密度と奇妙な軽さの間で、そして痛ましい過去の遺産を否定した母と、慎重に語り継ごうとしてきた祖母の間で。

急に雨が激しくなり、わたしたちの肌に叩きつけた。わたしたちは背中を丸め、まず子どもたちが駆けだした。左手の階段を上った先に、南側テラスの長いL字形の通路が見えてきた。その曲がり部分の下階に設けられた小部屋は、現在は展示室になっている。その上方にそびえる母屋の白いドームは、子どものころによくドレッサーの上に積み重ねていた五セント玉に描かれていた、あのモンティチェロの姿だ。バードさんはわたしたちを東側のエントランスへ誘導した。正式な見学者ならば、馬車かシャトルバスで来るところだ。

本降りになった雨から逃れようと東側のポーチへ急いだが、それでもなんとか、あの有名な姿をちらりと目に収めることができた。堂々たるれんがの壁と、グリーンの鎧戸にはさまれた縦長の二段窓。砂色の四本の柱と、その上に戴《いただ》かれたペディメント——まばゆい白の三角形。屋根の風見が問うように傾いていることを除けば、建物は前回とまったく同じに見えた。まるで何事も変わっていないかのように、これからも変わることなどないかのように。白いモルタルに染みこんだいくつもの黒い手についても、わたしは想像せずにいられなかった。〈わがモンティチェロ〉喉の奥で言葉が生じ、ごくわずかに唇を押し開いて出ていった。

6

わたしたちは石の階段を駆け上り、東側ポーチの屋根の下でひとまず息を整えた。奴隷制に関する好ましくない痕跡はたったいま登ってきた斜面の下に隠されて、その場所からは見えない。前庭は野生化し、縮れた芝の間から雑草がずいぶんな長さに伸びていた。シナノキのむこうにシャトルバスの停留所があり、わたしはそこで待たされる八歳の母の姿を思い浮かべた。

〈中へ入ろう〉みんなが口々に訴えた。

わたしは近くの柱にもたれ、脚の震えを意識しながら、この期に及んでまたもやためらう自分を感じていた。ヒューヒューヒューと唸る風に混じってなにかをこするような乾いた音が聞こえてきたのはそのときだ。音の主は祖母だった。表情がこわばっている。いきなり腕を強くつかまれて、わたしの心臓のほうが止まりそうになった。

斜めに吹きつける雨にはかまわずに、わたしはノックスと二人でポーチの端に作りつけられた木のベンチに祖母を運んだ。みんながまわりに集まって、祖母が息を吸おうとして吸えずにいるさまを見守った。

〈どうしたの?〉イマニが尋ね、母親のスカートを引っ張った。

〈早くなんとかしてやらないと!〉アイラが言った。

イーディスさんが合わせた手のひらに力をこめた。〈主よ、憐《あわ》れみたまえ〉

わたしが子どものころにも祖母はたまにそういう発作を起こし、ここ数年はじわじわとぶり返すようになっていた。それでも世の中がこうなる前は、主治医か救急車を呼べばよかった。祖母は自分で自分を抱き上げようとするように、空いたほうの手で体をぎゅっとつかんだ。わたしはパニックに駆られ、膝をついてそばにいることしかできなかった。祖母の目を見つめながら、自分の吸った息が祖母の体に入っていくとでもいうように、こうやって入っていくんだよと祖母の息に教え諭すかのように、ゆっくりと吸ってみせた。続いてはたと思い出し、自分のポケットに手を入れて、祖母のポケットから消えていたそれを取り出した。わたしは震える手で吸入器のキャップを開け、何度か振ったのちに祖母の開いた唇に当てた。

〈神はわたしたちの砦《とりで》、苦難のときの避けどころ〉イーディスさんが言った。

祖母が吸入器を吸っている間にわたしは祖母に握り締められていた手をほどき、背中を起こしてノックスの斜め掛け鞄を引ったくった。実際のところ、答えはすでに知っていたのだけれど。それでもわたしは自分の鞄をあさるような勢いで中身をあさり、なによりも忘れてはいけなかったと思い知ったそれを自分が実際につかみ取ってきたかのように、探し求めた――最後に病院を訪ねたときに、看護師にうしろめたそうに手渡されたビニール袋。だがもちろん、そこにはなかった。

祖母の足元に膝をついたその位置から、わたしは祖母のハチミツ色の顔を見上げた。ゆっくりと、頬に血の気が戻り始めた。〈屋敷に着いたよ、おばあちゃん〉わたしは言った。

わたしたちのまわりで、雨は強くなったり弱くなったりを繰り返していた。

〈足元に気をつけて〉バードさんが言った。〈おばあさんを中へ〉

その最初の日、なにかしら封印を破るような心境でモンティチェロに足を踏み入れたわたしたちは、むっとするような熱く澱んだ空気に出迎えられた。祖母の体を軽く支えながら、わたしたちは窓に面したエントランスホールの中へと進んだ。

ドア付近に置かれた障害物――腰の高さの二本の木製スタンドと両者をつなぐ腕の長さほどのロープ――を、わたしはすぐさま移動させた。椅子は使えないようにリボンが張ってあったので、バードさんの工具ベルトから先の尖ったものを借りて、ひとつまたひとつと切断していった。そうして最初に解放された椅子に、祖母は座った。

〈ナイーシャ〉祖母が呼んだ。

〈おばあちゃん、ここにいるよ――〉

祖母は目を閉じ、首を後ろに倒していた。これまでと同様、呼吸が落ち着いていくのが聞こえて、それとともにわたしのパニックも収まった。部屋着の襟ぐりからのぞいている胸が上がったり下がったりして、顔にも輝きが戻り、うっとりとしたような表情をしている。〈もう大丈夫だからね〉わたしは祖母を抱き締めた。

エントランスホールにはじつにさまざまな展示物が固定されている。そしてしばしの間、わたしたち自身もその場に固定されていた。右手上方の壁にはエルクやムースなど、仕留めた獲物の黒っぽい剥製が飾られ、その向かいには先住民からの略奪品が展示されている。斧《おの》、矢筒、かつて誰かが履いていたであろうモカシン、中央に羽根飾りのある放射もようの盾――ラコタ族のものだと、のちにバードさんが教えてくれた。白い大理石の胸像があり、流れるドレープをまとった女性の彫像があり、歳月を経てブロンズ色に変色したマストドンの巨大なあごもある。そんなふうにいくつものオブジェがこれでもかと並ぶさまを見ていると、それを飾った人物のとほうもない野望と並々ならぬ自負心がうかがわれるような気がした。

ヤヒア・パパが前へ進みかけてドアのほうへ戻り、靴を脱いだ。〈クウェリ、クウェリ〉と彼は静かに言って、脱いだ靴を入口付近にきちんと並べ、スーツ用の黒い靴下で前に進み出た。丈の短いカーゴパンツを穿《は》いているにもかかわらず、不思議と威厳が感じられた。ヤヒア・ママが子どもたちにも靴を脱ぐように急《せ》きたて、ＫＪもそれに倣った。バードさんはしばらく戸口に立ったまま、大きなガラスのドア越しに外の嵐を眺めていた。

祖母がわたしの腰骨に触れ、そっと押すのを感じた。

それまでモンティチェロの見学ツアーに参加するたびに、わたしはいつも両手をぴったり脇につけ、下を向いて歩いていた。けれどもそのとき初めて、祖母が座っている椅子の背を指でなぞってみた。塗装のほどこされた木材には、わずかに油分が感じられた。わたしは部屋を横切り、天井に向かって延びるはしごの下の段に体重をかけてみた。はしごの先には一連の錘《おもり》がぶら下がり、正面玄関の真上にあるジェファソンの大時計につながっている。その風変わりな仕掛けを見ていると、時間が過ぎていくことの困難を想像せずにはいられない。時計のねじを巻くと、大砲の弾のような球状の錘に連結された紐《ひも》が壁をつたってゆっくりと下降し、天井から床のくぼみに向かって順に記された表示をたどることで、曜日を示す仕組みになっている。わたしは床のくぼみをのぞきこんだ。どうやらここ最近はずっと土曜日を示していたらしかった。

そうしてその朝モンティチェロの大時計を見上げたときから、わたしは日々を数えるようになった。各日にあった出来事だけでなく、ほどけていく日々の数を。

バードさんが玄関ドアを閉め、それまで一か所にかたまっていた人々がおのずと散らばり始めた。双子の片割れがそばにいなくてとまどっているようすのエズラは、ジェファソンが白ら設計した両開きのドアを抜けて応接間へ向かった。アイラとキャロルがそそくさと屋敷の左側を目指すと、ヤヒア一家とKJはぶらぶらと反対側を目指し、ラトーヤはいまもゆったりとしたゴールドのTシャツに身を包み、イーディスさんとバードさんのあとについていった。とうとうわたしのそばに残っているのは、ノックスと背後の椅子で休む祖母だけになった。わたしは部屋を突っ切って、壁に掛かっているアフリカ地図のもとへ向かった。ノックスも無言でついてきて、二人で地図の前に並んで立った。その形はかなり正確に思われた。海岸線に沿って地形的な特徴が灰色味をおびた暗いブルーでぐるりと描かれている。だが大陸の中央部はあり得ないほど空っぽだ。わたしは一、二メートルほど離れたところにあるバージニア州の地図に近づいた。州の境界はないが、綿密な線がぎっしりと描きこまれている。その近くにあるトマス・ジェファソンの肖像画が目に留まった。金色の額縁に囲まれてつやつやと輝いている。つま先立ちになってさらにじっくり眺めてみた。血色のいい頬、ところどころに琥珀の色合いが混じったグレーの髪。背後では吹きつける雨か風が窓のガラスを叩いていた。

〈なんだか不思議だと思わないかい〉後ろでノックスの声がした。〈ぼくたちが——きみが、こうしてここにいるなんて〉

わたしの一族の微妙な血筋についてはノックスもすでに知っていた。彼が春休みに実家から戻ってきてすぐ、電力が失われる前に打ち明けた。学生寮にある彼のこざっぱりした部屋でいっしょにベッドに寝転がり、彼の胸に片手をのせると、一週間前よりなめらかになっている感じがした。ノックスはわたしの髪に両手を差し入れ、自身のことを話していた。けれどもわたしの体はいわば罪の意識からくる痛みのせいで、二人の関係に距離をおきたい、ノックスの不在中にあったデヴィーンとの出来事との間に距離をおきたい、と感じていた。〈たぶん父親はぼくを嫌っているんだと思う〉ノックスはそう言って、わたしの首元に顔をうずめた。ベッドの枕側の窓では扇風機が回っていた。まさかそんなすぐに電力が途絶えるとは、その時点では思ってもみなかった。〈ぼくの顔を見ようともしなかった〉ノックスが言い、なんとか彼を慰めたいという思いから、わたしは自分のことを打ち明けた。〈わたしのミドルネームがヘミングスだということは、知ってた？〉わたしは彼に訊いた。〈サリー・ヘミングスって知ってる？〉

ノックスは顔を上げてわたしの顔をうかがった。〈知ってるよ〉

その日、ノックスはわたしの告白をごく穏やかに受け止めた。まるでわたしが口にしたことは、自然数かなにかのように明快かつ定義可能なのだというように。彼のあっさりした反応を目の当たりにして、わたしはほとんどほっとしていた。〈なんだかかっこいいじゃん〉と彼は言った。

わたしはジェファソンの肖像画の前に立ついまの自分に意識を戻し、ノックスに答えた。〈むちゃくちゃよ、こんなところにいるなんて〉

頭にふと、受付パビリオンで書き留めたルールのことが思い浮かんだ。意図的にこの場所を荒らすようなことはしない。だがわたしたちは観光客ではない。エントランスホールのリボンと立ち入りを禁じるロープをひとつひとつ切断しながら、わたしは安堵《あんど》と怒りの入り混じった思いを噛み締めた。みんなで無事に嵐を逃れ、祖母の呼吸ももとどおりに落ち着いた。とはいうものの、町にあるわたしたちの家は焚《た》きつけのような扱いを受けたというのに、ここはこんなにも美しくきちんと維持されていたのだ。階段の上のほうから、ＫＪがはだしでペタペタ歩く音とヤヒアの子どもたちが靴下を履いた足ですべるように歩く音が、掛け合いのリズムになって響いてきた。するとふいに、毛皮の掛かった二階の手すりに続く踊り場に本人たちが現れて、背後からヤヒア・パパの呼ぶ声がした。

その最初の日、わたしたちはほぼすべての部屋を探検してまわった。狭い階段を上ってむっとするような熱気の中へ入っていき、ふたたび下りてきた。ジェファソンの時代には、これらの階段は奴隷たちと高名な客人たちの両方に利用されていた。察するに、前者はつねに目を伏せて、後者に道を譲っていたのだろう。わたしたちは、白い丸天井の下に丸窓が目のように並ぶ巨大なドームルームをぐるりとまわった。そこからだと空がずいぶん近くて、ドームの外に一段大きな風と雲と水のドームが広がっているだけのように見えた。わたしはふとデヴィーンのことを考えた。山の下で彼も無事に嵐を避けられただろうか。わたしたちを見捨てて町へ、あるいはほかのどこかへ、行ってしまうことはないだろうか。もうわたしのことなど嫌いになってしまっただろうか。

二階に下りたわたしたちは、さらにいくつもの寝室をめぐり歩いた。それぞれに特徴的な色やもようで統一された部屋にはいずれも高さのあるベッドが置かれ、そのうちいくつかは天蓋で覆われている。家庭らしさを演出するためのロールマットやたたんで置かれたシーツも見つかり、その後みんなで分け合って実際に利用した。天井の低い子ども部屋には入れ子式のベッドとベビーベッドに加え、顔が陶器でできた人形もあって、ほどなく子どもたちはそこで眠り、ヤヒア・ママとヤヒア・パパはその隣の部屋を使うことになった。いずれの部屋にもまるでおままごとのようにティーカップやヘアブラシ、ブルーの長いローブ、ウールのスリッパなど、日常の品々が入念に飾られていた。

わたしたちは一階に戻り、応接間と食堂、暖炉のある別の寝室を探検した。そして最後に、不規則に広がるジェファソン自身の続き部屋——埃をかぶった書物と光沢を放つ珍奇な道具であふれ返る図書室と書斎を見てまわった。書斎にはデスクや椅子がところ狭しと置かれて、移動するのが大変なほどだった。壁は大きな窓で仕切られ、ジェファソンは自分が所有すると信じていたすべてをそこから眺めていたに違いない。わたしはノックスとともに祖母を連れてそれらの部屋をめぐった。

〈ここの部屋は前に来たときにも入ったよ〉祖母が言った。

〈親族再会で呼ばれたときに？〉わたしは尋ねた。

祖母は赤い椅子の高い背もたれに手を触れた。〈見学ツアーが組まれていてね〉

モンティチェロを正式訪問したのち、祖母は連続イベントの一環として町で開催された二、三の催しに招待された。わたしも一度、去年の秋に、公共図書館で開催された講演会につき添った。モンティチェロのかつての奴隷たちの子孫で構成される委員会の隅のほうに教会用の晴れ着を着て座る祖母を、最前列に座って見守った。そのときの回は、トマス・ジェファソンの遺志により地所を維持するため、一八二七年に遺族によって実施された競売がテーマだった。なかでも特筆すべきなのは、ジェファソンが長きにわたる快適な人生を送るうちに生じた多額の借金を返済するために、百人以上の黒人が売却されたことだった。それも、彼の白人の子孫に土地を遺すために。委員会のメンバーの一人で、カフスボタンつきのシャツにベストを重ねたある子孫は、何年もかけて一族の歴史を調査したとのことだった。血縁ないし外戚関係にあると思われる白人に連絡を取る際には、自分が黒人であることは最後の最後まで伏せておくように、とその人は助言した。〈黒人であることを告げたとたんに、十中八九、相手は親族に関するそれまでの興味を失ってしまいますから。そして多くは電話を切ってしまいますから。場合によっては、受話器を置く前にこう尋ねてくるかもしれません。いったいなにが望みなんだ、と〉

その人は、解放奴隷だった自身の先祖が、家族を自由にするためにジェファソン家の競売に参加したことを話した。問題は、全員を買い取るにはおよそ予算が足りないことだった。そうなると、はたして誰を買うのか。妻か、息子か。あるいはここより過酷な綿花畑かどことも知れない場所へ、誰が売り飛ばされるのを目にすることになるのか。その話を聞きながら、母と祖母のどちらを買うべきかを選択するというのがどういうことなのか、わたしは必死に想像するまいと努めた。あるいはわたし自身が競売にかけられて、見慣れたすべてと愛するすべての人たちを失うというのがどういうものなのか。

〈前回ここへ来たのは春だね〉祖母が言った。〈チューリップが咲いていたから〉

わたしたちは祖母をトマス・ジェファソンの寝室に案内した。バードさんもすぐ後ろからついてきた。部屋は天井が高く、壁はブルーで、ナイトテーブルがあって、高さのあるベッドが寝室と書斎の境目の小さなスペースに収まっている。頭と足を壁にはさまれたそのシングルベッドはどちらの部屋からも行き来ができて、カーテンとナイトテーブルで一方を仕切れるようになっている。トマス・ジェファソンが妻を亡くしたあとで設計されたのだとバードさんは言って、カーテンを全開にした。

ノックスとわたしは、糊《のり》の利いた白いシーツがすでに掛かっているそのベッドに祖母をうながした。頭のほうに枕が四つ、足のほうにたたんだ掛け布団が一枚置かれていた。

〈横になったら、おばあちゃん〉わたしは言った。なんとなく問うような口調になった。誰かに許可をうかがうような。

祖母が後ろを振り返って部屋を見渡した。真鍮のフレームに収まった鏡と、裸の白人女性とキューピッドを描いた小さな絵画。はるか頭上の明かり取り。一見するとふつうの窓だが、その窓は天井にある。足元には未使用の便器。祖母はベッドのシーツに手を当て、膝を上げてベッドに体重を預けようともがいた。いい案配に座れるようにわたしたちも手を貸し、呼吸が楽にできるよう、枕を使って壁に背中をもたれさせた。足元の壁にはオベリスクの時計が掛けられ、古めかしい拳銃と剣に両側をはさまれている。

〈何日でも眠れそうな気がするよ〉祖母は言った。

祖母が落ち着くのを待って、わたしたちは屋敷の探検を再開した。みんなにも声をかけ、ほどなく互いのあとに続いて最後の階へ下りていった。階段は狭いうえにかなり急で、「頭上に注意」と見学者向けの表示が中ほどにある。そこの空気はひんやりとして湿気をおびていた。周囲は薄暗く、目が慣れるまではゆっくり進まなければならなかった。

地下には屋根つきの通路があって、奴隷たちはここを通って人目につかずに屋敷に出入りできたのだ、とバードさんが教えてくれた。そこには貯蔵室があり、巨大な円筒状の氷室がある。通路の一方の端には見学者用の現代式のトイレと昔の屋外トイレがあって、ほどなくわたしたちはそこに鏡と布とバケツと水を運びこみ、自分たちで使うことになる。

わたしたちは身を寄せ合うようにして、地下の中ほどにある展示室に入った。壁にはモンティチェロで暮らしていた名前のわかっている奴隷たち――料理人や執事や乳母など、ジェファソン家に近しい形で仕えていた人々――の等身大の写真が展示されている。バードさんはわたしたちに懐中電灯を渡して、すぐそばのいわゆる楽屋裏スペース、参考図書がぎっしりと並ぶ非公式の資料室のようなところに案内した。リサイクルショップで見つけてきたかのようなちぐはぐの椅子が並ぶその部屋は、そこだけ時間の外に存在し、むしろわたしたちが町に残してきた部屋に近いような印象を与えた。わたしたちはぞろぞろと中へ入り、多くは椅子を見つけて座った。

バードさんがトランシーバーに向かって話しかけた。ジジッと音が鳴り、続いてデヴィーンが落ち着いた声で応答するのが聞こえてきた。下は異常なし。

わたしは椅子と本の間に懐中電灯の明かりを走らせた。するとたまたま、奥の壁に掛かっているポスターサイズの写真が照らし出された。安っぽいフレームに収められ、やや傾いた状態で掛かっている。するとそこ、中央近くに、間違いなく自分の顔が写っているのが目に留まった。わたしよりも肌の色が明るくて、少々肉づきがいいものの、まるで自分の未来が投影されているかのような見覚えのある顔。もう一度よく見ると、実際のところ、それは祖母の顔だった。写真の中の祖母は元気そうで、モンティチェロのドームの下、西側ポーチの階段に立っている。大勢の他の黒人や少数の比較的肌の白い人たちも肩を寄せ合って段々に並び、その中で祖母は、淡い紫の羽根飾りのついたつばなし帽をかぶっている。去年の春にここに呼ばれたときに撮った写真に違いない。

入口付近に立っていたイーディスさんが言った。〈あれはもしかして、わたしたちのバイオレット?〉

キャロルが膝に抱いた雌鶏を猫でもなでるようになでた。〈たしかに似ているわね〉

そこに写っているのはかつてモンティチェロで働いていたことがわかっている黒人たちの親族だ、

とバードさんが説明した。つまり、ジェファソンが生涯において所有した六百人以上の奴隷たちの子孫というわけだ。奴隷のほとんどはこのプランテーションのどこかで――ごく一握りは屋敷の周辺で、残りは下の広大な畑で――暮らしていた。写真に写っている人たちの中には、トマス・ジェファソン自身がわたしの名前のもとになった女性、すなわち自分の所有していた若い奴隷との間にもうけた黒人系の曾々々孫もいる。バードさんがそう言うと、先ほど粒子の粗いその写真を見てわたし自身がはっとなったように、みんながはっとしてわたしに注目するのを感じた。薄暗がりの中で目を凝らし、答えを見極めようとするように、影に覆われたわたしの姿をじっと見ている。バードさんが、祖母とわたしはどのグループに属するのかと問うように、あごを傾けた。〈サリー・ヘミングスです〉と、わたしはその名を口の中で転がしながら、静かに告げた。〈わたしのミドルネームはヘミングスなんです〉ノックスに打ち明けたときと同じように、わたしはみんなに打ち明けた。そのノックスは、血を搾るつもりかと思うほど力をこめてわたしの手を握っていた。胃がきりきりと痛んだが、わたしはさらに続けた。〈わたしの名前はダナイーシャ・ヘミングス・ラブ〉

そのミドルネームを、母は不本意ながらつけたのだろうか、それとも反抗の意をこめて？　わたし自身は先祖とどう向き合うつもりなのだろう。頭の中をさまざまな思いが駆けめぐった。それに、ここにいる近所の人たちは？　こうして事実を知ったいま、わたしと祖母をどんな目で見るのだろう。建国の父と奴隷の子孫として一目置くとか？　あるいは見下すとか？　そもそもいまのこの時代に、そういうことに意味があるのだろうか。

わたしは写真に写った祖母の小さな輝く顔に目を向けた。

〈わたしたちは子孫です〉

わたしがそう言うと、エズラは〈くそっ〉みたいな反応で、キャロルはどういうわけか、ゆっくりと拍手を始めた。とっさに振り返ったわたしの視線が、おそらくなにかを物語っていたのだろう。彼女はぴたりと止まり、そのまま両手を合わせていた。ヤヒア・パパが写真に近づき、歯をなめながらじっくりと吟味した。〈だがどうしてわかったんだい？〉

それについてはさまざまな伝聞や確証的事実、噂《うわさ》、証言集などが、ジェファソンの時代から存在していた。委員会が組織され、それに対抗する委員会も組織されて、DNA分析がおこなわれ、ジェファソンの子孫とサリー・ヘミングスの既知の子孫との関係が確認された。だがわたしがそれを知っているのは、大筋において多くの人々と同様だ。母に伝え聞いたから。そして母は祖母に伝え聞いたから。

〈モンティチェロから祖母に連絡があって〉とわたしは答えた。

てっきりもっとあれこれ訊かれるのではないかと思っていた。本気にされるはずがないと。あるいは母の担任教師のように、思い切り顔をしかめるのではないかと。けれどもヤヒア・パパは、なるほどと感心するかのようにうなずいた。モンティチェロのスタッフがそう言うなら本当にそうなのだろうとでもいうように。

もっとなにか言うべきだろうかと思ったそのとき、ジョバリとイマニが手足をばたばたさせながら興奮して飛び跳ねた。〈あたしたちの写真もあるかな？　この家のどこかに？　探しに行こうよ〉

アイラがリクライニングチェアを押して立ち上がり、丸々とした雌鶏を腕に抱き上げた。ローズゴールドの頬をしたラトーヤが組んでいた脚をほどき、〈ようするにあんたたちはご近所に住んでる王族みたいなもんってことね〉と言った。ノックスはいまもわたしの手を握っていた。そしてその一瞬だけ、わたしは手を振りほどきたくなった。

〈そう、わたしたちは子孫です〉わたしはもう一度繰り返した。

懸命に顔を上げていようと努めた。

絶対に顔を上げていようと心に決めた。

〈くそっ〉エズラがまたしても言った。

風は早々に弱まり、草と折れた枝を庭じゅうに散らして息絶えた。けれども雨は、派手な土砂降りと散発的な降りの間を行き来しながらなおも続いた。わたしが南側テラスに出たときには、おそらく午後になっていたと思う。ウッドデッキの通路はL字に曲がってマルベリー・ロウのほうへ延びていて、その場所から、濃いもやの中に立つイーディスさんの姿が見えた。菜園の上側の畦道を踏みつけながら、かつては整然としていたであろう畝を見渡していた。どこで見つけたのか長靴を履いて、落ち葉用の透明なビニール袋をポンチョふうにまとっていた。すると彼女が、細い体のまわりでビニールをはためかせ、離れた場所にいるわたしとさらに後方の軒下に立つヤヒア・ママに向かって大声で呼びかけてきた。彼女は両腕を上げて大きなYの字を作り、菜園に野生のフダンソウが群生している、エンドウ豆の蔓が伸びている、ブラックベリーの生け垣がある、と報告した。雨と暑さとウサギと鳥になかば荒らされながらも、それらはしっかり生き延びていたのだ。子どもたちが歓声をあげ、彼女のあとについて斜面を下り、ブラックベリーに声をかけながら紫色の実を口いっぱいにほおばった。のちには農具も見つかって、わたしたちは大根やヤムイモも掘り起こすことになる。

戻ろうと思って振り返るとヤヒア・ママの姿はなく、かわりにノックスがいて、まっすぐにわたしを見ていた。そこで初めて、屋敷に足を踏み入れて以来、自分がずっと彼と二人きりになるのを避けていたことに気がついた。いまはみんなそれぞれの場所にいて、彼は大きな開いた窓のそばに一人で立っていた。大きな縦長の窓は、そのまま出入口になっている。彼は窓のガラスをさらに上方に開けた。わたしは彼のもとへ行き、屈んで中に入った。

〈大丈夫かい、ナイーシャ〉彼は言った。

中は蒸し暑かった。小さな部屋はほぼ全面が窓に覆われて、石材の床にデスクがひとつ、椅子がひとつあった。陶器の鉢が二、三あって矮性《わいせい》のレモンが植えられていたが、ひからびてうなだれ、葉を失っていた。

〈大丈夫〉と答えたが、本当は、とりあえず息はしている、いちおう生きて頑張っている、と答えてもいいぐらいだった。

〈考えたんだけど〉とノックスは言った。〈ここを寝室に使うのはどうかな〉彼はわたしの肘に触れようとするように手を伸ばしかけたが、ふいに引っこめ、言葉を続けた。〈ここなら明かりもたくさん入るし、おばあさんの部屋にも近い。ただプライバシーは――〉

なんとなく体がふらふらした。横になったほうがよさそうな気もしたが、ベッドがないのでそのまま立っていた。ショートパンツのほつれた裾から伸びた太い糸を引っ張った。〈なんだかよくないことが起こりそうな気がして。わたしのせいで。わたしがみんなをここに連れてきたせいで〉わたしは言った。
ノックスはその小部屋を見渡した。〈ぼくはここでよかったと思うよ。いずれにしても、あそこにはいられなかったわけだし〉彼は言ったが、効き目がないとわかったのだろう。こんどは別の方向から慰めにかかった。〈ぼくの父親によると、うちの一族はアーサー・アームストロング・デニーの末裔《まつえい》らしい。ワシントン州の設立に携わったグループの一人なんだけど、ようするに、ぼくらには誰でも先祖がいるわけで〉
〈それとは意味合いが違うよ〉わたしは言った。
〈わかるけど〉とノックスは言い、さらに声をやわらげて、〈わかるけど〉と、わかったかのように言った。〈でもほら、きみは彼の親族なわけだし。そうだろう？〉
〈彼女の親族よ〉とわたしは言い、言いながらふと、彼女はここで安心して暮らすことができたのだろうか、と考えた。〈わたしは彼女の名前をもらったんだから〉
ノックスは開いた窓のそばに腰を下ろした。ひょろ長い体が折りたたまれて、ずいぶん小さく見えた。〈だが子どもたちは二人の子だった〉彼は言った。〈彼は彼女を好きだったのかな。彼女が彼を愛していた、というのはありうると思う？〉
彼におしゃべりをやめてほしかった。外に出て泥だらけの庭のずっとむこうまで歩いていきたかった。〈自分に対してそこまで圧倒的な支配権をもつ人間を愛せると思う？〉わたしは言った。

〈そうだな。状況そのものがあまりに……間違っているし、あまりに……めちゃくちゃだ。だがなんというか、人間というのはどんなささいな形であれ、一方がもう一方より力をもっているものじゃないかい？〉わたしはなにか個人的なことを訊かれているような、きみがぼくを愛することは可能なのか、と訊かれているような気がした。

体の内の震えがひどくなってきたが、わたしはそのまま立ち続けた。自分がノックスを愛しているとすれば、それはどういうことなのだろう、と考えた。それはすなわち、わたしが自分の中のなにかを嫌っていることを意味するのだろうか。それともわたしの中のこの暗い感情は、わたしや彼とは別の、もっと古いなにかに根差しているのだろうか。

〈やっぱりみんなをここへ連れてくるべきではなかったと思う〉わたしは言った。〈いまからでもよそへ移ったほうがいいのかも〉

〈あのマイクロバスでは、そうどこまでも行けるものではないだろう〉ノックスが言った。〈きみのおばあさんのこともあるし……〉

〈それでも〉

部屋全体、屋敷全体が揺れているような気がした。わたしはノックスとドアをはさむ形で石材の床に腰を下ろし、膝を抱えて体を安定させた。彼は親密な質問を諦めたとみえ、もっと現実的なことに注意を向けた。〈心配しないで、なんとかなるよ〉そう言って彼が手を伸ばすと、わたしをつかむその手はずいぶん白く見えた。ノックスに引っ張られて、わたしは膝で床石を擦りながら、残りの短い距離を這って進んだ。そうやってわたしたちは窓辺に座り、彼の大きな体がわたしを包んで、かすかに揺れていた。汗と雨のにおいがつんと鼻を刺し、彼のあごがわたしの頭に軽くのっていた。〈ぼくはただ〉と、ノックスは続けた。〈すごいな……というか、驚異的なことだと思ってさ。この屋敷が部分的にはきみのものだなんてね〉

その晩と翌朝、わたしたちは赤い椅子が並ぶ応接間とそこから広がる西側ポーチに集まった。みんなで集まり、温かいものでお腹を満たした。イーディスさんが山上のギフトショップでポリッジミックスを見つけたので、それをお湯で溶いて食べた。夕食にはそれに塩と豆を散らすと、エズラとKJは鼻にしわを寄せてがっついていた。朝食にはメープルシロップをたらすと、ジョバリとイマニが歓声をあげた。わたしたちはみんなで集まり、食事の用意と掃除と菜園の手入れの当番を決めた。バードさんやイーディスさんが鳴らすベルの合図でみんな集まり、歌を歌って、互いのようすを確認し合った。

最初の夕食の前にわたしたちはみんなで折れた枝を拾い、雨ざらしの場所からそれを引きずってきて、屋根つき通路の濡れない場所に積み上げた。また、ジェファソンが設計した貯水タンクから水を汲み上げ、雨だれを受けて波紋の広がる水面と、自分たちの揺れる影にじっと見入った。なめてみると無味無臭で、ヤヒア・ママが二つの容器を使って交互に注ぎ移し、水に空気を含ませるやり方を教えてくれた。

その最初の日に、みんなはそれぞれ自分の眠る場所を確保した。イーディスさんは一階にある八角形の部屋に入っていくと、椅子の上に詩編を置いた。それから展示用のシーツをみんなに配り、自分用に取っておいた一式を、部屋の隅に置かれた背の高いベッドにかぶせた。バードさんは、エントランスホールとイーディスさんの部屋の間にある四角い寝室に工具をそっと置いた。一階のほうが涼しいにもかかわらず、ほかのみんなは上の階を目指した。屋敷の窓を開けるたびに、この家が電気も空調システムもない時代に設計されたものであることを実感させられた。ラトーヤは青と白を基調とした二階の部屋に消えたきり、食べ物を取りに出てくる以外はほとんど姿を見せなかった。エズラは三階の寝室を占拠した。そこには明かり取りの出窓があり、一方の壁に沿ってベッドが二つ並んでいる。キャロルとアイラはテキスタイル工房、マルベリー・ロウのそばに建つ白い建物に家具を運び出し、快適に過ごせるように整えた。さらにバードさんの手を借りて建物のそばに紐を張りめぐらせ、大切な雌鶏たちの避難所もこしらえた。

最初の夕食のあとで、わたしは祖母にそのままトマス・ジェファソンの寝室を使わせたいと申し出た。〈それはかまわないんだろうか?〉とヤヒア・パパは言ったが、すぐにまた、新たに見つけた木馬をめぐって争う子どもたちに注意を戻した。アイラが異議を唱えかけたように見えたが、スプーンにのった最後の大きな一口とともに飲み下した。イーディスさんが、〈なんの問題もないと思うけど〉と言った。そういうわけで、銀食器がカチャカチャと響く中で、祖母は壁の間にはさまれたジェファソンのベッドにちょこんと居座ることが決まった。みんなが見舞いに来てくれた。イーディスさんはノックスに言って座り心地のよさそうな椅子を持ってこさせ、ゆっくりしていった。祖母が急に物静かになったので、たいていは二人で連れだってやってきた。祖母はもちろん挨拶をして、震えがちに笑みを返した。けれどもひとたび挨拶を交わしたあとは、気持ちがどこかへ行ってしまったり、目を閉じてしまったりした。そうなると見舞い客は自分たち同士でしゃべるしかなくなり、きっとすぐに元気になるよと請け合って、その場を去った。男たちから逃れて、山道を登って――いろいろなことが重なって、祖母の中でなにかが参ってしまったに違いない。それでもわたしがそばに行って座ると、少しは食べた。わたしが運んできた水を少し飲んだ。日が輝いて、あれこれと訊いてきた。〈あんたはよくやっているよ、ナイーシャ〉祖母は言った。〈今日はなにか楽しいことはあった？〉

ノックスとわたしは、トマス・ジェファソンの書斎と図書室から張り出すようにして作りつけられたガラス張りの温室を使うことにした。上の階からロールマットを引きずってきて、窓のすぐそばに横になれるスペースを整えた。縦長の窓はドアとして出入りするのにも充分で、部屋からはテラスとマルベリー・ロウが見渡せた。

ジェファソンの小さな山にこもって五日の間、わたしたちはあらゆる場所を探検した。生活を根こそぎ奪われた最初の日々を、さまざまな発見に費やした。山の上のギフトショップの近くでは、大きな黒い車輪のついた昔ふうの四輪馬車を見つけた。牧草地では、巣穴の中で赤ちゃんギツネが死んでいるのを見つけた。朽ちていく屍《しかばね》にハエたちが生き生きと群れていた。地下の貯蔵室にはネズミの落とし物が点々と散り、日没後には毛むくじゃらの大群がちょろちょろと進出してくる物音が聞こえてきた。明け方にはシカの一家が窓ガラスに鼻を近づけ、耳を下げたまま、物怖《ものお》じもせずに優雅に首を伸ばしてきた。逆さに積まれた手押し車に蔓が絡まっているのも見つかった。わたしたちは蔓をほどいて荷物をのせ、白い小道を登って受付パビリオンから押してきた――フリーズドライの豆のスープ、ラベンダーのローション、ラベルに屋敷の絵が描かれたワインボトル。そうして貯《たくわ》えが続く間、わたしたちは夕食にスープを作り、ソーサーでちびちびとワインを飲み、とくにエズラは後者を心の底から味わっていた。二日目の晩、食事のあとで彼が雨の中をふらふらと南側の芝生へ出ていくのを見かけたが、濁った小さな養魚池で用を足してきただけだった。わたしたちは沸かしたお湯をたらいに張って体を洗い、服を洗った。わたしがノックスのシャツを一日着て、ノックスがバードさんの服を一日着る、といったぐあいに、みんなで服を交換し合った。鍵のかかった物置小屋を開けてみると、芝生の手入れ用の古い道具が入っていた。チェーンソーと芝刈機のほか、貴重なガソリンの入った容器もいくつかあった。

三日目、ジョージーが受付パビリオンからゆっくり走って登ってきてわたしたちに合流した。こっそり貯めこんでいたスナック・バーを手押し車にのせて、一人でやってきた。山の上に着くと、彼はそれをさながら誓いの品のようにイーディスさんのテーブルに気前よく差し出した。わたしは期待とも不安ともつかない思いで彼の後方、庭のむこうに目をやって、デヴィーンもエライジャといっしょに登ってくるのではないかと姿を探した。見張りの交替および補充要員はすでに何度か下に送っていたが、デヴィーンは登ってこなかった――とりあえずその日は。彼の見慣れた顔を恋しく思う一方で、わたしはほっと胸をなで下ろした。

そういう初期の夜には雨が降り続いて空は暗く、ぼんやりとした月明かりは雲のむこうにうっすらと透けて見えるだけだった。窓に囲まれた部屋でわたしはノックスと並んで横になり、自分のお腹に手を当てながらなにか変化はないだろうかと確認した。祖母の呼吸が気になって、しとしとと降り続く雨音のむこうから聞こえてくるため息のような呼気に耳を澄ませた。吸入器は例の使いさしが一個あるきりだった。予備をつかみ取ってくるぐらいいとも簡単だったはずなのに。祖母にとっていちばん必要なものを忘れてきた自分がふがいなくて、胸の中がずっともやもやしていた。ふいに風が吹いて窓を揺らそうものなら、立ち上がって家具の間を通り抜け、祖母がまたぜいぜいと苦しんでいないだろうかと見に行った。祖母に頼まれれば、屋敷を通り抜けて狭い階段を下り、古い屋外トイレまで、あるいはギフトショップの近くにある新しいトイレまでつき添った。天然光はほとんど差さないが、近代的で使い勝手がいいので、祖母は後者を好んだ。わたしはマッチを擦って蠟燭を灯《とも》し、用がすむと、ふたたび祖母につき添ってベッドに戻った。そのころは、夜はほとんど眠れなかった。それでもいくらか眠っていることは知っていた。何度となく生々しい恐怖の場面が頭の中をよぎっては、はっと目を覚ましたからだ。あるときはわたしたちの寝ている温室の窓を男たちが銃でガンガン叩いているのが聞こえて、窓の外を見ると、またしてもそこに一番通りが見えた。通りの反対側に窓のないバンが停まっていて、男たちが誰かをそちらへ引きずっていく。引きずられているのはあの十代の少年、彼らに向かっていって殴られ、血を流していたあの少年だった。眠りの中で、男たちに脇と足首をつかまれた少年が体をひねって暴れながら〈母さん！　母さん！　母さん！〉と叫ぶのを、わたしは黙って見ていることしかできなかった。目覚めるたびに、あの少年をライフルで殴ったあとで、男たちは一番通りで実際にあの少年を引きずっていったに違いない、とわたしにはわかった。目覚めるたびに、思い出した。

屋敷に移って三度目の朝、キャロルの雌鶏が四つのみごとな卵を産み落とした。彼女はそれをどこかで見つけた布つきバスケットに入れて、朝食用に配る食べ物のもとへ運んできた。〈わたしたちはなにかを待っているのかしら〉キャロルがまたしてもそう言って、革張りの椅子に座っているアイラを振り返った。イーディスさんは卵を吟味したのち、夜にスープ用の塩水を沸かすときに割って入れようと宣言した。

〈待っているのかだって？　もちろんだ。待って、待って、待とうじゃないか！〉アイラが答えた。

朝食後、気がつくとわたしは南側テラスの長い通路の下にいた。とくになにを考えるでもなく、自分の名前のもとになった人物、サリー・ヘミングスの生活ぶりを紹介する展示のほうへ足を向けた。去年の夏にはビデオが繰り返し上映されていて、縫製用の頭部のないマネキンと背後の壁に、飛翔する鳥たちが映し出されていた。わたしは開いた戸口にしばし立って、奥の暗がりをのぞきこんだ。

待っているのだとしたらはたしてなにを待っているのか、わたしにはまだわからなかった。イーディスさんは天の到来を待っているのではないだろうか、という気がした。そして日中部屋にこもりきりのラトーヤは、支払いの猶予を待っているかのようだった。わたしが温かい食べ物を運んでいってドアのそばに置こうとすると、彼女はむこう側で聞き耳を立てていたのかと思うほど即座にドアを開けて、わたしの手からそれを受け取った。

エズラはたんに態勢が整うのを待っているだけで、ときが来ればみんなで戻って連中に報復してやるというふうにふるまっていた。隣の黄色い家に住んでいた一家をはじめ、一番通りの近隣に暮らす男たちと年長の少年たちを全員集めるのだと息巻いていた。〈誰かが落とし前をつけなきゃな〉とエズラは言って、ワインボトルの最後の一本を傾け、受付パビリオンに続く暗い小道に目を向けた。地に足の着いたエライジャとは違い、彼なら一人でも戻ったかもしれない。

雨の降る午後にイーディスさんが祖母につき添ってくれて、ノックスがバードさんと打ち合わせかなにかで不在だったりすると、わたしは一人になった。そんなときには屋敷の中をさまよい歩いた。三つの地上階と、湿気のこもった地下の部屋、関連図書がぎっしりと並ぶミュージアムガイドの資料室。本を手にとったのは、子どものころからずっと本を読んで育ったからだ。それに、宙ぶらりんの状態から逃避するため。そして、時間とともにますます確かになってくる妊娠の事実から気をそらすため。自分はなぜ妊娠などしてこんなところにいるのだろう、と思った。しかも父親が誰かも定かでない。父親がノックスだとしたら、それはなにを意味するのだろう。あるいはデヴィーンだったら？　どうして世界はここまで壊れてしまったのだろう。わたしは自身の体に亀裂が走り、カタカタと揺れる破片が万華鏡のように光と影を映すのを感じた。

そうしたもろもろから逃れようと、わたしは書棚から一冊を取り出して、窓明かりや蠟燭の明かりを頼りに本を読んだ。トマス・ジェファソンの『バージニア覚書』を読みながら、陸生哺乳類のリストや、鮮やかな手法で測定された州の山々の標高と川の水深を指でなぞった。なるほど、偉大で善良というわけだ。続いてバージニアの穏やかな気候に関するジェファソンの考察が目に留まり、獰猛《どうもう》化した今日の気候と、わたしたちがすっかり台なしにしてしまったこの州のことを考えた。人間の束縛に関する彼の考え方についてもいくらか読んだ。奴隷制は〝道徳的堕落〟である、と彼は書いていた。黒人にとって残酷であるだけでなく、白人を暴君にしてしまう、と。だが一方で、黒人は心身ともに白人に劣る、とも書いていた。わたしたちは臭くて、子どもっぽくて、自分で自分の世話ができない、と。奴隷制を廃止するとなれば、解放された奴隷はどこか遠くへ送らなければならないというのが彼の考えで、白人たちの〝根深い偏見〟とアメリカが黒人たちに負わせた傷の記憶ゆえに、彼らはこの地を去らなければならないだろう、と結論づけていた。両者の衝突は〝動乱を生じ、おそらくどちらか一方の人種が根絶やしになるまで終わることはないだろう〟と。

わたしはその本を置いて別の本を開き、ジェファソンの年譜をざっと追った。わたしが立っている土地は、父親から相続したものであること。マーサとの結婚と、正式な子どもたちの誕生——最初に生まれたその白人の子どもたちは、のちに何度も血筋の証明を求められるようなことはなかった。わたしの頭に、八歳の母を教師が見下ろし、話を疑うどころか頭ごなしに否定する場面が思い浮かんだ。母がわたしを産んだのは、かなり年齢がいってからだった。おそらく祖母が母を産むのが早すぎたから、しかも相手の男性がけっきょくのところ祖母を愛していなかったからではないだろうか。祖母がアルレッドおじいちゃんと結婚するころには、母はすでに小学生になっていた。アルレッドおじいちゃんは母のことを実の娘のようにかわいがったという。わたしの父親について母が名前を隠しだてすることはなかったが、わたし自身は一度も会ったことがない。性格もいいし見た目もハンサムだった、と母は請け合ったが、母にとってはただの友人で、年齢的に手遅れになる前にわたしを産むための手段にすぎなかったという。

ジェファソンの人生について読むことにいいかげんうんざりしてきたので、こんどはサリー・へミングスに関する記述を探してみた。ヘミングスは子どものころに、母親やきょうだいとともにモンティチェロに連れてこられた——銀の大皿セットかなにかのように、花嫁の父から結婚祝いの奴隷として。そこにあったヘミングスに関する記述はどれも間接的に語られたもの、第三者による証言ばかりで、読めば読むほど彼女が見えなくなっていくような気がした。ジェファソンの義父——サリー・ヘミングスを贈った人物——は、彼女の父親でもあったという。つまり、サリー・ヘミングスはトマス・ジェファソンの白人の妻の異母妹だったというわけだ。家族でありながら所有財産でもあるというのは、いったいどういう感覚がするものなのだろう。自分の所有者が姉でもあるというのは、あるいは自分の妹が奴隷だというのは、どういう気分がするものなのだろう。さらに読み進めると、大部分の歴史家は、ジェファソンが初めてヘミングスと性的な関係をもったのは妻マーサの死後、ヘミングスが一家に仕えるためにともにフランスへ渡ったときだと見なしているという。ジェファソンが四十四歳、ヘミングスが十四歳のときだ。ヘミングスは十六歳のときに妊娠した状態でパリから戻っている。ジェファソンは、自分と彼女の間にできた子どもはいずれ全員自由にすると約束していた。二人は互いの間に七人の子をもうけ、そのうち四人が生き延びて成人した。四人はモンティチェロで奴隷として暮らしたのち、最終的にはそれぞれ解放されている。

だがけっきょくのところ、サリー・ヘミングスの子どもたちは解放後も身の危険を感じ、誰一人としてモンティチェロには残っていない。ビバリーも、ハリエットも、エストンも。のちに回顧録を出版してトマス・ジェファソンを父と名指ししたマディソンも。このうち二人は山を下りたあとの消息が不明で、おそらく家族と別れ、その後の人生を白人として暮らしたものと推測される。残る二人は、ジェファソンが例外的な取り扱いを求めて議会に嘆願書を提出したにもかかわらず、最終的には州を離れて遠くで暮らした。黒人奴隷に数々の残虐行為を働いた白人たちが解放奴隷による報復を恐れたために、当時の法律にはある修正条項が存在したからだ。〈加えて、これより以降に解放される奴隷が十二箇月を超えて当州に残留した場合……当該の者はかかる権利をすべて喪失し、逮捕および売却されるものとする〉サリーの子どもたちも、ひとたび解放されたあとは生涯追放の身であった。ぐずぐず残っていたら見つけ出してまた奴隷にしてやるぞ、というわけだ。バージニア州はおまえたちの故郷ではない、と。

7

五日目の朝、デヴィーンが受付パビリオンでの長い任務を切り上げて、ようやく山の上に登ってきた。温室の窓から彼の姿が見えたとき、わたしはおそらくなんらかの声を発したに違いない。ノックスがそれまで読んでいたなにか、わたしから借りている本か自分の方眼ノートかなにかから顔を上げた。〈大丈夫?〉彼は訊いた。庭のほうでバードさんがデヴィーンに声をかけるのが聞こえて——やあ、デヴィーン!——そのまま二人でなにやらしゃべっているのが見えた。わたしはそのようすに気を取られ、気がつくとノックスはいまも返事を待っていた。〈大丈夫〉わたしは答えた。

デヴィーンがバードさんのあとについて近づいてくるにつれ、彼が屋敷に登ってこようとしなかったのは必ずしもわたしのことが原因ではなかったのだと理解した。テラスの階段を上ってくるときのようすや、教会へ向かうときのような声を落とした話し方からは、なみならぬ警戒ぶりがうかがえた。祖母に挨拶をしに中に入って部屋をぐるりと見回す際にも、驚くと同時に警戒しているようだった。

数分遅れてやってきたエライジャは対照的に、エントランスホールに猛然と入ってくるなり大声をあげた。〈エズラ！　どこだ？〉エズラが駆け下りてくるやいなやエライジャは双子の片割れに飛びかかり、手足を絡めてひしと抱き締め、再会を確認し合った。まるで十二歳かそこいらの子どものように拳でこづき合い、どちらか一方がうーんと力んで屁《へ》を出し、続く悪臭の中で改めて抱き合い、背中を叩き、それから体を離して互いの姿を確認した。下での派手な取っ組み合いなどなかったし、自分たちは生まれてこのかたいつでも互いを赦《ゆる》し合ってきたのだ、とでもいうように。双子はエズラが二人用に選んであった部屋、ひとつの壁沿いに二つのベッドが縦に並ぶ部屋に落ち着いた。デヴィーンは一人だけぽつんと離れた場所にある南側パビリオン、温室から始まるウッドデッキの長いテラスを曲がった先に建つれんが造りの部屋を選んだ。そうして母屋から可能なかぎり遠いところ、マルベリー・ロウにいちばん近いところで寝泊まりすることになった。

わたしたちの小さな山のふもとに最初のよそ者が現れるまでにそう長くはかからなかったが、その前に、まるで警告かなにかのように、一瞬だけ電気がまたたいた。ここでは一日一日がちょっとした秘密の一生のように感じられたが、実際にはまだ六日目にすぎなかった真夜中過ぎ、深い闇の中でことは起きた。パチッと音がしてブーンと鳴ったかと思うと、屋敷全体がいきなり闇から解放された。薄いマットの上で、でこぼこのベッドの上で、わたしたちはそれぞれに異変を察知し、さまざまなものがかつてのように静かに物音をたて始めるさまに耳を澄ませた。わたしの横でノックスが跳ね起き、隣接するホールからもれてくるランプの明かりに顔の半分が照らし出された。めがねをかけていない目はどことなく無防備な感じがする、と思ったら、顔全体にうっとりとした笑みが広がった。どこかで誰かのささやく声がして、二階の子ども部屋で子どもたちが歓声をあげて足をバタバタさせる音と、ジョージーがたまに寝ている玄関ポーチで満足そうに悪態をつく声が聞こえてきた。そしてわたし自身は、明かりとともになにかよくないことが訪れるとでもいうように、胃が硬く引き絞られるのを感じていた。

〈電気が戻る〉とノックスは言ったが、電力が戻ったのはほんの数秒にすぎず、部屋に突然降り注いだ明かりは、彼がそれを言い終えるころにはすでに消えていた。わたしは祖母の部屋を見に行った――そこは暗いままで、静かないびきが聞こえてきた。わたしは自分のマットに戻り、騒ぎが収まって屋敷がひそひそ声だけになるのをノックスと二人で聞いていた。あたりを包む闇のむこうにノックスの存在を感じた。張りつめた表情でにじり寄ってくるのがわかった。彼の体が上にのり、肘で自分の体重を支えた。わたしの呼吸もすでに荒かったのかもしれない。自ら彼の下に収まったことも自覚している。ノックスは、いまはしっかりと焦点の合った目で、まるで水に浸かろうとするように、自分はそうしたいしそうする必要があるのだというように、顔を近づけてきた。初めて互いに触れたときから、わたしたちはそんなふうだった。わたしが彼の中のなにかを、あるいは彼の与えるなにかを求める。あるいは彼がわたしの与えるなにかを求める――互いの距離を放棄する、ということかもしれない、たぶん。けれどもその晩、わたしの目からは涙がこぼれて頬の横を転がり落ち、耳の中に溜まった。その晩、彼を求めるわたしの衝動には、恐怖かそれに似たなにかが血のようににじんでいた。

そういうことをまともにするのは数週間ぶり、春休みが明けてすぐに最初の嵐に見舞われて以来だった。やめることにしたのは避妊具を使いきってしまったから、最初のわれを忘れた状態からようやく目が覚めたから、身のまわりであらゆるものが崩れていったから、そして皮肉なことに、生理が止まっていることに気づいたからだ。もっと慎重にならなくては、とわたしはノックスに告げた。おそまきながら責任ある態度を心がけることで、それまでの無責任を帳消しにできるとでもいうように。なにがしかの超越的な力にすがるかのように。お願いだから妊娠などしていませんように、と。明らかに願いは叶わなかったわけだが、その後もそういう行為は断っていた。一瞬だけ明かりが甦《よみがえ》ったその晩、彼に話すべきなのはわかっていた。すぐに話すべきだった。

けれどもノックスとわたしは互いに相手を求めて手を伸ばし、唇を使い、両手を使い、ぴたりと重なって体を揺らし、自らに与えられるとわかっている喜びを与え合った。ノックスがわたしの頬の涙をぬぐった。彼はそれを希望の表れと思ったに違いない。

最初のよそ者が現れたのは同じ日、数時間後のことだった。

下の受付パビリオンでは、当番表に従ってバードさんとアイラとキャロルが見張りに就いていた。三人は大きなトランシーバーと拳銃を一丁、それに手元に残っている二丁の散弾銃を携行していた。明かりが一瞬ついたあとで、彼らの胸には奇妙な期待も宿っていた。ちょうど夜が明けたころ、明るい褐色の肌をした男がゆっくりと道を登ってくるのが見えたらしい。その後のキャロルの説明によると、両手を上げ、髪には濡れた葉が絡みついて、まるで木の精のようだったという。男は訛《なま》りのある英語で離れたところから呼びかけてきたが、その時点でバードさんとアイラは武器を手探りしていた。とても無礼な感じがした、名を名乗ろうとする相手に武器を向けるなんて、とキャロルは言った。

〈わたしはノルベルト・フローレスと申します〉と木の精は言った。

男性が両手を上げたまま説明したところによると、わたしたちが調理をする際の煙を彼の家族が目撃したのだという。屋敷の明かりが一瞬つくのも見えたので、下の林を通る小道からようすをうかがっていたらしい。道路も林も日に日に危険になってきた、と男性は訴えた。〈あなたたちを見て、ここのほうが危険が少ないと思いました〉

その後聞いた話によると、フローレスさんは自宅付近で騒動があったのちに、成人した息子たちとその家族とともにキャンピングカーで町を脱出したのだという。どうやら一家はデヴィーンの家のそばを曲がった先、バスケットコートの裏に広がるごみの散乱した小峡谷の反対側に住んでいたらしい。ようするにわたしたちのご近所さんというわけで、わたしたちが逃げてきた晩に一番通りで上がった煙も、彼らは見ていた。同じグループの男たちが彼らの通りにもやってきて、これ見よがしにトーチを振り回して通りを行ったり来たりしていたという。髭を生やした一人の男がメガホンを使って汚い言葉をがなり立てる間、フローレスさん一家は明かりを消した窓の内側で肩を寄せ合い、怒りをくすぶらせていた。そうしてできる限りの安全対策を講じ、戸締まりをして、翌朝早くに家を発《た》った。彼らは古いバンにテントとハンティング用品を山と積んで五番通りを出発し、わたしたちと同じルートをたどって町のはずれを目指した。それからサウンダース・モンティチェロ・トレイル、つまりわたしたちが曲がったあの道と平行に延びる登山道で車を停めて、さらに歩いて登った先でキャンプ生活を送っていたとのことだった。ところがやがて、フローレンスさんいわく、夕方の早い時間にキャンプ地の下あたりで武装した男たちを見かけるようになったのだという。〝あの放火魔ども《ロス・アルソニスタス》〟と、フローレンスさんは男たちのことをそう呼んだ。もはや森の中で過ごすのも周辺の道を車で走るのも安全だとは思えない。そこで一家は行く当てもないまま、とりあえず持てるだけの荷物をまとめた。そうして町から離れる形で登山道を歩いていたら、わたしたちの明かりが見えたというわけだった。

話を聞き終えたとき、わたしの中にはまたしても恐怖が甦り、喉元で血管がどくどくと脈を打ち始めた。どうしよう、もはや町どころかこのあたりの道路も安全ではないのだ。それでもわたしは恐怖をぐっと押し戻し、なるべく感じなくてすむように、少なくとも勝手に一人歩きをしないように、体の奥にしまいこんだ。

わたしとノックスが受付パビリオンまで走って下りていくころには、フローレンスさんは息子のエドワードとオスカーとそれぞれの奥さん、それに妖精のように愛らしいティーンエイジの孫娘を林の中から呼び寄せていた。フローレンスさんより下の二世代は全員がバージニア生まれで、息子たちはハリソンバーグ近くのバレーで生まれたという。一家は少し前にわたしたちも腰を休めたチケット売場のそばのベンチに並んで座り、むっつりとうなだれていた。苦みと安堵の入り混じった表情は、わたしも身に覚えがあった。大きなダッフルバッグとテント、寝袋、そしてハンティング用品が、チケット売場の近くにきちんと並べてあった。パビリオンのむこう側では雨水が樋《とい》からあふれ出し、駐車場のアスファルトを覆っていた。一家を目にした瞬間、いずれにしても自分たちが彼らを拒むことはないだろうとわたしは悟った。

三日と待たずに別のグループ、こんどは五人の若者たちがやってきた。コットンやスパンデックスやデニムの服の上に全員がポンチョタイプのビニール合羽をはおり、赤いバンダナを首に巻いて、あるいはバンダナで顔の下半分を覆って、抗議デモに向かうとちゅうで道に迷ったかのような格好をしていた。全員が亀の甲羅のようにバックパックを背負っていた。

わたしはエライジャとラトーヤとともに見張り当番に就いていた。ラトーヤはたびたび部屋から出てくるようにはなったものの、その動作からは依然として気乗りのしない感じが伝わってきた。そうして二番目のグループが近づいてきたとき、わたしは生まれて初めて、かつ生涯でただ一度、人に向かって銃をかまえた。わたしにとって銃とは見境なく威力を発揮するもの、相手を見誤れば取り返しのつかない事態を引き起こしかねないものだ。

わたしの手は震えていた。雨のせいで視界もぼやけていた。

彼女たちはまず、ひとつの声として現れた。声は大きかったが、震えていた。〈わたしたちは怪しい者ではありません。ＳＣＦＰ——平和を目指す有色人学生の会《ステューデンツ・オブ・カラー・フォー・ピース》です！　あなた方は人々の味方ですか、それとも敵ですか？〉降りしきる雨のむこうから聞こえてきた低い声の主はラクシュミという名のカレッジの二年生で、銅《あかがね》色の曲線的な体つきをした彼女は、いまにも泣きだしそうなほど唇が下を向いていた。艶やかな黒髪を半分刈り上げた頭に赤いバンダナを結んだ彼女が、メガホンを口元に戻した。〈下ではとんでもないことが起きているの！　お願いだからわたしたちも中に入れて！〉

彼女たちは新しく立ち上がったばかりの活動家サークルのメンバーで、わたしも二年通ったふとのコミュニティカレッジの学生だった。キャンパス裏の人造湖の対岸にあるアパートメントの部屋をみんなでシェアしていたという。キャンパスは混乱のうちに閉鎖された、と学生たちは語った。カフェテリアは略奪され、事務局には書類が散乱している、と。アパートメントではさまざまな噂を耳にした、と彼女たちは言った。五番通りでは商店のショーウィンドウが割られて、人々が欲しいものや必要なものを持ち去ったらしい。地方刑務所では、暗闇での二十四時間拘束に抗議するハンガーストライキや暴動で死者が出たらしい。生活困窮者への支援を求めて、地元自治体と州政府を相手に大規模なデモが計画されているらしい、などなど。ところが指定の時間に徒歩で町を目指し、橋の上から市役所の方角をのぞいても、そこには誰の姿もなかったとのことだった。

ラクシュミと他の学生たちは夜に何度か、山の中腹に建つキャンパスの私道のふもとまでようすを見に行ったという。すると近くの建物から、ＳＵＶやトラックに分乗した男たちが小隊を組み、クラクションを長押ししながらハイウェイの出口付近の幹線道路を行ったり来たりする光景が目撃されるようになった。旗と銃をこれ見よがしに振りかざすその男たちに、学生たちは見覚えがあったという。水道や電気の供給が破綻するはるか以前に抗議を予定していたグループと、顔ぶれが重なっていたというのだ。学生たちによると、それらの車はいつも日没前にやってきて、ひとめぐりしたのちに町へ戻っていくか、対向車線側の脇道に入っていった。あるときラクシュミは仲間とともにこっそり近づき、男たちが出没するほうの車線のそばでしゃがんでいた。すると日没とともに一団が現れて目の前を通過したそのとき、ある車の荷台を覆っていた毛布の下に、人体のようなものが見えたのだという。毛布の下から足が一本突き出しているのが見えたのだが、いや、きっと斧か銃身を見間違えたのだろう、と学生たちは言った。その時点ですでに、地元の黒人系の住民がモンティチェロにいるらしいという噂は耳にしていたという。誰がそのことを話したのだろう、とわたしは驚いた。オーデムさん、あの年配の白人警備員が誰かに話し、その人物がさらに別の誰かに話したのだろうか。

明かりが一瞬だけ煌々《こうこう》と灯ったあの晩以降、キャンパス付近の道路はふたたび静けさを取り戻した。そこで学生たちは数日後に、わたしたちを探しに出かけたのだった。男たちがやってくるのはいつも夜だったので、あえてまっ昼間に出発したという。あなた方はこの山、この屋敷にいられて本当にラッキーだ、と学生たちに言われた。ここなら安全に隠れていられる、と。

こうして山の上の人数が増えたことは、慰めであると同時に試練でもあった。いまやすべてが彼らのものでもあるわけだ。人手が増えたかわりに、一人当たりの配給量は減った。その晩と次の晩には全員で集まって羊皮紙色のノートに書き留めたルールを読み上げ、新たな項目を加筆した。いかなる者も一日分の配給品を持って自由にここを去ることができる。グループ全体の合意に基づき、いかなる者に対しても退去を求めることができる。フローレス一家はクッションの利いた赤い椅子を隅に寄せ、応接間にテントを設営した。不気味な油彩の肖像画たちが油っこいまなざしで見守るなか、彼らはテントの支柱をナイロンのループにせっせと通していった。ラクシュミをはじめとする学生たちは屋敷の三階に上り、ドームルームのくすんだグリーンの床に、思い思いにマットを敷いた。

一方、フローレス一家とＳＣＦＰの学生たちは、山に新たなものをもたらした。

ソーラー式のコンロ
暗がりの中でも使用可能な双眼鏡
ハンティング用の銃が三丁
大型のクロスボウと蛍光色の矢
不織布のマスクと催涙ガスのスプレー缶一ダース
護身術について解説した手描きの同人誌

ラクシュミと学生たちは、別の活動家サークルから習った手信号をわたしたちに教えてくれた。ほどなくラトーヤは学生たちと意気投合し、指を弾《はじ》いて賛意を示しては、喉の奥でふふっと乾いた声を発した。彼女は唯一の男子学生であるゲイリー・チェンとゴールドのＴシャツを交換した。がりがりに痩せたその一年生はアイボリー色の肌の持ち主で、伸び放題の髪にはブルーの筋が入っている。出会って二、三か月でいなくなってしまった新しいボーイフレンドのことでラトーヤに嘆いているのを、わたしも耳にした。そのボーイフレンドは嵐が小休止した際にバージニア北部にある実家へ車で行ったきり、〝ほんの二、三日〟と言っていたのに戻ってこないのだという。ある朝ゲイリーといっしょにその日の食料――甘いペカンナッツと小分けにした野菜、銀紙で包まれたビターチョコレート――を配っていたら、彼はわたしにも身をのり出して訴えた。〈信じられないよ。やっとぼくも恋をして親にも打ち明けたと思ったら、世の中がぶっとんじゃってさ〉

夕方にはみんなで歌ったあとで、フローレス家の人々と学生たちがそれぞれ町での経験を語り、わたしたちも改めて各自のことを語った。ぼそぼそとつぶやいたり、わめいたり、涙が出るほど笑ったりして、その後は屋根つき通路のざらついた石材の床に座りこんでしくしく泣いた。KJとヤヒアの子どもたちはぬかるんだ庭を突っ切って、南側テラスの下にある小さな展示室のほうへ駆けていった。大人たちが見に行くと、かつての奴隷用キッチンの奥行きのある炉に火を起こしたふりをして、銅の鍋をガチャガチャいわせて遊んでいた。あるいはサリー・ヘミングスの穴ぐらのような部屋で膝を抱えて揺れながら、頭が痛い、腰が痛い、お腹が痛い、としくしく泣きまねをしていた。

ある晩みんなで東側ポーチの屋根の下に集まっていると、デヴィーンが口を開いた。彼が屋敷に来てからは互いに距離をおいていたが、姿を見かけるたびにわたしの目は彼を追っていた。デヴィーンが語ったのは、家に戻ったら叔父さんが亡くなっていたときのことだった。デヴィーンが前の晩はずっとプロスペクトにいたと聞いて、きっと女の子にでも会っていたのだろう、とわたしは想像した。実際にはバッテリーやタバコを手に入れるつもりで出かけたのかもしれないのだが。いずれにせよ、家に近づくとすぐに異変に気がついた、と彼は言った。エズラとエライジャが庭にいて、シャベルに覆いかぶさるように体重をかけていた。玄関横のデッキには、白いシーツで覆われた亡《なき》骸《がら》のようなものが横たわっていた。そのデッキならわたしも知っている。木の手すりがぐらついて、ドアのそばにある壺《つぼ》のような鉢にはシャクヤクの造花が差してあり、ずっと前から日に焼けて色褪せているせいでノスタルジックな趣を呈している。そのころにはもう救急車はなくなっていた。葬儀屋も、デヴィーンの知るかぎりはなくなっていた。唯一の希望のかけらは、隣の黄色い家に住む男と息子たちが、迷路のように散乱するスペアタイヤとエンジンパーツの間を縫ってすぐさま駆けつけてくれたことだった。デヴィーンの話を聞いていると、股上の浅いジーンズとカラフルなスニーカーを履いた褐色の肌の少年たちが、白いTシャツを尻ポケットから半旗のようにたらしている姿が見えるようだった。語り終えたデヴィーンは顔を上げ、本当に久しぶりにわたしのことをまっすぐに見た。できることなら慰めの言葉をかけたかった。母を亡くした者として、彼の痛みは充分にわかったからだ。黄色い家の男たちは自分と双子からシャベルを引き取り、代わりに穴を掘ってくれた、とデヴィーンは言った。三人で交替しながらあっという間に穴を仕上げ、叔父さんの亡骸をバージニアの赤い土の中に下ろしてくれた、と。

斜めに打ちこむ雨から逃れようとみんなが椅子を引き寄せ、互いの距離が近くなったところで、こんどはラクシュミが語り始めた。アルベマール郡で暮らす両親のもとを車で訪ねたときの話だった。彼女の両親は一年前に退職して、ひっそりとした田舎の分譲地に建つ新築の三階建てに移り住んだのだという。白人世帯にまわりを囲まれ、有色人は彼女の両親だけ。とても静かなところで、ほとんどの住人がそのままそこにとどまっていた、とラクシュミは言った。彼女の滞在中も隣人たちが訪ねてきては、なにか困ったことはないかと尋ねる声が聞こえてきた。ラクシュミの両親は会員制の卸売りサービスを利用して日用品や色鮮やかなスパイスを大量購入し、大瓶入りのレンズ豆や乾燥豆を備蓄しているという。父親はピーナッツブリトルに目がなく、パントリーの棚のひとつをまるごとその大容量パックの収納に充てているらしい。ぬかるんだ菜園にも母親はいまだ希望を託していて、当分の間は大丈夫、と両親そろって娘に請け合った。そして実際、通りは平和そのものだった。ただしある晴れた晩に、ある隣人、妻に先立たれて仕事も退職した男性が、おそらく酔っていたのだろう、家から出てきて自宅の暗い玄関ポーチから大声でわめき散らした一件を除いて。懐中電灯で照らしてみると、男性は芝生に立てたポールからびしょ濡れになったアメリカ国旗を下ろし、古い南軍旗を高々と掲げていた。だがその男性というのは、ラクシュミの両親が越してきたばかりのころ、車のバッテリーが上がったときにジャンパーケーブルを貸してくれ、奇妙な角度ではあったが自分の車をそばに並べてつないでくれた人物なのだという。それにその孤独な男性は、翌晩にはしらふに戻ってその旗を下ろしたのだから、と両親は娘の心配を打ち消した。

両親のところはとりあえず安全そうだとラクシュミは判断したが、彼女自身は長くは滞在しなかった。じつは両親の家へ向かうとちゅう、よくある田舎の曲がりくねった道路で、二人連れの男が車で行く手をふさいでいたのだという。キャンパス付近で黒いトラックを乗り回していたのと同じ人物というわけではないが、もはや確かなことはわからない、とラクシュミは言った。二人は銃や旗を見せつけたわけではないし、トーチを持っていたわけでもない。二人のうち一方は〝白人〟ですらなかったかもしれない――肌がオリーブ色だった。いずれにせよ彼らは車で道路をふさいでエンジンフードを立てていたので、ラクシュミは急ハンドルを切って側溝に突っこむか、目の前の車に突っこむよりしかたがなかった。〈あいつら本気で轢《ひ》いてやればよかった〉彼女はそう言って、いまは手首に結んでいるバンダナを整えた。実際には、彼女は自分の運転していたシビックを停止させて、車をどけてもらえないか、あるいは手が必要かと男たちに尋ねたという。すると男たちは、彼女をシビックから引きずり降ろして自分たちの後部座席に乗せ、彼女の荷物をあさりだした。続いて一方の男が彼女のそばに乗りこんできた。〈あいつら、好き放題に奪っていったわよ〉そう言って、彼女は大きな赤い結び目を引っ張った。

最終的には解放されて両親の家にたどり着いたが、むこうは静かすぎて、とラクシュミは言った。二晩だけ泊まったのち、彼女は両親の反対を押しきって、最後のガソリンを使って町へ、仲間の待つ暗いアパートメントへ戻ってきた。行きとは別の道を通り、またしてもやつらに遭遇したら、こんどこそ正面から突っこんでやると自分に言い聞かせて。

新たな話を聞くたびに、胸の中で心臓がふくれあがって巨大化するのを感じた。サファイヤ色の髪をしたゲイリー・チェンの話を聞いたときにも、胸は痛んだ。なにしろ彼が恋に落ちていることは一目瞭然だったから。それに、フローレスさんが何年も前にホンジュラスから移民としてやってきた話を聞いたときにも。彼は巨大なハリケーンを生き延びた。そのときも電力が途絶えて、暴風のせいで彼の住んでいた地域は瓦礫《がれき》の山と化した。ラクシュミの話を聞いたときにも、やはり心臓はふくれあがった。その身にはたしてなにがあったのか、彼女はまだしも安全な両親のもとを去り、わざわざ危険の中に戻ってきたのだ。まるで自分はすでに危険に捕まってしまったとでもいうように。

翌朝の配給のときに、女性だけで少し集まらないか、とイーディスさんが提案した。〈ちょっとした予防策としてね〉と彼女は言って、膝にのせた四角い布で両手を拭いた。そこでわたしたちは、色褪せた深紅のカーテンが窓を飾る応接間に集合した。その間フローレス家の男性たちは薪を集め、バードさんとノックスは菜園の主立った場所にウサギ対策の柵を立ててまわった。アイラとジョージーは、たらいに入った洗濯物を煮沸するための火を見張っていた。エライジャとヤヒア・パパはビニール袋と輪ゴムでボールをこしらえ、ジョバリやKJといっしょに屋根つき通路でキャッチボールをしていた。デヴィーンとエズラとゲイリーは下で見張りに就いていた。イーディスさんが西側のポーチから入ってきて、借り物の長靴を脱いだ。靴底の溝に、湿った黒土がこびりついていた。彼女は布で裏打ちされたキャロルのバスケットを掲げてみせた。縁からこぼれんばかりにのぞいているのは、小さなイチゴとしおれかけたささやかな野の花、葉っぱ、根っこ、などなど。〈なにか甘いものでもと思って〉と彼女は言った。

わたしたちは寄せ木の床に身をのり出した。寄せ木のひし形もようは一見すると浮き出て見えるが、実際には平らでなめらかだ。

イーディスさんはあちらで椅子を押し、こちらで小テーブルを押し、と移動しながら一人一人のもとを訪ねた。わたしたちは果実を少しずつ手のひらにのせ、細い根の絡まり合った繊細な野花を受け取った。〈野生のスミレよ。どうぞ、めしあがれ〉イーディスさんはそう言うと、葉と花を何枚かむしって口に入れ、もぐもぐと嚙んだ。

その場にいたのは赤ちゃんを腕に抱いたヤヒア・ママと、編みたての髪をしてギフトショップの長いTシャツをかぶり、ベルトで締めてワンピースふうに着ているイマニ。ラクシュミと仲間のマーリーン、ケイラ、ジア。フローレス家の女性たち——サムとマルタ、マルタの十二歳の娘で妖精のように愛らしいヤミレス。

銀色の髪のキャロルとローズゴールドの頰のラトーヤ。

そして、わたし。

わたしは甘酸っぱい実を舌にのせ、いまも壁ひとつ隔てたむこうであのベッドに横たわる祖母のために残りはとっておいた。

イーディスさんは窓辺に立って、じっとり濡れた楕円形《だえんけい》の花壇のほうに目を細めた。〈ヒエンソウ、キンセンカ、レンテンローズ〉彼女はわたしたちに向き直り、上から下へ視線を走らせた。〈みんな、わかるわね。わたしたち女性は用心しなければ〉イーディスさんがそう言うと、母親のそばに立っているイマニがマンモスのぬいぐるみをぎゅっと握った。六歳の彼女がとまどっているだけであることを、わたしたちは願った。もちろん残りは全員、イーディスさんの言わんとすることを理解していた。〈本当に気をつけて〉彼女は続けた。〈こういうときであっても、こういうときだからこそ。実際のところ、わたしたちはいつどんなときも気をつけなければならないのよ〉

わたしはベルベットの椅子にさらに深くもたれた。フクロウのような目をした目の前の女性が、わたし自身の母に代わって警告しているような錯覚にとらわれた。〈女性はいつもそうだった。はるか昔、天地創造のときからずっと〉イーディスさんが言った。

残りのみんながうんうんと声に出して、あるいは無言でうなずいて、いっせいに賛意を示した。

このわたしでさえ。わたしたちは互いに顔を見合わせ、それから雨だれが影を落とす窓の外に目を向けた。ヤヒアの赤ちゃんが母親の膝で伸びをしたかと思うと、なにかをつかもうとするように小さな手を伸ばした。

赤ちゃんがむずかりだしたので、ヤヒア・ママは膝を揺らしてなだめようと試みた。たいていの場合はそれでは効かずに、けっきょくヤヒア・ママは立ち上がり、全身を揺すって歌を歌うことになる。ところが今回はイマニが誇らしげにぱっと顔を輝やかせ、ぬいぐるみをテーブルに置いて、幼い弟に両手を差し出した。イマニが抱き上げて頭の後ろに手を当てると、弟はしゃくりあげたのち、しばしのあいだ静かになった。

〈お互いに気をつけ合いましょう〉イーディスさんがかすれた声で言った。

ラトーヤが脚を組み替えた。〈まあ、いいことよね〉

イーディスさんはさらに、良識を働かせて自分を守り、お互いを守ろう、いずれ町に戻れば必ずそういう男たちに遭遇するだろうから、あるいはそういう男たちがこの屋敷まで登ってくるかもしれないから、と訴えた。いま現在この山にいる男性、父親や兄弟、友達や恋人にだって用心しなければならない。ここにいる時間が長くなれば、もしかすると、というよりおそらくきっと、強要されたり、場合によっては力ずくでということもあるだろうから、と。いまはこういう状況なのだから、できれば傷ついたり妊娠したりといった事態は避けたほうがいい。けれどもそう言う彼女の口調は、おそらく自分ではどうにもならないだろうけれど、と悟っているかのようだった。もしかしてイーディスさん自身、かつて信頼していた誰かに傷つけられたことがあるのだろうか。〝妊娠〟

という言葉を聞いて、わたしは唇の内側を嚙み、喉元にあぶくがこみ上げるのを感じていた。

部屋の反対側でラトーヤが大胆に改宗を宣言するかのように〈アーメン〉と声をあげた。すでに立ち上がっていたラクシュミが花の束を強くこすり、花びらがはがれ落ちた。

赤ちゃんがまたしても泣き出し、イマニが懸命に揺すりながら、聞きなじんだメロディに合わせて即席の子守唄を歌った。ヤヒア・ママがつぎはぎだらけの英語で、生理の処置についてちょっとした知恵を授けてくれた。残念ながらわたしはもう心配する必要がなかったのだが。〈自分で自分に気をつけて、お互いにも気をつけて〉とイーディスさんが締めくくり、みんなは大きく息を吸いこんだ。本当にそれができるとでも言うように。本当にそうするとでも言うように。わたしまでもが。わたしは膝を抱き寄せて体を揺らし、いまにもみんなに打ち明けそうになるのをのみこんだ。

ヒューヒューと音がして目を覚ましたのは、屋敷で過ごし始めて二週間が過ぎたころだった。夜間で、周囲はまだまっ暗で、ノックスはぐっすり眠っていた。その苦しそうな物音を聞いた瞬間、というより感じた瞬間、わたしははっと飛び起きた。完全に目が覚めるより先に椅子の背や家具の脚にぶつかりながら書斎を通り抜け、壁にはさまれた祖母のベッドへ向かっていた。わたしは両手で祖母の手を探り当て、空気を求めてあえぐ葦笛《あしぶえ》のような音に身を硬くした。わたしは闇の中で吸入器を探した。はたして中身がどれだけ残っているのか、そもそも残っているのかどうかもわからないが、必要になる事態を遠ざけようと、むなしい願いをこめてナイトテーブルに置いてあった。わたしはそれを手に取り、何度か振ったのちに祖母の口に当てた。

祖母は一口吸おうとして、すぐさま払いのけた。

前に一度、わたしが子どもだったころにも、祖母が発作を起こした際に吸入器の見つからないことがあった。走って隣家に助けを求めに行くと、ほどなく窓の外で赤と白のライトがちかちかと光り始めた。いったい何事だろうと、ほかの住人たちも、塀がなく横につながった前庭にぞろぞろとようすを見に来た。救急隊員が祖母を救急車の後部に乗せて、ついてくるようにと母に指示した。わたしたちは大急ぎで車の鍵をつかみ取り、母のくたびれたカローラに飛び乗った。わたしは怖くてたまらなかった。車が壊れたらどうしよう、救急車を見失ったらどうしよう、このままバイオレットおばあちゃんが生きている間に会えなかったらどうしよう。そんなことばかりが頭に思い浮かんだ。その場でしっかり医者に頼まないと、大切な祖母の体をぞんざいに扱うのではないか、祖母に無限の価値があることを見誤るのではないか、と思えてしかたがなかった。

祖母はベッドでシーツと格闘し、口をむなしくぱくぱくさせていた。こんどこそ祖母を失うのだ、とわたしは思った。

わたしは助けを呼んだ。

祖母の下に枕をつっこみ、体を転がして横に向けた。

考えるより先に、自分もその高いベッドに這い上っていた。硬いベッドはへこむ気配もなく、固めたばかりの地面のようだった。わたしはなんとか祖母を慰めたくて、祖母の体に入りこもうとするかのように背中に沿って体を丸めた。子どものころ、たまに祖母のベッドで眠ることがあった。そのころは祖母の背中がとても大きく感じられた。胸も心も大きく広くて、つねに温《ぬく》もりを発していた。けれどもその晩、わたしの腕の中でぜいぜいとあえぐ祖母はあまりに細く、骨と皮だけになってしまったかのようだった。突発的な雨がパラパラと屋根を叩き、突風がそれに続いた。屋敷が揺れたような気がした。

ヒュー、ヒー、ヒュー、ヒー――

そんなふうにして、何時間とも思える何秒かが過ぎた。

気がつくとベッドの書斎側にノックスが立っていて、背中に当てられた彼の手から温もりが伝わってきた。彼はわたしを座らせ、いっしょに祖母を引き起こして、ベッドの脇に脚をたらすような格好で座らせた。ノックスにうながされてわたしはもう一度、吸入器を試してみた。彼はナイトテーブルのソーサーに入っているなにか、おそらく水か紅茶を祖母に飲ませた。ぜいぜいと喉を鳴らす合間に、祖母はむせながらも少量を飲み下した。祖母の体がこわばった。続いて心持ち力が抜けた。

ずいぶん経って、雨にもかかわらず鳥が鳴いて空が活気をおび始めたころ、イーディスさんがいつものように顔を見せ、祖母のベッド脇に座ってくれた。くたくたに疲れていたので交替はありがたかったが、どうせ眠れないことはわかっていた。ノックスはわたしたちの部屋の開いた窓の外に広がるテラスにいて、ひょろ長い体でれんがのアーチにもたれていた。シャツはますますくたびれて色褪せ、生地がさらに薄くなったように見えた。胸を横切るストライプが消えかけていた。いつもきちんとしていた髪が、嵐のあとは伸び放題のぼさぼさだ。わたしの近づく音に気づいて彼が振り返ったので、わたしはなんとか笑みを浮かべてみせた。祖母が昨夜を生き延びたから、そしてわたしを目にした彼が一瞬だけ、あの夢見るような懐かしい笑みを浮かべたから。昨夜手を貸してくれたときに、あわてめがねを落としたのだろう。フレームが歪んで形が変わり、そのせいで彼の頬の形も違って見えた。

〈あなたの名前は？〉わたしは初めて出会った晩のせりふ、テーブルをはさんで彼の名を名札に書き留めたときの言葉を口にした。いたずらっぽい響きをこめるつもりだったのに、出てきた声にはなんの抑揚《よくよう》もなかった。

〈ノックス〉と彼は答えて、体を起こした。〈きみは？〉

〈ダナイーシャ〉

わたしがさらに近づくと、ノックスの腕がスローモーションのように伸びてきて体に巻きつき、彼のほうに抱き寄せた。彼の胸は暑さでべとついていた。わたしが顔を上げると、彼は遠くのほう、低く連なる青い山々の稜線《りょうせん》を眺めていた。彼は腕をまわしたときと同じくらいゆっくりほどき、後ろに下がってわたしを見つめた。

〈ぼくにはとても理解できないよ〉彼は言った。

わたしのやましい真実について、ついになにかを口にするのだと思った。祖母がいちばん必要としているものをどうして忘れることができたのか、とか。デヴィーンとわたしが不自然に避け合うさまを見て、わたしの不実に気がついた、とか。どうか彼が、わたしの体の静かな革命に気づいていると言ってくれますように。わたしはほとんど願いかけていた。きっとこれまでなんとか隠してきた妊娠の事実が、あれこれのちょっとした兆候からおのずと明らかになったに違いない。わたしの恥ずべき行為を彼が声に出して指摘してくれますように。その瞬間のわたしはそう願っていた。けれどもノックスが口にしたのは、世界とその崩壊についてだった。なにがなんでも解決しなければならない問題について、それがどのように解決されるだろうかについて。〈だがナイーシャ、事態を修復できる人間はほかに必ずいるはずだ〉と彼は言った。

〈そもそもなぜ吸入器を忘れてきたのか〉と自分が言ったことを覚えている。

〈誰か頭のいい人間が〉ノックスはなおも続けた。〈電力を復旧させたり空にまた飛行機を飛ばしたりといったことだけでなく、それ以上のことができる人物。なんならぼくの父だって――父はとても頭がいいんだ。だがそうではなく、もっと適任の誰か、ぼくたちが引き起こした最悪の状況をなんとか手なずけられる人物なりチームなりが、きっとどこかに存在するはずだ〉

〈キッチンにあったはずなのに〉わたしは言った。〈そうでなければ寝室のドレッサーの上に〉

〈ぼくたちはきっと、なにかとんでもない空間に閉じこめられているんだ〉ノックスは言った。〈たぶんいまも誰かがここへ、町へ、来てくれようとしているんじゃないか。こっちはとんでもない状況でも、ほかは問題ないかもしれない。メリーランドとか、ウェストバージニアとか。くそ、なんならリッチモンドだって。ぼくたちは渦中にいるから見えないだけで。とにかくこんなのは常道を逸している。必ずもとに戻るはずだ。そうしたらみんな家に帰れる〉

〈あなたは町に戻れるわ〉わたしは言った。〈戻るべきよ〉

〈ぼくの話を聞いていなかったのか？〉ノックスは言った。〈事態が収まらなければ、きみのおばあさんはここで命を落とすことになるんだぞ！〉

わたしはまたしても体がふわふわしてくるのを感じた。体重が足りなくて自分で自分を押さえていられない感覚。実際には、靴を履いていない足は板張りのテラスにしっかり着地しているのだが。屋敷の中で祖母が寝返りを打つ気配を、背後に感じたような気がした。わたしは自分の腕をつかみ、体をしゃんとさせたくて両手でさすった。

〈ダナイーシャ――待って〉ノックスが言い、喉仏が上下に動いた。〈ごめん、悪かった〉

〈あなたは戻ったほうがいい〉わたしは繰り返した。

〈状況はきっとよくなる〉わたしの言葉が聞こえなかったかのようにノックスは言った。たぶんわたしの話し方が不明瞭だったのだろう。おそらくしゃべりながらすでに下を向いていたのだろう。〈ぼくはただ、きみにこれだけのことが降りかかってくるのは間違っていると言いたかっただけで〉

ノックスはずっとごめんを繰り返しながら、わたしの肩に手をのせ、首に触れて、抱き寄せた。話しながらわたしの耳たぶに、耳に、キスをするのを感じた。〈だってきみはすばらしい教師になるんだろう？　ぼくも町でなにか仕事を見つけるよ。最初は大した職に就けなくても、なにかエネルギー関連の――地熱とか、風力とか〉ノックスがわたしの頭を胸に抱き寄せ、彼の心臓の鼓動が聞こえてきた。〈ただ、あまりに不安で。もし誰も来なかったらと思うと〉

わたしは遠くに目を向けた。深い霧に覆われた空、揺れてうなずくアフロヘアのような木々、暗く陰鬱な道。〈どんどん危険になってくる〉とフローレスさんは言い、学生たちは、少し前まで男たちが夜な夜なハイウェイ付近を車で走る光景を目にしたと話していた。わたしはとにかくくたくたで、雨粒の散る濡れたテラスにいまにも崩れてしまいそうだった。

わたしはノックスの胸に唇を押し当てた。〈もし誰かが来たら？〉

8

目を開けると壁に映った日差しが動いていた。マットに横になったあとでふたたび眠りに落ちたとみえ、完全に日が高くなっていた。屋敷のあちこちからくぐもった足音とドアが揺れて静かに軋む音が聞こえてきた。開いた窓のむこうで誰かが誰かを呼んだ。わたしは起き上がってふたたび祖母のもとを訪ねた。

寝息は安定し、頬にも血の気が戻っていた。おそらく物音に気づいたのだろう、祖母はすぐに目を開けて口をきいた。

〈ナイーシャ〉

問題はなさそうだった。それどころか元気そうに見えた。だがその元気がいつまで続くかはわからない。

〈ナイーシャ〉わたしの身を案じるかのように、祖母の眉間にしわが寄った。わたしは祖母をひしと抱き締め、それから窓という窓を開けてまわった。そうしてまたベッドに戻ると、縁に腰を下ろして、ふたたび祖母に腕をまわした。

〈おばあちゃん〉とわたしは言って、祖母の生きている姿を目にするだけで、声を耳にするだけで、ばかみたいににこにこしていた。

〈お日さまが出てるね〉と祖母が言い、実際、雨はすっかりやんでいた。窓の外では草から湯気が昇っていた。

ずっと一人だったのかと訊くと、祖母はイーディスさんの椅子を示した。〈みんな、ほんとによく相手をしてくれるよ〉ベッドの座り心地は先ほどよりはましに感じられたが、それでもシーツはざらついていた。祖母がわたしの腰に腕をまわし、ひんやりした手のひらが素肌に触れた。

〈なにか入り用なものはない？〉わたしはあえて口にした。〈なにか持ってこようか？〉

〈その時計〉と祖母は言って、ベッドの足元にあるジェファソンの時計に目を向けた。ゴールドの機構部に白い文字盤と筆記体の文字を連ねたような装飾的な針がついていて、それが二本の黒いオベリスクの間に浮いている。〈あたしの父さんはいつも懐中時計を持ち歩いていてね。ぜんぜん大した代物ではないんだけど、それでも、その時計みたいに金で縁取られていたんだよ〉

祖母はヴィネガー・ヒルの出身で、窓に黄色いカーテンの下がった下見板張りの二階建て住宅で育った。小学校を卒業するころにその古い家が近所の他の家もろともブルドーザーでなぎ倒され、地域に暮らしていた黒人の家族が全員転居を余儀なくされたことを、前に何度か話してくれた。

〈父さんはプライドの高い人でね〉と、その朝祖母は言った。〈あたしにもその金時計を持たせてくれたのよ。そして母さんは、エナメル革の靴を買ってくれたの。リボンのついた靴。時計は男物だから重かったけど、本当にすてきでね。よく自分のものみたいなふりをしていたよ〉

祖母は窓の外を見ようと、体をひねって上体を起こした。日差しのせいで外は白っぽく見えた。

〈どうして二人のことをあまり話さないの？〉わたしは尋ねた。

〈妊娠してしまってね〉と祖母は言った。〈高校を卒業した夏に。でもまあ、それはあんたも知ってのとおりだけど〉

わたしはうなずき、祖母がそのまま話し続けてくれることを期待した。

〈うちは息子がいなかったから、父さんはあたしをカレッジへ行かせたがっていたのよ〉祖母は言った。〈けっきょく父さんのほうが当たっていて、あんたの母さんの父親はろくでもない男だった。それからアルレッドおじいちゃんと出会うまでにはしばらく間があって。ほんと、おもしろい人だったねえ。けっきょくまたあたしのほうが長生きして、残っちゃったけど〉

〈おばあちゃんは誰よりも長生きするよ〉わたしは言った。〈もうじきみんな帰れるよ〉

〈あんたは本当に二人によく似ているよ。とくに目のまわり。あんたの母さんにも、あたしの母さんにも〉

〈辛《つら》いな〉わたしはなんとか唾をのみ下した。〈ときどき辛すぎて、母さんのことはあまり考えないようにしてる〉

祖母の視線は窓にじっと注がれていた。〈前回招かれて来たときには、春だったよ〉

イーディスさんが来たときに、わたしは前夜の出来事を手短に報告した。彼女は祖母の食事を持って窓辺に立ち、眉間のしわが消えていると思ったら、大胆に駆け回る子どもたちと彼らに降り注ぐ日差しを眺めていた。その後わたしは屋根つき通路に下りて古いトイレに向かい、薄暗がりの中に閉じこもった。ギフトショップでなるべくシンプルなTシャツを選んでだらりとかぶっていたものの、股上の深いカットオフのショートパンツはこの宙に浮いた日々の間にきつくなり、お腹全体にみみず腫れのような細い線が刻まれていた。わたしは小さな手鏡をのぞきこみ、自分の目を覚まさせようと頬を叩きながら言い聞かせた。本当はさっき、祖母に妊娠の事実を打ち明けるべきだったのだ。とはいえ、祖母の心配の種をこれ以上増やすことなどできるだろうか。喘息《ぜんそく》の発作はいつなんどきぶり返してもおかしくない。そしてノックスの言うとおり、状況が変わらなければ、次は死に至るかもしれないのだ。

外の庭、西側ポーチの近くで、キャロルが朝食の後片づけをしていた。隣にはデヴィーンが立って、たらいにためた食器を洗っていた。〈そこにいたのね〉キャロルがわたしに気づいて呼びかけた。〈これ、あなたの当番よ〉彼女は汚れた食器をテーブルのこちら側に押しやった。デヴィーンが顔を上げ、一瞬、わたしと目が合った。彼は食器を自分のほうに引き戻した。〈おれがやるよ〉

十四日目のその日は、おそらく降り注ぐ日差しの感触に元気を得て、山にいる全員がいつにも増してせっせと働いた。それぞれが小さなグループに分かれて、庭や屋敷の共用スペースをきれいにした。菜園では地中に潜む根菜を求めてこてで土を掘り起こし、その下に広がる果樹園では曲がりくねった枝の間に手を差し入れて、熟しつつある果実をもいだ。別のグループはたらいの中で洗濯物をかき回し、ぴんと張った紐にぶら下げた。洗濯物は固く絞ったにもかかわらずぽたぽたとしずくがたれて、みんなの腰は曲がり、手はひび割れた。その後、イーディスさんがギフトショップで見つけてきたラベンダーの香りのこってりしたローションをすりこんだ。いつもどおりに見張りも続けた。二人か三人ずつでローテーションを組み、武器とトランシーバーと見せかけの勇気を携えて、受付パビリオンで任務に就いた。その日、みんなのそうした働きぶりにわたしは胸を打たれたが、正直に言うなら、なにか的外れな印象がしないでもなかった。それでも懸命にみんなを真似て腕を振り、リズムを揃えて脚を前に動かした。みんなの希望をわたしも真似た。バードさんの口が開いてジョージーを呼び、救急箱を持ってくるように頼んだときには、わたしも無言で口を開いた。その一方ではフローレスさんの動きを真似て腕を行ったり来たりさせながら、芝生に並べた銃を布で拭いてオイルを塗った。フローレスさんのいかにも気乗りのしない表情を見ていると、前世では平和主義者だったのだろうかと思うほどだった。庭の階段に座ったKJが目を見開き、わたしもいっしょに目を見開いた。来るべき痛みに備えてKJの眉と傷痕が同時に上がった。彼の足の裏に刺さった棘を、バードさんが縫い針を使って取り除いた。そばを通ると硫黄のようなにおいがした。

〈ほら終わった――また遊んできていいぞ、ぼうず〉バードさんが言った。

その晩は西側ポーチの屋根の下で、ラクシュミが夕食の豆のスープを注いだ。その横ではラトーヤとゲイリーが塩味のナッツと生のニンジンとフダンソウのカラフルな茎を小分けにした。イマニとジョバリはお湯を張ったたらいと石鹼を用意して小さな洗い場を設け、食事の前にはみんながそこで手を洗い、食後には使った食器をその中に浸せるようにした。わたしがそこへ向かうころには両手にできたてのマメが並んでいたが、はたしてどの作業でそれができたのかは思い出せなかった。ほとんどの人がすでに腰を下ろし、膝に食器をのせていた。雨があがったとあってポーチの階段に座っている人もいれば、何人かは応接間やエントランスホールから椅子を引っ張り出してきていた。ヤヒア一家とヤミレスは芝生にブランケットを敷いて座っていた。学生たちの一部は下で見張りに就いていた。

祖母の吸入器を取りに戻ろうと思う、とわたしはみんなに言うつもりだった。するとジョージーの近づいてくる姿が見えた。あわてたようすで池をまわり、大きなウィローオークの木をまわりこんでくる。彼はあごを前に突き出し、興奮に声を震わせて、皿を受け取るよりも先にいきなり話し始めた。たったいま、何頭かのヒグマを見かけたのだという。子グマだったが、と彼は言った。〈信じられるか？　クマの群れだぞ？〉

テーブルの近くでエズラが立ち上がり、フダンソウの苦い茎をかじりながら芝生のほうへ出てきた。彼は赤ん坊の泣き声を聞いた、と言った。間違いない、ゆうべ、畑のほうで。しかも泣き声がしたのは、ヤヒア一家が二階の子ども部屋へ引き揚げたあとだった、と。

一瞬イーディスさんの歯が、古びた象牙のような色が、ちらりとのぞいた。〈幽霊かしら〉〈ただの子ギツネだよ〉バードさんがそう言って、マグの中身を一口飲んだ。

わたしはノックスと並んでポーチの階段に座っていた。床面には石材が使用され、端のほうはれんがで縁取られている。わたしは西側に広がる芝生に靴と靴下を脱ぎ捨て、そちらに脚を伸ばして座っていたのだが、彼の隣だと、わたしの脚はずいぶん黒く見えた。フローレス一家はテントを芝生のいちばんむこう側、木立の近くに移し替えていた。祖母は中の寝室で休んでいた。なにより気がかりなのは、朝方には元気そうにあれこれしゃべっていたのに、その後すっかり黙りこんでいることだった。イーディスさんも、食事を勧めても一口も食べなかったと話していた。

漠然と輪になって座るわたしたちのちょうど反対側あたりで、デヴィーンも双子にはさまれて座り、食べていた。椅子を後ろに傾けて、伸び放題の芝にブーツを突き立てていた。彼はその場の全員に目を配っているようだった。食事が終わるまでは立ち歩かないでおとなしく座っていなさいと子どもたちに注意するヤヒア・パパを見て、バードさんが言ったなにかに対しけらけら笑うイーディスさんを見て、さらに芝生のむこう側まで見渡して、当番ではないにもかかわらず、危険がないか確認しているようだった。沈みゆく日を受けて、梢の緑が何百万もの色合いに輝いていた。

前の晩から一日じゅう頭の中にあった言葉――おそらくは東側ポーチの階段を駆け上って祖母のあえぐ声を聞いた瞬間からずっと形を取りつつあった言葉が口をついて出てきたのは、そのときだった。〈わたし、町に戻ります〉そう言ってわたしは立ち上がった。〈祖母の吸入器を取ってきます。ゆうべはほとんど息ができなくなって――〉

みんなの表情から察するに、祖母の身にあったことはすでに知れ渡っているようだった。おそらくノックスか、そうでなければイーディスさんが話したのだろう。だから一日じゅう、みんなに同情と優しさのまなざしを向けられているような気がしたのだろう。夕食を食べながら、みんなが町のことを口にし始めた。自分はどうしたいか、どうするのが安全か、次から次へと声が飛び交った。

ヤヒア・パパが言った。〈男性陣にはもっと肉が必要だ!〉

ラクシュミが言った。〈あいつらは毎晩あの道を行ったり来たりしていたのに、なぜかぴたりと来なくなったのよ〉

エライジャが言った。〈確かにこの暑さの中、ナイーシャのおばあさんを犬みてえにはあはあ言わせて死なせるわけにはいかねえよな〉

アイラは言った。〈あいつらはすぐそこ、うちの窓のすぐ外まで来ていたんだ。わたしがじっと見ていたら、どこまでも近づいてきおった〉
エズラが言った。〈おれも戻って目に物見せてやる〉
イーディスさんが食器をゆすぎ、子どもたちにも自分の使ったものを持ってくるように合図した。わたしたちのまわりで空は深みをおびたオレンジ色に、縁のほうは紫色に変わっていた。
すると、わたしのひとつ上の段でノックスが立ち上がった。彼はめがねをはずし、シャツの裾で拭いてから、もう一度かけ直した。
〈ぼくが行きます〉と彼は言った。〈ぼくが吸入器を取りに戻って、町が少しは安全になったかどうか見てきます。明日にでも〉
フローレス一家がキャンプをしていたあたりの下のほう、それにハイウェイ付近をうろついていた男たちのことがふたたび取り沙汰されたが、ノックスは引かなかった。状況は収まりつつある、もうすぐそうなる。その間に行ってこられる、と。
〈いずれにしてもリスクは伴う〉バードさんが言った。〈行くにしても、行かないにしても〉
アイラが歯にはさまったなにかを親指の爪で取り除いた。〈本人が行きたいと言うんだ——行かせてやればいいい！〉
〈下は水浸しだったぞ〉ジョージーが言った。〈子グマがいたあたり。それより下はもっとひどいかも——〉
〈それなら明後日にでも〉ノックスは言った。

わたしが腰を下ろすと、ノックスは振り返ってわたしの膝に触れ、大丈夫、きみのために必ずやり遂げるから、と静かに請け合った。わたしがむっつりしているのを不安のせいと、わたしの小さな熱い怒りを感謝と勘違いししているようだった。だがまあ、それもまた無理のないことだったかもしれない。わたし自身が次々に壁を築いて、ずっと石のような表情をしていたのだから。わたしの中になにを読み取ったにせよ、彼はもう一度みんなに向かって宣言した。

〈行ってきます〉

彼なら行ける。行くだろう。その思いが、わたしの中で燃え盛る激しい怒りを抑えこんだ。

アイラの隣でふいにキャロルが椅子から立ち上がり、スープを飲んだあとの陶器のマグに銀のスプーンがチリンとぶつかった。まっすぐに切り揃えた銀髪が目の上を縁取っていた。

〈わたしも行くわ〉キャロルは言った。

アイラが彼女の袖を引っ張った。〈ばかなことを言い出すんじゃない〉

〈いいえ〉とキャロルは言って、彼を振り払った。〈まずは話を聞いて〉

キャロルは早口に説明を始めた。自分とノックスが行けば、万一車を停められた場合に親子のふりができるだろう。〈だってほら――この組み合わせなら、誰だって同情して助けてやりたくなるでしょう?〉彼女が近づいてきてノックスの反対側に立ったので、アイラは離れた場所から彼女の計画にけちをつけることになった。キャロルのなで肩といい、ノックスのいかにもガリ勉ふうのひょろりとした風貌といい、並んで立った二人は確かに同情を誘いそうだった。

〈わたしも役に立ちたいのよ〉と彼女は言った。

アイラが空いたマグをキャロルのマグと並べて草の上に置いた。

食器をゆすぎながら、とろける四角いチョコレートを味わいながら、ことは決まった。ノックスとキャロルが二人で出かける。二人の肌の色なら、おそらく安全だろうから。明後日の朝、夜明けとともに出発する。武装した男たちはつねに一日の終わりにやってくるようだから。ただし出かけるのは、道路の水が引いて嵐の来る気配がない場合にかぎる。車はバードさんのリンカーンを使い、芝刈り用具の物置で見つけたガソリンで満タンにして出かける。車はノックスが運転し、キャロルはわたしたちが住んでいたあたりの状況を可能なかぎりつぶさに観察する。デヴィーンでさえ、ある意味理にかなっているかもしれないと言った。アイラも観念して、イーディスさんに手渡された紅茶のカップを震える両手で握っていた。キャロルが戻るまで大切な雛鶏たちはきちんと世話をすると彼は約束した。キャロルが雛鶏たちの天敵、とりわけタカのことを心配すると、〈雛鶏ぐらいわたしが見てやると言っているだろう〉とアイラは言い、ぞんざいな口調とは裏腹に、うわずった声からは妻を誇らしく思う気持ちがありありと伝わってきた。

夕食のあとは受付パビリオンで見張りに就くことになっていた。わたしたちの林の周辺でまたしても見知らぬ人物に出くわしたのは、そのときだ。わたしはノックスとエドワード・フローレスとともに見張りをしていた。エドワードは父親と同様、毅然とした雰囲気を漂わせつつも物腰穏やかな人物だ。いつものように交替制で一人がトランシーバーを持ってチケット売場付近で待機し、他の二人が駐車場の周辺と林の中を車道の入口まで見回った。見回りの際には、ヤヒア・ママが図らずもわたしたちを導いたあの場所、ささやかな奴隷墓地も一巡りする。そうしてふたたびチケット売場で合流し、異常がないことを確認し合う。

　ノックスとエドワードがそれぞれの持ち場を見回る間、わたしは木の柱にもたれていた。目が焼けるようにひりひりし、体はくたくたで、次から次へと思考が飛んだ。わたしは祖母のことを考えた。わたしが見張りに出かける前に水をいくらか飲んだものの、ふたたび口数が減っていた。本当はそばにいるべきだとわかっていたが、喉をこするあの長い音をまた聞くことになるのが怖かった。もしそうなったら、いったいどうすればいいのだろう？　そこでイーディスさんに、わたしが見張り当番をしている間、祖母のそばで寝てもらえないだろうかとお願いした。イーディスさんはむっつりと口を引き結んだが、承諾してくれた。

　フローレス一家の散弾銃を背負っているせいで、わたしの胸はストラップで斜めに分けられていた。昼間のうちに銃のかまえ方と撃ち方を教えてほしいとフローレスさんに頼んだら、秘訣《ひけつ》は手ではなく、頭と心にある、と言われた。赤い屋根の馬小屋のむこうに置かれた標的をじっとにらんで、蹴られたような痛みを感じたと思ったら、それまでのぼうっとした感覚が晴れていた。一瞬だけ、体重の感覚が戻ってきた。

　わたしの思考は、駐車場をパトロール中のノックスのことへと飛んだ。夕食時に町へ行くと言い出したとき、彼がわたしを守るつもりだったこと、わたしの力になりたかったことは知っている。けれども彼にはわたしが見えていないようだった。だがもしかすると、わたしのほうが彼に見抜かれないようにしていたのかもしれない。自分の中の壊れたかけら、鋭く尖った破片を見られるのが怖かったのかもしれない。彼はわたしのそういう部分も受け入れられるのだろうか。愛せるのだろうか。わたしたちが受け継いだ過去もろとも。いまやそれは未来の姿にさえ見えるというのに。というより、わたし自身は受け入れられるのだろうか。

続いて思考はデヴィーンの上を漂い、安全な距離から彼を見下ろした。なめし革のブーツで砂利を踏み砕きながらマルベリー・ロウを歩いていくところ。昼にわたしのほうを見ていると思ったのは気のせいだろうか——あのちょっとした親切は？　そもそもわたしはなにをそんなに気にしているのだろう。そうしてデヴィーンを頭の中から締め出すと、こんどはそこに母が現れた。レモン色のワンピースに身を包んだ母の顔は灰色で、棺《ひつぎ》に横たわるにはあまりに若かった。〈母さん〉堪《こら》えるつもりが、声に出てしまった。わたしは腕の内側をつねった。このほうがよかったのだ、とわたしは自分に言い聞かせた。おかげで母は、いつ終わるとも知れないこの恐怖の逃亡生活を経験せずにすんだのだから。

そして最後にわたしの思考は、自分の中にいる小さな生き物のことに及んだ。せっせと育ってそのうち一人の人間になるであろう生き物——女の子！　そもそも自分はこの子の分までちゃんと食べているのだろうか。この子はいったいどんな世界に生まれてくるのだろう——最低最悪の世界だ。こんなぼろぼろの世界で、わたしはいったいどんな母親になれるというのだろう。

ノックスが見回りから戻ってきて銃のストラップをほどき、わたしを軽く抱き寄せた。〈どこも異常なしだよ〉次はわたしが見回りに出て、彼が待機する番だ。

その晩はひどく暑くて、虫の声さえくぐもって聞こえた。初めてここに着いた夜はぼんやりとした満月だったが、その晩は細い月が頭の上で白銀色に輝いていた。木立の間に見知らぬ人物、何者かの影が見えたのは、わたしが林の中を下って道路まで半分以上の距離を歩いたときのことだった。その人物は道路のこちら側に立ち、町のほうを向いていた。それ以前にやってきた人たち――両手と声を上げて現れ、いまではわたしたちの一部となった人たち――とはずいぶんようすが違って見えた。

目をしばたたいてから見ると、まだほんの子ども、十歳か十一歳ぐらいの少年だった。少年の懐中電灯が最初はほの暗く光り、続いてぱっと明るくなって、手の中で揺れた。わたしがそのまま見ていると、彼は立ち止まって小高くなった林をのぞき、わたしの真後ろを眺めるような格好になった。わたしたちのモンティチェロ、と自分が思ったことを覚えている。わたしはしゃがんで片膝をつき、体を扶壁《ふへき》のように支えた。心臓が大きく跳ね、興奮した馬のように暴れだした。少年がこちらに向かって斜面を登り始め、近づいてきたかと思うと、ふたたび立ち止まった。そして少年がしゃがんだそのとき、わたしははたとその横顔に思い当たった。彼は懐中電灯でリュックサックを照らしてなにやらごそごそしていたが、その視線がふいに屋敷に向かった。屋敷とその中にいるわたしにとってかけがえのない人たちに。少年がわたしを目に留めたのは、彼が視線をもとに戻したそのときだった。林の中で膝をつき、上方から彼を見下ろしているわたし。少年は目と鼻の先にいて、懐中電灯の光がわたしの目を刺した。

問題は、わたしが彼を知っていることだった。間違いなく知っていると思った。彼はピックアップトラックの窓で薄ら笑いを浮かべていたあの少年、わたしの夢につきまとって離れないあの少年だった。彼を見て自分がどういう顔をしたのかはわからない。わかっているのは、わたしの見せた表情に彼の顔がどう反応したかだ。少年の目が大きく見開かれ、口がぽかんと開いた。恐怖におののいて体を後ろに引いたかと思うと、少年はたったいま登ってきた斜面を駆け下りた。わたしは自分も瞬時に動きだすのを感じた。

自分はただ飛び出していって、とっとと失《う》せなさいとどなるのだろうと思っていた。ところがわたしの口は凍りつき、足を取られて斜面を滑りながら、足首に鋭い痛みが走るのを感じた。腰に沿って炎が駆け抜けた。少年は必死に逃げていたが、わたしも転びそうになりながら追い続け、やがて道路に下り立った。そこからは全力で駆けだし、砂利の散ったアスファルトをスニーカーが激しく叩き、借り物の銃が背骨をガンガンと打つのを感じた。少年は速かったが、わたしのほうが速かった。自分がそんなに速く走れるとは思ってもみなかった。互いの距離はみるみる縮まり、わたしは手を伸ばしてリュックサックのふたの部分をつかんだ。少年は派手に尻もちをついて悲鳴をあげた。

本当は捕まえて揺さぶるだけのつもりだった。ところが気がつくとわたしは少年の上にのり、彼の薄い胸板を膝でぎゅうぎゅうと押していた。腕が勝手に持ち上がり、道路に横たわる少年めがけて何度も拳が振り下ろされるその間も、わたしはずっと自分の重みを一グラム単位で感じていた。〈あんたは誰なの?〉わたしはわめいた。〈何様のつもり?〉

わたしはわめき続けた。同じ言葉を半狂乱の勢いで、リフレインのように繰り返した。誰にも聞こえなかったことが不思議なくらいだ。

少年の泣き声が諦めたような唸り声、悟ったかのような、なんなら受け入れるかのような声に変わった。その動物じみた低い声を聞いて、わたしはようやくわれに返った。両手がどさりと脇に落ちた。わたしは少年の上からどいた。呼吸は荒く、体が興奮しきって震えていた。少年はいまも道路に寝そべったまま、二度と起き上がれないかのようだった。そんなふうに近くで見ると、よけいに小さく、幼く見えた。血のせいで顔が黒ずんでいた。それでもやはり、あの少年だった。もちろんそのはずだった。

少年はようやく手探りでリュックをつかんだ。それから立ち上がってふらふらとあとずさり、わたしから距離をおいた。最初はゆっくりと、続いて体の向きを変えて走りだし、町を目指して道路を下りていった。自分たちの林の境界を越えてそこまで出ていったのは、はたして何日ぶりだっただろう。わたしはその場に立ちつくし、遠ざかっていく少年を眺めていた。

受付パビリオンに戻ったときには、わたしはほとんど口をきくこともできなかった。体は依然として震えていたはずだし、服も髪も乱れていたに違いないが、月はほぼなく、エドワードは目を閉じて待っていた。〈異常なし〉とわたしは言った。

9

わたしは吐き気を覚えて一人目覚めた。丸い太陽が空高く昇っているのが温室の窓から見えた。わたしは屋敷の中をそっと歩いて書斎を通り抜け、祖母の背中が上下するようすをそこからのぞいた。わたしはさらに狭い廊下を通り抜け、息のつまるような階段を下りた。屋敷で働く奴隷の区画に差しかかったとき、資料室の開いたドアから、空気のこもった薄暗い部屋にＳＣＦＰの学生たちが集まっているのが見えた。ゲイリーが本を開いて手に持ち、みんなの注目を集めている。隣にはラトーヤがいて、ゲーム番組の司会者のような身ぶりを添えている。ゲイリーが教授のような真面目くさった口調でなにかを言い、ほかの学生たちが笑い転げた。わたしはそそくさとその場を通り過ぎ、屋根つき通路の粗い壁づたいにさらに歩いて、交替制でお湯を沸かしている場所を目指した。火は消えていたが、お湯はいまも温かかった。わたしはそれをバケツに入れて、古いトイレに向かった。

トイレは沸かした水を流して清潔に保つようにしているが、小便と大便のにおいが立ちこめていた。わたしは古い手鏡に顔を近づけた。見知らぬ人間が見つめ返してくるのではないかと思ったが、顔はなんら変わっていなかった。痕跡を確認するには、服をめくって鏡の角度を調節しなければならなかった。首筋に沿って細い引っかき傷が伸び、腕にできた痣が灰色になりかけていた。わたしはＴシャツを完全に脱いで、汚れたショートパンツと下着を脱いだ。バケツからかすかに湯気が昇っていた。わたしは裸でそこに立ち、暑さの中で震えていた。

腰に沿って刻まれた深い傷を指でなぞると、滑ったときの感覚が甦った。腕に筋肉痛を感じたが、腹部はかろうじて何事もないかのようにふるまっていた。あの少年は何者だったのか――少年自身は自分を何者だと思っているのか。わたしは両手を振って力を抜き、体を洗うためにそこに常備されている布を一枚取って広げた。

バケツのぬるま湯に布を浸して、顔、首、胸、脇、と拭いていった。腰と足首の皮膚がむけているところを拭いた。両脚の間、足の指の間を拭いた。汚れた服をもう一度着て、日差しの下に歩み出た。

庭に出ると昼間の熱気がまともに降り注ぎ、巨大な空気の塊の中を進んでいくような感じがした。春の気温としては過去最高、とニュースをやっていたころなら言われていただろう。これでもまだ夏とは呼ばないのだろうか、とわたしは思った。もしわたしたちが夏まで持ち堪《こた》えたとして、それはいったいどんな季節になるのだろう。エアコンも制汗剤もないバージニアの夏。チェリー通りの市民プールも薄いフィルムに包まれたアイスバーもなし。走行中の車の窓から入ってくる風も、ノックスの寮の扇風機がカチッ、カチッと鳴る、あの眠気を誘う音もなし。わたしの胸と脇には早くも汗が溜まっていた。わたしは地上階に戻って祖母のようすを確認した。目は固く閉じられ、呼吸は重いが安定していた。しばらくベッドのそばに座っていたが、長くいるのは耐えられなかった。そもそもわたしがここに座って、なんの助けになるというのだろう。顔を上げると、奇妙な場所に設けられた頭上の窓から光と影が天井に伸びていた。そうしてわたしが座っている間、祖母は一度も目を開かなかった。

そのうだるような暑さの午後、残りの時間を動き回って過ごす間に、木立のあたりで折れた大枝を引きずって歩く双子の姿を目にした。KJとジョバリが畑で膝をついているところと、何列か離れたところでイマニがくるくる回っているところも見かけた。イーディスさんは木陰で椅子に座り、縫い物をする際に縫い目をまっすぐに維持する方法をヤミレスに教えていた。そんなふうにささやかながらみんなが骨を折って働く姿を眺めるうちに、わたしは自分の中の怒りが燃えつきていくのを感じた。相手はほんの子どもだというのに。わたしはいったいなにをしているの？　いったいなにをしでかしたの？

〈ダナイーシャ〉誰かの声がした。

キャロルが西側ポーチから呼んでいた。彼女はいつもわたしの名前をずいぶん言いにくそうに口にする。〈できればちょっと手を貸してもらえないかしら〉

キャロルはボウルを山のように重ねて持ち、さらに調理器具の入ったバケツを運んでいた。時間は飛ぶように過ぎ、気がつくと日は沈みかけて、梢がまばゆく燃えていた。ふたたび夕食の時間が迫っていた。

〈ぼくが持ちますよ〉ノックスが言い、後ろから近づいてきた。その日わたしはできるだけ目を伏せ、彼と視線を合わせないようにしていた。ノックスはわたしの肩をぎゅっと握ってから、キャロルのバケツを引き取った。

夕食が終わると、みんなは翌日の準備を再確認し始めた。バードさんとデヴィーンは車を整備し、タイヤをチェックして、スムーズに発進できることを確認した。ジョージーは下の道路を見て回り、水が引いて草も散乱していないことを確かめた。イーディスさんはみんなの住所を訊いて回り、一番通りから双子の家に至る環状道路とフローレス一家が住んでいるあたりまでを地図に描いて印をつけた。ノックスが地図を持ち、キャロルはそれをいっしょに確認しながら、町へ行って戻るときの道順を指でなぞった。わたしはそばでうなずいていたが、それが百パーセント安全というわけで

ないことはわかっていた。頭のどこかでわかっていた。〈たぶんそれが理にかなっている〉

〈二人が行くことはわかります〉気がつくとわたしは宣言していた。〈たぶんそれが理にかなっていることもわかります。でも、わたしも行きます〉口に出して言ってしまうと、ほっとした。

自分も行かなければと思ったのは、祖母の吸入器を確実に持ち帰れるのが自分しかいない、ということももちろんある。けれども同時に、自分たちの二世帯住宅がいまもそこにあるかどうか、どうしても自分の目で見なければ気がすまなかった。祖母の棚とそこに並ぶ祖母の一生分のコレクションを、自分の目で見なければ。棚の中央近くには、祖母と母とわたしが三人で写った写真がある。ずっと前の復活祭の朝に撮った写真で、そのころには母が病気だなんて知りもしなかった。それどころか、世の母親が子どもをおいて病気で死ぬなんてことがあるとも知らなかった。写真の中のわたしたちはそれぞれパステルカラーの服を着て、中央に立つ母の腕には、ゴールドのチェーンのついた白い合成皮革のハンドバッグがぶら下がっている。祖母の家は、言うなればしだいにしぼんでいくわたしたち家族の博物館のようなもので、たとえ灰になっていようと、どうしてももう一度この目で見ないわけにはいかなかった。

わたしが行くなら自分も行く、とエズラが言った。彼は毎晩のようにあの男たちを探し出す夢を見るという。

〈おまえはすぐ頭に血が上るからよ〉エライジャが言った。〈くそ、おまえが行くならおれも行く〉

〈なんでみんな戻る話ばっかするんだよ？〉ＫＪが言った。

デヴィーンが立ち上がり、全員の視線が彼に向かった。彼の口が開いた瞬間、あのゴールドのき

らめきが、そのありかを知っている者には見えた。〈ちゃんと話し合おうぜ〉と彼は言った。〈みんなで考えよう〉

そう言って席に座ったあとも、彼は依然としてみんなの注目を引きつけていた。

〈ナイーシャはたぶん行くべきなんだろうと思う〉デヴィーンは続けた。

わたしは頭がいいし頑固だから、それに町までたどり着けたら祖母の吸入器を確実に持ち帰れるだろうから、と彼は言った。そしてわたしの良識のおかげで自分たちはここへ来られたのだから、と。祖母とわたしがモンティチェロの末裔であることを、彼はエズラから聞いたらしい。〈おれたちはずっとこのあたりの町や郡で暮らしながら、まるで流れ者かなにかみたいに、自分はいっさい関係ありませんって態度だった。だがくそっ、もしかしたらおれの母親の一族だって、父親の一族だって、この土地で血と汗と涙を流していたかもしれないんだ。自分の所有者を儲けさせるために〉

叔父さんに引き取られていっしょに暮らすようになるまで、デヴィーンは家族三人で安定した暮らしを送っていた。父親と、母親と、高校からそう遠くないところに建つ、中二階のあるこぎれいなれんがの家。デヴィーンが十代に差しかかったちょうどその時期に家族を崩壊へと導いたのは、じつにありふれた一連のストレスだった。失業、鬱の放置、暴力沙汰。十歳、十一歳、そして十二歳のころのデヴィーンの体には、怒りと悲しみが深く染みこんでいたに違いない。一番通りでふたたび姿を見かけるころには、かつてとは異なる種類の無口をまとうようになっていた。それでもわたしと二人でいるときには、つねにかつての優しさがかいま見えた。

〈確かに危険は伴う〉デヴィーンは言葉を締めくくった。〈だが自分が行くしかないと、自分でな

いとだめだとナイーシャ自身が思うなら、行くべきだろう〉

ノックスの手の中で地図がかさりと音をたて、彼の思考が巡りだすとともに、頬が張りつめるのがわかった。

〈どうかな〉ノックスは言った。

〈行くべきだろう〉デヴィーンは言い張った。

〈行く〉わたしは言った。

日差しは移ろい続け、わたしたちは何度も目をしばたたいて焦点を合わせ直した。するとデヴィーンが、自分も行くと言い出した。ここにいるみんなのことは双子が守る、と彼は言った。タフだし、太っ腹だし、二人はいっしょに屋敷に残ったほうがいい、と。だが自分とわたしはノックスとキャロルとともに吸入器を取りに町へ戻り、ようすを見てくる、と。

〈四人で行って、一瞬で戻ってくるよ〉とデヴィーンは言った。

山へ来てからというもの、デヴィーンとわたしはできるかぎり互いを避けてきた。けれどもその晩、ことは決まった。デヴィーンとわたしはどちらも町へ行く。ノックスとキャロルとともに、翌朝早くにここを発つ。ただし肌の色を考えると危険なので、デヴィーンとわたしはトランクに隠れる。その晩は目覚めたまま横になり、虫たちのトリルを聞きながら、やっぱり思いとどまるべきだろうかと考えた。わたしがやめると言っても、みんなはわたし抜きで行くだろうか。わたしがここでのうのうと待っている間に、ノックスかキャロルかデヴィーンの身になにかあったら？　三人で出かけて、一番通りにたどり着いたとして、もし祖母の吸入器を持ち帰れなかったら？　わたしは祖母の部屋へ行ってベッドのそばに座り、闇に向かってつぶやいた。〈帰りたいよ、帰りたい、帰りたい、帰りたい、帰りたい〉祖母は答えなかった。眠りの中でまたしても顔を歪めただけだった。

わたしたちは翌朝早く、夜が明ける前に出発した。

わたしは震える脚でノックスのあとに続き、テラスのデッキを歩いてマルベリー・ロウに続く階段を下り、そこでみんなと合流した。バードさんと双子、アイラとキャロル。最後にデヴィーンが池のあたりから走ってきた。エズラと交換したらしい白いシャツが、黒い肌に輝いていた。わたしたちの前にはれんがの道がまっすぐに延び、黒い木立の間に消えていくように見えた。

肩越しに振り返ると、明けゆく空に影となってそびえるモンティチェロのドームが見えた。その下、西側の芝生では、泡のように丸くふくらんだフローレス一家のテントと木立の間ではためく洗濯物が、やわらかな輝きを放っていた。菜園のほうに下っていく斜面では、小鳥たちの足が奏でる気まぐれな管弦楽の下で木の枝が震えていた。赤茶けた畦道に沿ってわたしたちの道具が並び、そのひとつひとつを小鳥たちのさえずりが賛美していた。ここへ来てどれだけにもならないというのに、わたしたちはなんと生産的に働いていることか——骨身を惜しまず頑張ってきたことか。よし、町へ行こう、とわたしは自分に言い聞かせた。いっしょにバイオレットおばあちゃんの吸入器を取りに行って、全員無事に戻ってこよう。そして戻ってきたら、これまで以上に頑張ろう。食料を確保するために、避難生活のために、安全のために。生きるために。自由のために。幸せになるために。

一同はほとんど口をきくこともなく、それぞれの思いを抱えて長い道のりをザクザクと歩き、やがてバードさんのタウンカーのもとにたどり着いた。車は前の晩に茂みから出してあった。これまでのところ――道路に現れたあの少年を除き――周辺の平穏は保たれている。バードさんがトランクを開けると、中はきれいに片づいていて、ジャンパーケーブルのほかはなにも入っていなかった。ガソリンのにおいが立ち昇ってきて、胃が裏返りそうになった。これでどうやって町まで乗っていくというのだろう。しかもデヴィーンがそばにいる状態で？　バードさんがノックスの手に鍵を渡した。〈なにがなんでも着いてやるという気持ちで運転するんだぞ〉彼は言った。

それからバードさんは全員を呼び集めて、いちばんの近道と別のルートを説明した。そして最後に、わたしたちのミッションを繰り返した。祖母の吸入器を持ち帰ること、道路の状況、一番通りと町の状況を確認すること。可能なら電池を持ち帰ること。保存食も。〈必ず帰ってくるんだぞ〉バードさんはそう締めくくると、道路に落ちていた細い枝を蹴った。わたしたちは寄せ合っていた頭を離した。

ノックスがわたしを端のほうに引っ張った。〈どうしても行くのかい、ダナイーシャ？〉

〈そう言うあなたは？〉わたしは問い返し、それから口調をやわらげて、もう一度繰り返した。〈そう言うあなたは？〉

キャロルがアイラをハグし、彼がはるばる下まで連れてきた白い雌鶏にキスをした。雌鶏は体をのけぞらせ、うっすらと赤みをおびた羽根を散らした。デヴィーンがエライジャとエズラと軽い握手を交わし、それから三人で互いの背中に腕をまわした。ノックスがわたしをハグし、わたしは彼の胸に顔をうずめて、二日前の晩に祖母のベッドで祈ったようにまたしても祈った。生きて戻れますように。木立の隙間を縫って伸びてきた日差しがわたしたちの脚にまだらな光を投げかけ、あたりのクモの巣がいっせいに輝いて、ついさっきまで見えもしなかったのに、光の曼荼羅《まんだら》と化してそこらじゅうできらきらし始めた。わたしは形のないなにかに対し、自分のものではない漠とした未来に対して、声には出さずに取引をした。どうか無事に戻ってこられますように！　それから、ふたたび始まった脚の震えを懸命に抑え、トランクの中に乗りこんで、できるかぎり体を小さくした。

背後にデヴィーンが乗りこみ、汗と薪の煙のにおいが伝わってきた。彼がわたしを包むようにして体を折り曲げると、彼の発する熱が波となって押し寄せた。

〈道中の無事を祈る〉バードさんが言い、アンティークのキルトをわたしたちの上にかぶせた。ずっしりと重く、かびのにおいがした。

カチッと音がしてトランクが閉まり、狭い闇の中でエンジンが震えて目を覚ました。続いて車が動きだし、まずはゆっくりと、タイヤが落ち葉をかきまぜた。古いキルトが肌に触れてかゆみを誘い、体の下でジャリジャリと道路を踏む音が響いた。闇の中で、通り過ぎていくまばゆい世界を思い描いた。ぐるりと回って明るい色の橋をぐるところ、わたしたちを町へと導く細い道路に出たところ。

背後でデヴィーンの体が張りつめているのを感じた。なんとかわたしに触れまいとしているようだが、これだけ狭いとどうしても触れてしまう。彼の脚、熱く湿った胸の感触が伝わった。彼の右腕がわたしの腰にのり、ちょうど傷が疼く部分に触れていた。その同じ手に、彼は叔父さんの拳銃、ピストルを握っていた。小学生のころ、デヴィーンは歴史で最優秀の成績を修めて大きな賞をもらったことがある。四年生の修了式のときに、照明を落としたステージで、女の子は全員スカートに低いヒールつきの靴を履き、男の子はみんな借り物のネクタイを締めて、それが長すぎるのでズボンの中にたくしこんでいた。教師が壇上で照明の中にプレートを掲げ、一連の名前の下にもうすぐデヴィーンの名前も彫られることになると請け合った。デヴィーンは当時から背が高かったが、その日ステージに立った彼ははにかんで背中を丸め、歪んだフェードカットを取り繕おうとするかのように首を横に傾けていた。そのデヴィーンが、いまではわたしたちの警護役というわけだった。そして実際、彼はわたしたちを守ってくれた。あの晩一番通りで、受付パビリオンで。そしていままたわたしたちを、わたしを、守ってくれていた。はたして彼には本来どんな望みがあったのか。

〈たぶんあっという間に着くだろうね〉暗闇を埋めたくて、わたしはささやいた。

デヴィーンもほぼ同時に口を開いた。〈ナイーシャ、おれは知ってるからな〉

脚を折り曲げ、腕を胸に押さえつけられて、わたしは文字どおり身動きができなかった。わたしは両手を強く握り締め、手のひらに爪をくいこませた。〈知ってるって、なにを?〉わたしはささやいた。

〈あいつは知りもしないんだろう? おれの子なのか? それともあいつの?〉

車が狭い道を四苦八苦しながら進んでいくのが感じられた。一方に傾いたかと思えばもう一方に傾いて——あのS字カーブだ——そのたびに胃に力がこもった。あの白い下見板のレストランはもう過ぎただろうか、製材所と雑貨屋をかねた黒い木造の建物は? デヴィーンはわたしの妊娠を知っていた。わたしが不安に怯え、隠していたにもかかわらず、知っていた。

〈まさかこんなことになるなんて〉わたしは言った。

怒りのせいか、苛立ちか、デヴィーンの体が硬くなるのを感じたが、声は優しかった。〈おまえがのこのこついてきたんだからな〉

突然ブレーキがかかるのを感じて、わたしたちは言葉をのんだ。続いて車はふたたび加速したかと思うと、いきなり向きを変え、二人の体が横に滑った。電撃の勢いで胸に衝動がこみ上げたが、そのエネルギーを放出できるスペースはどこにもない。車がまたしても坂を登り始め、次の瞬間、ドスンとぶつかってほぼ停止した。ちょっとした爆発のような音がした。

車のドアが軋んで開く音、足音。わたしの腕に重なったデヴィーンの腕が固くこわばるのを感じた。

ついにそのときがきた、と思った。たとえトランクを開けた誰かをデヴィーンが撃ったとしても、たとえうまく命中したとしても……。頭がガンガン鳴りだしたが、それでもトランクのふたが開く際のカチッという鋭い音は耳に届いた。

まだ覚悟はできていない、と思った。

まだ大学も卒業していないのに。

初めて受け持つわたしのクラスで、教室いっぱいの一年生が机に名前を書く姿を見たいのに。

バイオレットおばあちゃんが元気に起き上がるところを見たいのに。

光が差しこんで目がくらみ、デヴィーンが銃をかまえたが、相手はノックスだった。ただし顔面は蒼白《そうはく》で、目と口が開ききっていた。彼はわたしをトランクから引っ張り出して抱き寄せた。体の感触がいつもと違っていた。恐怖とアドレナリンが充満している感じ。あるいはわたしのほうがそうだったのかもしれない。続いてデヴィーンがトランクから出てきて立ち上がり、キルトが足元の地面に落ちた。

〈どうした？　ここはいったい――〉デヴィーンは言いよどんだ。

ノックスが斜面の下を指差した。〈くそっ、登ってくる！〉

わたしたちは一本の私道をとちゅうまで登ったところでゲートに突っこんでいた。ゲートはひしゃげているものの開いてはおらず、誰かはわからないが、こっちへ向かってくる。タウンカーのエンジンフードはぐしゃりと潰れ、白いエアバッグが助手席いっぱいにふくらんでいた。わたしは車をまわりこんでそちらへ向かった。いまもシートに座っていたキャロルが、呆然《ぼうぜん》とした表情で振り返った。パン、パン、パン、と音が聞こえた。

〈しゃがめ！　車の陰に隠れろ！〉誰かが言った。

誰かがわたしの名前をどなった。

ノックスだった。

それとデヴィーン。

ノックスが駆け寄ってきていっしょにキャロルを引きずりだし、三人でエンジンフードと壊れたゲートの間にしゃがんだ。ノックスはわたしたちよりも少しだけ前にいて、身を盾にするかのように、両方の腕を後ろに伸ばしていた。デヴィーンはいまも開いたトランクのそばに立ち、かまえた拳銃はおもちゃのようにしか見えなかった。

〈しゃがんでろ〉デヴィーンが言った。

またしても先ほどの音が聞こえた。小さいが、はっきりと。なにかがかすめたように葉っぱが揺れた。

デヴィーンはいまも拳銃をかまえ、腕を矢のように伸ばしている。体を横に向けたまま、音のしたほうへ歩きだした。一歩、また一歩、と距離を詰めた。彼も撃ったに違いない。撃ち返したのだろう。低いうめき声が聞こえたと思ったら、どなり声が響いた。わたしたちの声ではない。もう一度首を伸ばすと、林の下のほうに男が二人見えた。迷彩服、深緑と茶色で全身を覆い、あのブルーを留めているのがちらりと見えた。一方の男が体を二つに折り、血まみれの獲物を抱きかかえるようにして、でっぷりとした腿《もも》をつかんでいる。デヴィーンが撃ったのだろうか。そうに違いない。

もう一方の男が撃つのをやめて、体を曲げた男を見えない場所へ引きずっていった。

〈デヴィーン！〉わたしはどなった。

デヴィーンの背後から腕の後ろをつかんだが、彼は気づいていないようだった。わたしのほうは見ようともせず、次の弾を撃った。わたしが引っ張ったせいで最後の一発は弾が逸《そ》れたのだろう。なににも当たらなかった。二人連れは林の中に姿を消したきり、いまも潜んでいるのか、それとも下に停めてある車のほうへひょこひょこ戻っていったのか。

〈行くよ！〉わたしは言った。

デヴィーンはようやく振り返り、その場の状況をのみこんだ。大破した車と、自分の手の中の拳銃。赤い顔をしたキャロルと、あっけにとられ、青ざめた顔で間に立ちつくすノックス。自分の指がいまもデヴィーンの肌に触れていることに気づいて、わたしはその指を引っこめた。わたしたちはそれ以上一言も話すことなく、黙っていっしょに歩きだし、壊れたゲートを迂回《うかい》して、その先に延びる舗装された私道を目指した。それからいっせいに登り坂を駆けだし、その場を逃れた。

10

道は急な登りで曲がりくねっていた。舗装された一本道が腕のように一方へ曲がったかと思えば他方へ曲がって、林の中に延びていた。わたしたちは小走りでよたよたと道を登り、息が切れると立ち止まった。そんなふうに急ぎながらもノックスはたびたび手を伸ばしてわたしの腕に触れ、大丈夫の一言を引き出そうとした。わたしは無言でうなずくのが精一杯だった。

まるで酔っているみたいなろれつの回らない舌で、ノックスは下での状況を説明した。ピックアップトラックが、と彼は言った。道路のまん中に乗り捨てられていた。いま登っているこの私道に曲がるすぐ先に。ラクシュミが話していたような、故障を装った待ち伏せというわけではなかった——中にも外にも人影は見当たらなかった。ところが単なるガス欠であることを願いつつ近づいたそのとき、荷台からむっくりと男の頭が起き上がった。ライフルをこちらに向け、ノックスに向かって停まれとどなった。

だがノックスは停まらなかった。停まれるわけがない、と彼は言った。

かわりに彼はスピードを落とし、それから一気に加速して、ぎりぎりの瞬間に左に曲がり、わたしたちがその時点でもよろよろと走っていた私道を猛スピードで登り始めた。だがライフルを持った男は追ってきた。実際には、男は二人いた。おそらく男たちはゲートがあることを知っていたのだろう。だがノックスは知らなかった。ゲートが目に入ると、ノックスは突破できることを祈りつつアクセルを踏みこんだ。

登り坂をずっと走り続けるのは、体にとってはきつい仕事だ。キャロルのサンダルはアスファルトをカタカタと叩き続け、ノックスの言葉はゼイゼイと響く荒い呼吸に包まれていた。わたしの体は前によろめき、喉には恐怖が張りついて、煙のような味がした。口じゅうに生暖かい唾と粘液が溜まり、屈んで吐き出そうとすると、むせて咳きこんだ。吐いてしまいたいのに──吐いて楽になりたいのに──けっきょくなにも出てこない。

〈ナイーシャ、ほら、頑張れ〉デヴィーンが言った。

わたしはいまも彼を見ることができなかった。彼が知っていると知ったいまとなっては──だが正直に言うなら、ある種の安堵も感じていた。つまり、自分以外にもすべてを知っている人間がいるという意味において。

わたしたちはふたたび先へ進んだ。こんどは速歩きで。

〈前と同じじゃつらかな〉ノックスが言った。

〈あのブルー〉わたしは言った。〈一番通りに来た連中も青いアームバンドを巻いてた〉

恐怖に突き動かされ、わたしたちは焼けつく肺を押して進み続けた。キャロルは振り返って坂の下を確かめながらも歩き続けた。ノックスは何度もわたしの手首を引っ張り、唾をのむたびに喉仏が大きく上下した。デヴィーンは拳銃をいつでも使えるようにか、それとも持っていること自体を忘れているのか、いまも腿のすぐそばにかまえていた。道路は彼らに封鎖されている――考えてみれば当然だった。大丈夫などと思いこんだ自分が浅はかだった。それでもわたしは、彼らがすでに武器を置き、両手に染みたガソリンのにおいを洗い落として、きれいになった手でいまごろはもう妻に触れ、自分の子どもを抱き上げているだろうと思いたかったのだ。そのうちもっと建設的なことと、なんなら復旧作業にだって取り組み始めるだろうと。そもそもこのような断絶状態にあることで、誰が得をするというのだろう？

キャロルの歩みが緩慢になり、まだらに降り注ぐ日差しの中でふらふらしてきたので、そのタイミングでわたしたちも思いきり息を吸いこんだ。ノックスとわたしに助手席から引きずり降ろされて以来、キャロルは一言も口をきいていなかった。もしかして出血していないか、骨が折れているようすはないか、わたしは彼女の全身に目を走らせた。外傷はとくに見当たらないが、瞳が白目を侵食しそうな勢いで大きくなり、目がやけに黒々として見える。

〈あなた、あの男を撃ったでしょう〉キャロルがデヴィーンに言った。〈こうなったからには、むこうもわたしたちを見つけ出して撃ちにくるわ〉

デヴィーンは自分の拳銃に視線を落とすと、急いでそれをズボンの腰に差し、Tシャツで覆い隠してからキャロルに視線を戻した。

〈それじゃあどうすればよかったんだよ？〉デヴィーンは言った。

わたしたちはふたたび歩きだし、ガードレールを通り過ぎ、側溝を通り過ぎて、ブユが輝く球状に群れる中を通り過ぎた。空気は焦げつくような熟れた晩春の芳香に満ちていた。

〈この道はどこへ向かっているんだ?〉ノックスが言った。

わたしはふとその場所に気がついた。〈果樹園に向かう道〉

背中を汗がつたうのを感じながら、わたしたちは可能なかぎり速足で歩き続けた。喉がからからだったが、水とわずかな食料の入った袋は車に置いてきてしまった。遠くで犬の吠える声が聞こえた。

〈もうそろそろ頂上だと思う〉わたしは言った。

ようやく木立が開けて、目の前に牧草地が広がった。直射日光が頭を焦がし、伸び放題の草の縁が燃えるように輝いていた。丘陵はさらに上へと続き、蔓の絡まり合うブドウ棚の間を道は進んだ。さらに行くと、右手前方に長い砂利の駐車場が現れた。そのむこうにはリンゴの木が並び、朽ちかけた花と風雨に傷ついた葉がまだらもようを描いている。

〈おっと――道はここまでだ〉デヴィーンが言った。〈この先はどう行けばいいんだ?〉

車がぽつりぽつりと停まっていることを除けば、あたりはがらんとしていた。駐車場の奥に納屋とおぼしき赤いれんがの建物がいくつか見えて、その後方の斜面を下りていく形でピクニックテーブルが段々に並んでいる。わたしがモンティチェロでアルバイトをしていたころには、観光客はそこでフルーツ狩りを楽しんだのち、車でジェファソンのプランテーションへ向かうのが常だった。秋ならカボチャを抱きかかえ、瓶入りのサイダーを買って、子どもたちをトラクターに乗せてやった。

〈見遠しのいい場所は避けよう〉わたしは言った。

駐車場を突っ切って歩きながら、わたしたちは車の窓をのぞきこみ、鍵のかかったドアを引っ張って、一台くらい首尾よく動かすことはできないだろうかと期待した。とはいえ、そこからいったいどこへ向かうというのだろう。あたりはしんと静まり返って、駐車場にも果樹の下にも、わたしたち以外になにかの動く気配はない。砂利の上を歩いていくと、手前の建物はひどく損傷していることがわかった。屋根には穴があき、嵐の残骸がそこに溜まって巨大な鳥の巣のようになっている。後ろを振り返ると、自分たちの歩いてきた私道がぱっくりと口を開いていた。まだなにも見えないが、はたしてどれだけ時間が残されているのか。さっきの男たちがいつなんどき現れてもおかしくない気がした。わたしたちの車やゲートをよけて登ってくるのは、どの程度の困難を伴うのか。もしかするといまにもピックアップトラックの音が聞こえてくるかもしれない――おそらくさらに仲間を引き連れて、さらに多くの車で、さらに多くの銃を携えて。

〈あの建物のどこかに隠れよう〉ノックスが言った。

デヴィーンがTシャツをつまんで体から引きはがした。〈あんなところに隠れて、あいつらが来たらどうするんだよ？　おれはやつらに向けて撃ったんだぞ〉

〈きみはやつらに向けて撃ったわけじゃない〉ノックスは言った。〈やつら〝を〟撃ったんだ――やつらの一人を〉ろれつはもとに戻っているが、どこかうわの空で、なにやら難しい方程式でも解いているような感じだった。

〈それじゃあいったいどうすればよかったって言うんだ〉デヴィーンが言った。〈あいつらにおまえを撃たせればよかったのか？　おれたちみんなを？〉

ノックスがいまも計算に気を取られているのが、わたしにはわかった。そこに答えが浮かんでいるとでもいうように、デヴィーンの頭の上あたりを見上げている。〈連中の姿が見えたとき〉ノックスはさらに続けた。〈停まるわけにいかないことはわかっていた。トランクにはきみたちがいる。トランクが空なら、あるいはむこうもこっちを通したかもしれないが――〉

〈おれのせい、おれたちのせいってわけだな〉デヴィーンが自分の胸に手のひらを当て、続いてわたしを指差した。

ノックスの視線が下に戻り、デヴィーンを見た。〈そんなことは言ってない〉

デヴィーンは鞭で打たれたかのように、その場で激しく身をよじった。〈だがそう思ってるんだろう？〉

ノックスは弁明するように両手のひらを上げた。最初の晩、デヴィーンがマイクロバスにパンチを見舞ったときと同じだった。〈どうしてそこまでぼくを嫌うんだ？〉

〈なんでみんなに愛されなきゃなんない？〉デヴィーンは言った。

〈ぼくはあいつらとは違う〉ノックスの顔には新たな悲しみがにじんでいた。だがもしかすると、そもそもの最初からわたしが惹かれていた、あのいつもの悲しみだったのかもしれない。

〈それじゃあなんとかしろよ〉デヴィーンが言った。

ノックスは両手を下ろした。〈いったいぼくにどうしろと言うんだ〉

二人の応酬を見守るうちに、わたしの体はどんどん重くなってきた――なんという時間のロス。しかもわたし一人の時間ではない。〈来ると言い張ったのはわたしだから〉わたしの声は敗北感に満ちていた。〈こんなふうに立ち往生して、切り抜けるには二人の力が必要なんだから。お願いだからいがみ合うのはやめて、責めるならわたしを責めて。わかった？〉

デヴィーンとノックスはともに黙り、言葉をのんで、いったん争いを中止した。それでもキャロルの中断が入らなければ、すぐに再開してもおかしくなかっただろう。キャロルは砂利敷きの駐車場の端のほうまで歩いていった。そこから地形は下り斜面になっている。彼女は立ち止まって目の上に手をかざし、北のほう、町のほうをのぞいた。〈あそこはいったい、どうなっているの？〉

わたしたちも彼女のほうへ移動し、なにが見えているのかとのぞきこんだ。

霞のせいでぼんやりとしか見えないが、梢のむこう、どこか下の道路の近くと思われるあたりから、煙が立ち昇っている。西海岸でよくあるような山火事かもしれないが、もっと局地的なものに見えた。わたしは眼下の光景を真上から見たところを想像してみた。木立のほかになにがあっただろうか？　ここからハイウェイまでの間に？　煙はブルーリッジ・サナトリウムのあったところから昇っているように思われた。崩れかけた建物が集まった複合施設で、はるか昔は太陽と新鮮な空気を求めて都会からやってくる白人の結核患者を収容していた。その後は別のなにかに利用され、最終的に大学が買い取ったものの、長い間一般の立ち入りは禁じられていた。わたし自身は、高校のときに上級クラスでいっしょだった白人の女の子二人に誘われて、一度だけ行ったことがある。サウンダース・モンティチェロ・トレイル近くの駐車場で、わたしたちは二台のＳＵＶにぎゅうぎゅう詰めに分乗したフットボール選手たちと合流した。まっ暗な中を歩いていって、みんなでフェンスをよじ登った。男子生徒のリュックにはビールがずっしりと入っていた。その週末は管理人が不在らしいとある生徒が聞きつけて、大丈夫、捕まらないから、とみんなに請け合っていた。そうは言っても、かつての壮麗さが偲《しの》ばれる建物を実際に目の前にすると——学生寮に使われていた建物は全面に板が打ちつけられ、チャペルからは苔《こけ》がたれ下がって、フットボール選手たちは舗装された地面で早くも小さな火を起こしている——とても安全だとは思えなかった。けっきょくわたしは先に帰った。

〈また家が燃えているわ〉キャロルが言った。

ノックスが言った。〈かがり火だ、たぶん〉

〈あいつらかな〉デヴィーンがわたしに言った。〈あいつらだ、そうだろ、ナイーシャ？〉

わたしは大きく開いたシャツの襟ぐりを引っ張った。〈おそらく〉

〈くそっ——町を見てみろよ〉デヴィーンが言った。

青みがかった煙のむこうには、赤い屋根がなんの問題もなく並んでいる——ところが湖畔にあったはずの建物はいくつか姿を消し、黒々とした足跡だけが残っている。ベルモントとおぼしき場所から油煙がもうもうと立ち昇り、ダウンタウンから北側にかけては、無傷の地域の間に焼け跡が点々と残されて、奇妙なチェス盤もようを描いている。大学のそばにあった病院の大きな白い建物も、黒い鉄骨になりはてている。わたしの町全体が、廃墟《はいきょ》の継ぎ合わせ《パッチワーク》と化していた。

〈ダナイーシャ〉ノックスが言った。

ノックスを振り返ると、彼の背後に人がいた。駐車場のむこう側、ついさっきまでなんの気配もなかったところに男が何人か立っている。しかも先ほどの赤れんがの建物から、さながら一本の太い三つ編みのようにさらに続々と人が出てくる。男、女、子どもまで。いちばん手前の壊れた納屋を彼らがぐるりと囲むにつれ、しだいにその数も明らかになった。おそらくわたしたちの山にいる五倍の人数はいただろう。三頭のコリー犬がこちらに向かって吠えながら飛び出してきた。

〈どうしよう〉キャロルが言った。

果樹園の人々はどんどん近づいてきて、車三台分ほどの距離をおいて停止した。大きな蹄鉄《ていてつ》の形になって、あるいは太いロープをじわじわと締めるようにして、わたしたち四人を取り囲んでいる。ピンク色や小麦色の顔を傾け、日よけ帽や野球帽の下で目を細めて、じっとこちらを見ている。手にはそれぞれシャベルや斧、鍬《くわ》を持ち、なかでも内側に並んだ男たちは、長いライフルを持って銃口を地面に向けている。彼らの頭数と持ち物からは、けっしてこちらを傷つけたいわけではないが、場合によってはそれもありうることがうかがえた。

デヴィーンも含め、わたしたちは全員両手を上げた。デヴィーンの拳銃はいまもズボンの腰にはさんだままだが、汗のせいで白いシャツがベールのように透けていた。お願いだから彼らに見られませんように、とわたしは祈った。

デニムのズボンにフランネルのシャツを着た男が前に進み出て、互いから半分の位置まで来て立ち止まった。屈強そうな体つきで、年齢のせいか、苦労ゆえか、顔は痩せて深いしわが刻まれている。その男だけ頭になにもかぶっておらず、銀髪まじりの栗色の髪がうなじに細くたれていた。一見すると不遇の農夫といった風貌だが、そのまなざしにはなにか鋭いものが感じられた。黒と白のぶちもようのコリー犬がクンクン鳴いて、おとなしく彼の足元に従った。

〈ひどい時代だな〉男が言った。背後で果樹園の人々がうなずき、あるいは咳払いをした。何人かは手に持った道具の先で砂利を叩いた。〈だがここでは、厄介ごとはお断りだ〉

〈なあ聞いてくれ〉デヴィーンが言った。気持ちが急くあまりすでに身をのり出しているが、心境はわたしも同じだった。〈下の道路にあの狂信者どもが、あのいかれた連中がいて――おれたちに向けて撃ってきたんだ。おれたちを追ってきて――〉

　果樹園の男が遮った。〈いいかきみ、われわれは善良な人間だ〉

　彼はデヴィーンに向かい、ぐっしょり汗をかいた姿にじっと見入っていたが、やがて視線をそらした。

〈頼むよ、あいつらおれたちを殺す気だ〉デヴィーンは訴えた。

デヴィーン、お願いだから両手を上げていて――絶対に下ろさないで！　わたしはひたすらそれだけを願っていた。

〈この男は〉そう言って男はデヴィーンを示したが、目はノックスを見て、キャロルを見て、さらにわたしを見た。〈彼を落ち着かせてくれ。クスリかなにかやっているのか?〉男の声があまりに冷静なので、わたしたちも黙っているだけの分別はあった。キャロルが喉に言葉が詰まったような小さな音をたてた。

〈くそっ〉デヴィーンはつぶやきながらも両手を高く上げてじっとし、あまりにじっとしているので、ついには永遠の服従を示す彫像のように見えてきた。

〈違います〉ノックスが言った。〈彼の言ったことは本当です。男たちが道をふさいでいたんです。知らない連中です。こっちに向けて撃ってきたんです。きっと追ってくるに違いありません〉

男はノックスの全身に目を走らせた。〈厄介ごとはお断りだ〉

〈助けてください〉ノックスは訴えた。〈なんとか逃げないと――帰り着かないといけないんです〉

ノックスの声がとぎれ、明るい色をした目が宙をさまよった。なんだか目的地を見失い、ぼやけた空気の中にそれを探しているかのようだった。ノックスは、本当はどこへ帰りたかったのだろう。一番通りへ？　大学へ？　それともワシントン州へ？

〈モンティチェロです〉とわたしは言った。

危害を加える意図のないことを示そうとずっと両手を上げているせいで、わたしの腕は震えていた。わたしたちの必死のようすに落ち着きを奪われたかのように、果樹園の人たちがまわりで咳払いをし、もぞもぞと体を動かして、重心を移し替えた。〈モンティチェロまで帰るのに、どうか手を貸してください〉わたしは訴えた。過去に何度もそうしてきたように、懸命に声の平静を保ちつつ説得を試みた。けれども喉は焼けるように熱く、まるで燃えさしを無理やりのみ下そうとしているかのようだった。

果樹園の男がわたしの頼みを吟味してくれているのを感じた。

〈これまでも珍客が訪ねてくることはあったが〉彼がそう言って後ろを振り返ると、多くがうなずいた。〈残念ながらきみたちのような人々に手を差しのべると、ほぼ間違いなく厄介ごとを招くこ

とになる〉

〈おれたちのような、か〉デヴィーンが言った。

〈もう行ってくれ。さもないと力ずくで去ってもらうことになる〉男が言った。

〈手を差しのべるべきだ〉ノックスが言った。〈当然でしょう――〉

キャロルはいまも、声を無理やり押さえつけているかのような奇妙な音を発していた。

果樹園の人々の列はすでにその場を去り始め、わたしたちを見張るために二、三人の男たち――長いライフルを持った人たち――が残っているにすぎなかった。わたしたちは肩を落としてふらふらと、けれども急ぎ足で、私道へ戻り始めた。そうして果樹園の男たちとの間にある程度の距離ができたそのとき、キャロルがくるりと向きを変えるなり、サンダルで砂利をかき混ぜながら彼らのほうへ駆けだした。彼女がそこへ着くより先にわたしたちは急いで肘をつかまえ、引きずり戻したものの、キャロルは男たちのむこう、すでに納屋に達しつつある果樹園の人々の後ろ姿に向かって叫びだした。

〈ロレイン!〉繰り返すたびに声が高く鋭くなった。〈ロレイン!〉女たちの中に知り合いがいた、あるいはいると思ったのだろう。〈ロレイン、見たわよ! わたしたちを助けるように、この人たちに言って!〉

はたして誰がロレインだったのか、その人物は答えずじまいだった。

11

そうしてわたしたちは、否定しがたい事実として認識した――町へ向かう道路には、わたしたちに向けて銃を撃つ白人の男たちがいる。それでもなお、自分たちの山に帰り着き、仲間もなく武器も持たない一人の黒人男性が拘束されている姿を目にしたときにはショックを受けた。

わたしたちはその後、果樹園の舗装された私道から見知らぬ森の中へ這うようにして飛びこみ、モンティチェロまでの道のりを戻ってきた。峡谷を越え、足首が疼くほどの急な斜面を登った。丈の長い草むらにはマダニの大群が待ち伏せていて、払い落とされる前に皮膚に食らいついてやろうとふくらはぎを上ってきた。残り数キロをもっと楽に戻れる整備された道があることは知っていたが、その道だと、真下を走る道路と同様、例の男たちに見つかる危険性が高くなる。ようやく帰り着いたときには汗がしたたり、肺はひりつき、体はくたくたで、心底お腹が空《す》いていた。

受付パビリオンにほど近い木立の間からよろよろ出ていくと、見張りをしていた三人――ラクシュミとゲイリーとアイラ――が駆け寄ってきた。ところが三人は、わたしたちの恐怖の冒険や、なりふりかまわぬようすと死ぬほど喉を渇かせている理由についてはほとんど耳を貸そうともせず、かわりに自分たちのほうが、またしても屋敷に見知らぬ人物が現れたことを報告した。それからアイラがキャロルの手をぎゅっとつかみ、貯水タンクの水が入ったペットボトルをゲイリーが持ってきてくれた。黒とブルーの髪からしずくがぽたぽたたれ落ちて、暑さをしのぐために水に頭をつっこんだのかと思うほどだった。町まで行けたか、一番通りにたどり着けたかと訊かれて、たどり着けなかった、とわたしたちは答えた。

〈ともかく急いで〉ラクシュミが言った。どこかで口紅を見つけたとみえ、深い錆色に塗った唇が目についた。〈男は屋敷のほうにいるから、自分の目で確かめてきて〉

屋敷の裏庭にたどり着いたときには、誰の姿も見当たらなかった。菜園で働く人の姿もなければ、テラスのある横の庭で子どもたちが遊ぶ姿も見られない。南側テラスにも、マルベリー・ロウに再建された休憩所にも、人っ子一人見当たらない。吹きつける風がやけどしそうに熱くてわたしの体はふわふわし、ふくれあがった雲の中に吹き飛ばされそうな感覚に陥った。雲は地面に奇妙な影を落としながら、わたしたちの頭上を足早に通り過ぎていった。

キャロルとアイラは菜園の上にあるテキスタイル工房の白い建物へ向かったが、ノックスとデヴィーンはそのままわたしについてきた。三人はそそくさと温室を通り抜け、さまざまなものがところ狭しと置かれたジェファソンの書斎を通り抜けた。祖母の寝室にたどり着くとイーディスさんがいて、窓辺に置いた自分専用の椅子に背筋をぴんと立てて座り、膝になにかをのせて両手を忙しく動かしていた。おずおずと部屋に入るわたしたちに気づいて、イーディスさんは手元をにらんでいた目の焦点をゆるめ、子どもに話しかけるように言った。〈吸入器は持ち帰れた？　わたしたちの家はいまもちゃんと建っていた？〉

わたしは首を振り、祖母の頰にキスをした。その朝早くに見たときからほんの数時間しか経っていないのに、衰弱したように感じられた。目はいまも閉じたままだが、朝方には見られなかった険しい表情をしている。その歪んだ顔を、なんとかもとに戻してあげたかった。部屋の中は、体臭と木の灰のにおいがした。だがもしかすると、悪臭は自分たちの皮膚から放たれたものだったのかもしれない。デヴィーンとノックスとわたしの皮膚から。侵入者はどこかと背後でデヴィーンが尋ねると、イーディスさんは縫い針を歯にくわえ、指を曲げて屋敷の正面を示した。

東側ポーチを出て、門柱のようにそびえる二本のシナノキに向かって歩いていくと、みんなはそこに集まっていた。侵入者の姿もすぐに目に留まったが、頭がずいぶん低い位置にあった。近づくにつれて、椅子に座っているようだとわかった。黒い椅子に座って、その椅子に手首と足首を縛られている。Tシャツも長ズボンもぼろぼろで、そばまで行くと、靴も履いていなかった。その光景を目にして、まず思った。こんなことをするなんて、わたしたちはいったい何者なのか。何者になってしまったのか。犯したミスに気づいたのは、もっとあとになってからのことだった。わたしたちがいかに少人数のグループかを、男に見られてしまった。

〈おう、戻ってきたな！〉エズラがどなり、双子がデヴィーンに腕をまわした。

小さな人だかりから声があがり、わたしたちの顔を見て、みんなの顔につかの間ながらはっきりそれとわかる安堵の表情が浮かんだ。けれども続くハグは浅い吐息のようにあっさりしたもので、肺に溜まった残りの空気は、男に聞かれないように道の反対側に寄って口にする町についての質問と、拘束された男に関する彼ら自身の報告に費やされた。

〈わたしたちの家はどうだった？〉

〈親父の墓は？　黄色い家は？〉

〈あのあたりに人はまだいた？〉

〈あいつら道を封鎖してたんでしょう――そうだろうと思った〉

〈この男は――わかってるよ！　靴も履かずにこんなところまで登ってきて、ずっと同じたわごとばかり繰り返してるのさ！〉

みんなの話によると、侵入者は朝方にわたしたちが出発してほどなく姿を現し、もう少しで東側ポーチに達するところだったという。最初から受付パビリオンを避けて、北西の林の中を登ってきたらしい。第一発見者はＫＪで、かくれんぼで百まで数えるときに顔を下に向けながら周囲をのぞき見していたら、男の姿に気がついた。ＫＪが大声で叫び、ヤヒア・ママが赤ちゃんをがくがく揺らしながら走ってきた。バードさんもすぐに駆けつけたが、散弾銃を屋敷の中に置いてきてしまった。みんなの話によると、侵入者は手ぶらの腕を振りながらずんずん近づいてきて、ヤミレスがバードさんの銃を取ってきても、バードさんがその銃をかまえて止まれと命じても、ひたすら向かってきたという。エライジャが走っていって声と体格で威圧してもだめだった。男のあまりにも動じない態度にその場はパニックに陥ったといい、何時間も経ったその時点でさえ名残が感じられた。男がどうしても止まらないので、だからといって目をらんらんと輝かせて丸腰で近づいてくる男を撃つこともできないので、最終的には双子が二人がかりで地面に押し倒したという。

〈わたしと息子たちで、いっしょに縛った〉フローレスさんが言った。〈武器はなにも、まったく持っていなかった〉

バードさんがそこにいるわたしたち、町へ行こうとして失敗に終わった三人に目を向けた。〈き

みたちも彼の話を聞くといい。同じことをかれこれ百回は繰り返したんじゃないか〉

わたしたちは回れ右をして、はだしの男を取り囲んだ。

男はひどく痩せていて、わたしと同じくらい肌の色が濃く、不潔だった。年は見たところ三十代で、彼もまた、わたしたちの通りに火を放った白人の男たちが巻いていたのと同じ、青いアームバンドを巻いていた。ただし彼のバンドは細い腕からずり落ちて、カフスのように手首に巻きついていた。近くで見ると、それは逆さになったバージニア州旗だった。

ノックスは横に立って男の横顔をじっと見つめた。

デヴィーンはしゃがんで男と目の高さを合わせた。

わたしは男に近づいた。〈あなたの目的は？〉

そばに寄ると、男は汗と糞尿のにおいがした。靴を履いていない足は切り傷にまみれ、血がにじんでいた。さんざん歩いたあとで自分も喉がからからだったが、わたしは水の入ったペットボトルを男のひび割れた口に当てた。わたしが取りあげるまで、男はむさぼるように飲んだ。

〈さっきのをもう一回言ってみろ〉バードさんが言った。

男は自分を縛りつけている縄を揺さぶった。それから顔を上げ、口を大きく開いて、話し始めた。

男の口から出てきた言葉は、やけに堅苦しくもったいぶった感じがした。

〈このように〝真の男たち〟と〝愛国者たち〟の代弁者たることは、わたしにとって大きな名誉である〉男は言った。〈彼らは言った。われらは偉大なるバージニア州を暗黒から奪回するために選ばれし者である。彼らは言った。われらは為《な》すべきことを為すと、ここに誓う。われらの遺産を取り戻さんと！　われらのモニュメントを！　われら自身を！〉その話しぶり、言葉と言葉が切れ目なくつながって出てくるようすからして、男がなにかを暗唱していることは明らかだった。〈この混沌《こんとん》の時代にあって、彼らはすみやかに――われらはすみやかに――行動する！　この州を滅ぼさないために、アメリカを滅ぼさないために、われらは負けるわけにはいかない……〉

わたしは黙って耳を傾け、口の中で舌がむずむずするのを感じながらも、すべてを聞きもらすまいと努めた。なにか言おう、訂正しよう、異議を唱えよう、とかまえるのだが、男のひどい身なり、それとは不釣り合いな雄弁さ、言葉そのものの尊大さに圧倒されて、けっきょくなにもできなかった。

〈このとおり、いかれちゃってんだよ〉エズラが言った。

男はなおもしゃべり続けた。〝われら〟と〝彼ら〟のところで何度も言い間違えては、戻って訂正した。演説が終盤に近づいたところで、おそらくいまも縛られていることを忘れたのだろう、男はうっかり立ち上がりかけた。たぶんこれまで何度もそのスピーチを練習して、そこに差しかかると必ず立ち上がることになっていたのだろう。

けっきょく立てなかったにもかかわらず、男の声は大きくなり、それとともに視線も上がった。〈おまえたちはわれらの権利を侵害している！〉男はどなり、泡を飛ばして、その声はクレッシェンドの様相をおびてきた。〈おまえたちの借りは返済不能だ！　福祉に公営住宅にけちな犯罪。教室と公営プールを汚す子どもたち。この偉大な屋敷も、偉大な人物も、どちらもわれらのものだ！〉

わたしはあの若い白人女性のことを考えた。男に轢き殺されただけでなく、心臓発作でも命を落としたあの女性。大学にあるジェファソンの彫像を取り囲んでいたさまざまなグループや、町の公園にそびえる古いモニュメントのまわりに集まっていた男たちのことも思い出した。わたしにとってそういう過去の記念碑が脅威に感じられるようになったのは、それらが設置されるに至った状況を詳しく知ったあとのことだ。モニュメントのまわりで男たちが恐ろしげに足を踏み鳴らしたりスローガンを唱えたりする姿を見るうちに、不安はさらに強まった。わたしたちの家族がアメリカに対しけっして忘れないでほしいと願っている過去の過ちを、彼らは栄光の証《あか》しとして記憶にとどめたがっているようだった。侵入者がなおも話すうちに、わたしはまたしても、ブラインドの隙間から家の外をのぞいたあの晩に引き戻された。通りの向かいに停まっていた、あの窓のない白いバン。身をよじりながらその中に放りこまれた血まみれの少年。あの少年はどうなったのだろう。目の前のこの気のふれた男も、どこかの似たような通りから拉致されたのだろうか。男が屋敷の屋根を見上げ、曲がった風見のほうに目を向けた。その目はなにかが死んでいた。本来なら光が宿っているはずの部分、わたしたちの像が映っているはずの中心部分が死んでいた。

〈屋敷を明け渡せ！〉男の声が響き渡った。〈四十八時間以内に明け渡さなければ、われわれ自身が解放する！〉

男はがくりと体を前に倒したが、わたしたちが縛りあげているせいで、実際にはわずかしか倒れることができなかった。男に対し軽蔑を感じたが、それでももう一度水を差し出した。邪悪な宣言を聞いたあとでは、男を見るだけでも耐えがたかった。山の下にいる男たちがわたしたちのことをどう思っているか、どうしたいと思っているかを知ったあとでは。彼らはわたしたちのほうに借りがあると思っているのだ。彼らの身の安全はわたしたちの安全を確実に奪うことにあると信じているのだ。わたしたちが自らの体に安住することすら許さないのだ。彼らの主張と残忍な手段は、わたしたち家族――バイオレットおばあちゃんと母とわたし――にとってのごく単純な事実を踏みつけにするものだった。そのときわたしはお腹の奥で、おそらく生まれて初めて、本当の意味で、自分とモンティチェロをつなぐ結び目のようなもの、ロープのような、橋のようなものを感じた。主人としての、奴隷としての、血と水の絆《きずな》を。わたしの先祖はこの屋敷を築こうと思い立ち、血のにじむ思いでそれを建て、切り盛りしてきたのだ。

わたしははだしの男を揺さぶってやりたかった。闇に包まれた道路であの少年を揺さぶったように。もしかしてあの少年がわたしたちのことを話したのだろうか。それで彼らは、黒と褐色の肌をしたわたしたちが武器を手に怯えながらここで暮らしていることを知ったのだろうか。というより、彼は本当にあの少年だったのだろうか。もしかしてわたしがあんなふうに不用意に怒りをぶつけたせいで、ただの無邪気な子どもに憎しみの種を植えつけてしまったのではないだろうか。いずれにせよ、わたしはペットボトルを傾けた。男は貪るように水を飲み、あふれた水が勢いよく顔をつたった。

おそらく水を与えたからか、あるいはわたしが若い女性だからか、男は知っている者を見るかのような目でわたしを見た。その顔には激しい悲しみが影を落とし、なにかつぶやいているのだが、最初はぼそぼそとして、なにを話そうとしているのかよくわからなかった。〈娘を確保されている んだ〉男が言い、涙を流しながらまたもや縄に抗った。〈やつらに娘を確保されている――まだ七

歳と十三歳なんだ。頼むからもう帰してくれないか〉

　包帯と靴のかわりにみんなで男の足に布を巻き、彼が最初に現れた林の中まで見送ったのち、わたしは急いで祖母のようすを見に戻った。驚いたことに、祖母ははっきりと目覚めていた。イーディスさんはいまもベッドのそばにいて、椅子に座って揺れながら、祖母の好きな歌を歌っていた。祖母の口は心持ち開いて、目は少し白濁して見えた。祖母の視線が上を向き、部屋をぐるりと回って、わたしの顔に着地した。

〈おばあちゃん〉とわたしは言って、祖母の手を自分の手に重ねた。

　祖母がわたしを透かして見ようとするように、じっと見つめた。あごが動いて筋肉が張りつめ、寝ている口を起こそうとあがいているように見えたが、舌は下がったまま、けっきょく言葉は出てこなかった。

　わたしはすべてを話そうと、いまも割れて乾いた唇を開いた。はだしの男のことと、果樹園にいた人たちのこと。わたしが道路で痛めつけ、逃げていった子どものこと。わたしの体が着々と母になる準備を進めていること――なんという驚異、なんという不条理。だが怖かった。

　そこで、イーディスさんが歌っていた古い讃美歌の一部を歌った。声は喉をこすってなめらかに出てきた。

　尊き主よ、わが手を取りたまえ、

われを導き、立たせたまえ、
わたしは疲れ、体は弱り、くたびれてしまった。

祖母のそばを離れる気になれなかったので、わたしはノックスに頼んで子どもを含む全員を集めてもらうことにした。寄せ木の床にわたしたちの泥まじりの足跡がついたこの屋敷に、全員を呼び入れるように頼んだ。わたしたちの手垢《てあか》によって真鍮の鍵掛けが光沢を放ち、名前もわからないまちょっとした曲を奏でられるようになった古い楽器の、その弦にまでわたしたちの手指の脂が付着したこの屋敷に。わたしたちの体の発する熱と汗が、高いベッドと深く沈んだ椅子のクッションにくっきりと跡を残すこの屋敷に。

〈みんなを呼び集めてほしいの、ここに〉とわたしは言った。

ジェファソンの書斎に集まれば、彼の寝室と図書室の間にはさまれたオフィスのようなそのスペースなら、少なくともわたしは肩越しに祖母を振り返ることができるし、祖母も目覚めてわたしたちとともにいることができるだろう。〈あいつらがここに来るのよ〉わたしは祖母にささやいた。

〈もうそこまで来ているの〉

本当を言うと、彼らが来ることはずっと前からわかっていた。はだしの男に言われる前から。今回の崩壊が始まる前から。古い南軍旗が振り回され、攻撃的なビラがばらまかれるずっと前から。そんなことは子どものころからわかっていた。彼らがあの若い女性を殺しておきながら、それを彼女自身の体のせいにしたあのときから。その出来事はわたしの肺の奥に鉤針《かぎばり》のように引っかかり、無頓着に息を吸ってはいけないとわたしを戒め続けてきた。わたしは母からそれを教わり、母は祖母から教わった。わたしは生まれたときから知っていた。

〈しっかり、おばあちゃん〉みんなを待つ間にわたしは言った。祖母のベッドのそばに立ち、いまもしがみつくように手を握っていた。祖母をここまで引きずってきたのはとんでもない間違いだったと思い始めていた。いったいなんのために？　わたしのためにあれだけの犠牲を払ってくれたというのに。母が亡くなり、二人で悲しみにうちひしがれたあと、祖母はわたしが高校を卒業するまで面倒を見てくれた。どんなときもわたしを励まし、あの立派な大学に進学するように後押ししてくれた。〈そりゃあ行くべきでしょう、ナイーシャ〉と祖母は言った。はてしない悲しみの中でさえ、まだまだがんばろう、希望を持とうと言い続けた。

みんなが一人また一人とやってきては、書斎とそれに隣接する図書室に収まり、通夜の場に来たかのようにひそひそと言葉を交わした。わたしたちの遠征が失敗に終わり、はだしの男にあのような言葉を聞かされて、みんなの声には不安がありありとうかがえた。バードさんが祖母にそっと言葉をかけたが、祖母はまばたきをしてふたたび目を閉じた。狭いスペースに収まるべく、みんながそれぞれの体を編みこむようにして、トマス・ジェファソンのさまざまな私物のまわりに陣取った。ジェファソンの机と、かの有名な複写機——二つのペンが同時に動いて手紙を簡単に複写し、後世に残せる仕組みになっている。テーブルと地球儀。学生たちは象牙の胸像が置かれた木製のキャビネットを気にかけながら、窓台の前に並んだ。アイラとキャロルはＫＪのスーツケースと同じ色のソファーに詰めて座り、その端にヤミレスが不安定に腰掛けて、ほっそりとした顔でわたしを見上げた。ヤヒア一家は測量機器と斜め上に向けて置かれた望遠鏡のほうへ歩いていき、それらの間に収まった。ほぼすべてが真鍮かチェリー材でできていて、子どもたちがガラスを割ったあの下のミュージアムのちょっとした展示品にかなりよく似ている。

最後にデヴィーンもやってきた。KJと双子とジョージーが入ってきた直後に、反対側の入口から。きっとわたしとノックスが使っているガラス張りの温室を通り抜けてきたに違いない。わたしたちが毎晩並んで寝ているマットをまたいで。

全員が揃ったところでノックスが再度わたしのそばに来て、背中に手を当て、みんなのほうを向くようにうながした。

〈決めなくては〉わたしは言った。気弱さの表れか、威厳をもたせようとしたのか、声が険しくなった。〈いま、この場で〉わたしは言った。〈時間はもうありません〉

緊迫した空気の中で、わたしたちはその日の出来事を詳しく報告し合った。ひとつひとつの小さな物語がつながって大きな物語になり、最終的にはすべての物語を全員が共有した。キャロルは武器を持ってピックアップトラックに乗っていた男たちのことを話し、ノックスは果樹園の人々がわたしたちを追い払ったときの状況を説明した。バードさんとエライジャは、はだしの男がどんどん近づいてきたときのようすをKJも交えてもう一度語った。それから男が口にしたおぞましいメッセージをみんなで急いで吟味した。

〈つまりやつらは、いまじゃ黒人たちを拉致監禁してるってわけだ〉エズラが言った。

なだめるためか慰めるためか、デヴィーンがエズラの肩に手を置いたが、エズラの憤慨に直接触れたことで、むしろ自分のほうが刺激を受けたようだった。〈あいつの娘たち、いまごろどういう目に遭っているんだか〉デヴィーンが言った。

ヤヒア・パパが片手で髪をなでつけた。そうやって後ろに梳かしつけると、さざなみのようにくねくねと波打った。彼のそばで息子が父親の肘を引っ張った。〈あの人の足〉ジョバリが興奮して声をあげた。〈ねえパパ、あの足、見た？ ぼくたちの足もあんなふうになるのかな？〉

わたしはもくもくと立ち昇る煙のことをみんなに話した。たぶん男たちはハイウェイ付近にあるかつてのサナトリウムを本拠地にしているか、そこで夜営を張っているのだと思う、と四人の見解を伝えた。自分たちが目にした町の光景をなんとかうまく説明しようと試みた。焼け落ちた建物と、広い範囲に点々と散る焼け跡。それが、彼らだけでそこまでできるのかと思うほど広範に及んでいること。はたして下ではほかになにが起きたのか。この先なにが起こるのか。そうやって自分たちの町の荒廃ぶりを話しながら、わたしは気のせいか、後頭部に注がれる祖母の視線を、明るく温かいまなざしを感じていた。

〈あと四十八時間〉バードさんが言った。

新たな怒り、深い苦しみ、またしても湧き起こる恐怖が部屋じゅうに広がって、その証拠にみんなの顔がみるみる引きつり、握った両手に力がこもって、足がせわしなく揺れ始めた。KJは、図書室の壁際に置かれた自分の背よりも大きい振り子時計に寄りかかった。〈おれの鞄、ほんとにどこに消えたんだろうな〉彼はヤヒアの子どもたちに向かって言った。〈おまえらほんとに、どっかに持ってってない？ もう何日も見かけないんだけど〉

フローレスさんがスペイン語でなにやらそっとつぶやき、長男のエドワードがそれを非の打ちどころのない英語で、わたしたちの国、わたしたちの州、わたしたちの町、わたしたちの通りに固有の抑揚とリズムで繰り返した。それはある種、祈りのような言葉だった。

下のほうで、ヤミレスがわたしのショートパンツのほつれた裾を引っ張った。流れる黒髪が、ティーンらしいほっそりした顔を包んでいた。〈あいつらを勝たせるわけにはいかないよ〉その声は大胆で怒りに満ち、わたしもまったく同感だったが、わたしは同時に絶望にも駆られていた。相手は多勢で、車も武器もある。彼らの独善的な怒りを前に、どうやってわたしたちが勝つというのだろう。

あり得ない方程式をなんとか解いてみせようと、自分たちの有利になる答えを導き出そうと、わたしたちは独りごち、あるいはぼそぼそと言葉を交わした。太陽はいつもどおりに沈み始め、部屋にはゆっくりと影が広がった。

〈時間はもうありません〉わたしは繰り返した。

〈ここを去るべきじゃないかしら〉キャロルがグリーンの低いソファーから立ち上がり、つまずきかけて、小さく前に踏み出した。〈持てるだけ持って、とにかく——出ていくのよ。前回みたいに。町とは反対の方向に。なんなら歩きだってかまわないわ。べつの町を探せばいい。野宿をしたってかまわないし——〉

わたしも前に踏み出そうとした拍子に、右側にある回転スタンドに腰をぶつけ、先日転んでぶつけたときの焼けるような疼きが甦った。できることなら祖母のベッドにもぐりこんでしまいたかった。あるいは逃げ出したかった。足は速い。その気になればけっこう走れることも知っている。けれどもわたしは、ざらついたシーツの上で体をもぞもぞと動かす祖母の存在を背後に感じた。目の前ではジョバリとイマニが、もっとずっと幼い子どものようにヤヒア・ママの脚にしがみついている。ラクシュミがラトーヤにささやく姿が目に留まり、彼女が両親の郊外の家を訪ねたときの長く恐ろしい道のりと、隣人が隠し持っていた古い南軍旗のことが思い出された。闇の中で味わったあの急な方向転換と急発進、続くゲートへの衝突と停止の感覚が甦った。キャロルのリンダルが砂利をパタパタと叩く音。侵入者の悲惨な足を目にしたときに、わたし自身の喉にこみ上げたうめき声。遠くで吠える犬の声が聞こえるような気がした。

〈わたしはみんなでここにとどまるべきだと思います〉わたしは言った。〈力を合わせて身を守るべきだと思います〉

イーディスさんは祖母の寝室で自分専用の椅子に座り、ベッドのむこう側からわたしを見ていた。〈主のみこころは、天に行われるとおり、地にも行われる〉

イーディスさんははるか昔のその日、教会の仲間とともにワシントンDCを行進した経験をもつ。町では何人もの職員をどやしつけてわたしたちの地区にも公共サービスを提供させ、人を集めて自分たちのために声をあげるように呼びかけた。世の中の崩壊が始まるずっと前から、そして状況がすっかり悪化してからも、たびたび祖母を訪ねて話し相手になり、新鮮な野菜と噂話を届けてくれた。イーディスさんは自らの行動を通じて声をあげ、両手を動かして、祈りを実践する人だ。それでも彼女が〝主のみこころ〟と口にしたときには、自分たちは両手を上げて潔く降参し、ジェファソンの墓地の前を通り過ぎ、受付パビリオンを通り過ぎて、さらにその先へ下っていくべきなのだろうかという気持ちにさせられた。わたしたちはぞろぞろと駐車場を横切り、奴隷たちの骨がまばらに発見された場所、名もなく飾りもなく埋められていたその場所へ向かい、ざらついたでこぼこの地面に身を横たえるべきなのだろうか。

わたしには、そこにいる自分たちの姿が見えるような気がした。闘うべきだ、と思ったが、口は閉じていた。それでもきっと、つぶやくかなにかしたのだろう。みんながふたたびわたしを振り返った。わたしのこの新たな家族、選ばれし人々が、一人残らず。人がなにかを愛するときには、なにゆえにそれを愛するのだろう。そのときわたしには、そこにいるすべての魂が愛《いと》おしくてならなかった。なぜならみんなが似た者どうしで、なおかつ違っているから。わたしたちみんながすでに互いの一部になっていたから。わたしをかばうように肩に手をのせ、悲しみを宿した深刻なまなざしを伏せているノックスが愛おしかった。色鮮やかな布をまとったヤヒア家のみんなが愛おしかった。そして髪の半分を三つ編みにして残りの半分を長くたらし、振り返って窓の外をのぞくラトーヤも。一枚のコインの裏と表のようなエズラとエライジャも。そしてデヴィーン。たとえ彼を愛することでさまざまな状況が複雑になってしまうとしても、それでもやはり、彼が愛おしかった。むせて咳きこむまで遊ぶ子どもたち、野生化した菜園でせっせと働くイーディスさん。ひくひく動くウサギの顔さえ、ブラックベリーをついばむ小鳥さえ、すべてが愛おしかった。そして豊かなローム質の大地と木々、そう、とりわけ木々が愛おしかった。なぜならわたしたちはみんなが互いに互いの一部で、聖なるひとつの存在だから。

〈闘おう〉わたしの声は震えた。視線を上げるとデヴィーンの姿が目に入った。本に背をもたせて立ち、顔のまわりで巻き毛が跳ねていた。

〈おれが思うに〉デヴィーンが口を開いた。〈とりあえず山の上さえ守ればいいんじゃないだろうか。あいつらを痛い目に遭わせて、よそへ行くように仕向ければ。これぐらいはおれたちにくれてやってもいいと思わせれば〉

〈騙《だま》くらかしてやればいいんじゃないの〉ラトーヤが言った。

〈血も涙もない残虐な集団だと思わせてやればいい〉フローレスさんが言った。

〈脅かしてやったらどうかしら。幽霊のふりをして〉イーディスさんが言った。

〈屋敷のまわりにバリアのようなものを張りめぐらせるといいかもしれんな〉アイラが言った。

〈われわれはこの屋敷を熟知している。地の利もある〉バードさんが言った。

〈なんとか持ちこたえられるかもしれない――状況が回復するまで〉ノックスだった。

〈みんなで闘おう〉わたしの声は怒りと希望に満ちていた。

〈闘おう〉全員が答えた。

12

わたしたちはあたりがすっかり暗くなるまで働き続けた。策を練って、準備を進め、東側の境界に第二の見張り場を設けた。わたしが支えるはしごにバードさんが上って、エントランスホールのドアの真上にある大時計のねじを巻いた。屋敷の表にある第二の文字盤には気づいていたかい、とバードさんが言った。ねじを巻くと一時間ごとに鐘が鳴って、かつては下の村まで聞こえたことは？　動きだした針を見た瞬間、わたしたちはもう隠れてはいないのだと悟った。時間はふたたび動きだした。

ようやく休憩をとったときにも、眠れないことはわかっていた。屋敷の中でなにかが軋むたびに警告のように聞こえて、ぎゅっと目をつぶると、体がぺらぺらに薄くなって体重が消えてしまったような感覚に陥った。わたしの体は空高く漂い、眼下にちらちらと揺らめく町の全景が広がった。その高みから、煙のくすぶる廃墟に集まった男たちの影のような手が、炎の中に古い廃材を投げ入れるところが見えた――釘の突き出た窓枠、苔に覆われてつるつるになった床板。果樹園の人々も見えた。帽子を胸にのせ、穴のあいた屋根の下、むき出しの部材で縞々《しましま》に区切られた星空の下で夢を見ていた。はだしの男の黒い肌をした娘たちが、拘束に抗って体をよじる姿も見えた。あのときデヴィーンの言った言葉、その声ににじんだ悲しみのこだまが聞こえた。〈おまえがのこのこついてきたんだからな〉

わたしはいくらか眠ったに違いない。

大時計の音で目を覚まし、全身を通り抜ける振動に驚いてまっ暗な部屋で飛び起きた。同じマットに横たわるノックスの寝姿がぼんやりと見えた。わたしが眠ったあとで彼も戻ったのだろう。ノックスが寝返りを打ち、わたしの腿に腕をのせた。自分たちに重くのしかかるあれこれの現実が一気に甦った。わたしはなるべくそっと立ち上がり、小さな部屋を横切って、闇に慣らそうと目を凝らしながら、ジェファソンの書斎に迷路のように散らばるテーブルと椅子の間を通り抜けた。そうして闇に目が慣れると、祖母の寝顔が浮かび上がった。目は固く閉じられ、口元が不自然に歪んでいた。ベッド脇の椅子で眠っていたイーディスさんが目を開き、わたしだと気づいてふたたび閉じた。

どこかへ行くべきだと思ったが、でもどこへ？　わたしは応接間を通り抜けて西側のポーチへ向かった。肌に触れる夜の空気は熱く乾いていた。

丸石の敷かれた小道を渡り、素足の下で小石が動くのを感じながら、いくらかでも風に当たることができればと忍び足で芝生にのった。奥のほうの木立のそばに、いまもフローレス一家のテントが半円状に集まっていた。欠けゆく月は薄れ、厚い雲が押し寄せて、空は漆黒の闇に覆われていた。あまりにまっ暗で、街灯の明かりを思い出すのにも苦労した。かつての自分がいかに人工の明かりに頼っていたかを思うと、不思議な気がした。隣家の窓から漏れてくるほの青いテレビの明かり。遠くで光る車のヘッドライトを受けて浮かび上がるさまざまな輪郭。そういう安易で贅沢《ぜいたく》な明かりをかつての自分はいかに愛し、それらの過剰性がもたらす破壊に対しいかに無頓着だったことか。輝く満月を恋しく思いながら、わたしは芝の上をさらに進んだ。

濁った小さな養魚池に近づいたそのとき、目の前の深い闇の中になにかが群れている気配を感じた。わたしは凍りつき、耳をそばだてた。心臓が耳元で鳴りだした。足を引っかく草と足首にまとわりつく虫のかゆみも忘れて、わたしは一歩、さらにもう一歩、踏み出した。なめらかなビロードもしくはなめし革の感触、あるいは枝角のでこぼこの肌触りをなかば期待しつつ、宙に腕を伸ばした。けれどもわたしの静かな動きに怯えたのだろう、蹄《ひづめ》の散っていく音が聞こえた。

わたしはまた一人になった。

さらに二、三歩進むと、そこ、南側テラスのいちばんむこうに、もうひとつの影があった。ウィローオークの太い幹が並ぶあたりに誰かが立っている。近づくにつれ、デヴィーンだとわかった。闇の中に見覚えのあるシルエットが浮かび上がっている。ジェファソンの図書室には壁に沿って楕円にくり抜かれた額が並び、交友のあった重要人物の横顔を黒く切り抜いたシルエットが収められている。デヴィーンはわたしにとって重要人物の一人だ。デヴィーンの姿を見てわたしはほっとすると同時に、別のなにかを感じた。

〈わたしが悪かったのよ〉彼が顔を上げてこちらを向くと同時に、狭いトランクの中のあの会話、わたしたちを守るためにデヴィーンがまたしても拳銃をかまえる直前に交わしたあの会話を続けるかのように、わたしは言った。彼はわたしを見てもとくに驚いたようすもなく、なにかを――ジッポーのライターを――いじっていた。ふたが閉じて、カチッと音がした。〈あなたの言うとおり、わたしがのこのこついていったんだから〉

てっきり〈わかった〉とでも答えて、さっさとあの大学生の坊やのところに帰れと言うのだろうと思ったのに、彼はなにも言わなかった。そこでわたしは彼の質問、妊娠に関する質問に答えることにした。わたしは正直に告げた。子どもが彼の子かノックスの子かわからないこと。女の子かどうかもわからないこと。彼にそれを告げながら、女の子を望める世の中であることを切に願った。

〈なぜついてきた？〉デヴィーンが言った。

わたしは肘を掻いた。乾燥のせいで肌がかゆくなり始めていた。〈だから、悪かったと言ってるでしょう〉

デヴィーンは耳にはさんだタバコを手に取り、脆《もろ》そうな白い棒を指の間で転がした。〈あいつのことを愛しているなら、なんでおれに関わった？〉

実際のところ、わたしが過去にそういう関係に陥った相手は二人しかいない。最初はデヴィーン。それから長い待機期間。続いてノックスが現れた。

そしてあの一度だけ、ふたたびデヴィーン。

〈覚えてるかな、ナイーシャ〉デヴィーンは後ろにあるざらついた幹に寄りかかった。〈あの日おれの言ったこと。おまえの成し遂げたことについて。それだけ立派になって、それでも変わらずおれたちの通りに戻ってきて、みたいな。おまえがついてきてくれて、うれしかったよ。どうせすぐに離れていくとわかってたけどな〉

〈もうあの通りには戻れないね〉わたしは言った。

〈戻れるにせよ、戻れないにせよ〉デヴィーンは言った。〈いずれにしても、大したもんだよ。おれたちみんなをここへ連れてきたことも〉

デヴィーンはジッポーの安定した炎でタバコに火をつけた。彼がタバコを吸うところを見るのは、あの最初の晩以来だった。二人の間にメントールの香りが広がった。タバコの火のおかげで、彼の顔がそれまでよりもはっきり見えた。頬に伸びた無精髭、それ以外はなめらかな褐色の肌、まつげが落とす長い影。

〈最後の一本〉と彼は言って、なんでもないことのようにジッポーをわたしの手のひらに置いた。

〈ひとつだけ頼みがある〉デヴィーンが言った。かつてを思わせる、ためらいがちな声だった。

〈理由はもはやどうでもいい。こうなったからには、肝心なのは未来だ。その小さな娘の未来。おれにはもう近づかないと約束してくれ。おれとおまえは終わった仲だ。おれたちみたいな人間は、為すべきことを為すだけだ。頼むからあいつのところへ行って、その娘はあいつの子だと告げ、あいつにそう信じさせてくれないか。この状況を考えれば、あいつが父親のほうがまだしもチャンスはあるだろう。頼むからあいつにそう言ってくれ。そして頼むから、おれにはもうかまわないでくれ〉

　わたしはなにか言おうとした。たぶん反論するとか。なにか彼の気持ちを引き立てるようなことを言って、それによって自分の気持ちを引き立てるとか。けれどもわたしの歯と舌の間にはなんの言葉も生じなかった。デヴィーンが最後のタバコをひょいと下に向け、ブーツの裏でもみ消した。それから断固として体の向きを変えたので、振り返らないことはわかっていた。彼はテラスの端にある離れの部屋へ歩いていき、わたしは小さな金属の塊を握ったまま、一人その場に残された。続いてわたしも自分の部屋へ、いまもノックスが眠る部屋へ戻った。

13

昨日はみんなで早々に準備に取りかかり、前夜からほとんど休みなしで働いているような気がした。はだしの侵入者がやってきて武装した男たちの意図を告げてから、ほぼ二十四時間が経過した。もし彼の言ったことが本当なら、わたしたちには準備期間として丸一日が残されているはずだった。それに関しては、そのタイムリミット自体が策略ではないのか、とずいぶん迷った。もしかして彼らはすでにこちらへ向かっているのではないか。あるいは適当に脅しをかけて、わたしたちが怖じ気づいて逃げ出すのを期待しているのではないか。もちろんわたしたちには知るよしもない。

新たに巻き上げられた時計が一時間ごとに鐘を打つ合間に、わたしたちは一日じゅう働いた。わたしたちは腕のいい狙撃手を何人か選び、最も守りに適した見張り場を見繕った。ささやかな手持ちの武器を分け合って、小学校でグループ決めをするときのようにメンバーを均等に振り分け、それぞれホームベースを決めてトランシーバーを一台ずつ持つとともに、ジェファソンの風見など、主要な方角を見渡せる場所を確保した。バードさんをはじめとする何人かは、マルベリー・ロウの下側に沿って忍び返しを打ちこむべく、金属片を磨きにかかった。ＳＣＦＰの学生たちは催涙ガスとフェイスマスクを全員に配った。モンタルト山に偵察隊を送るのはもはや安全とは思えなかったので、かわりにデヴィーンと双子が足を滑らせながら傾いた屋根に登り、ふもとの動きが見えないだろうかと下をのぞいた。

温室を目指して南側テラスを歩いていると、自分たちがまたしても変わったことをつくづく思い知らされた。この狭間《はざま》の時間にあってさえ、みんなは屋敷で見つけたそれぞれのお気に入りをうまく活用していた。キャロルとアイラは菜園で野菜を収穫するかたわら、ジェファソンの色褪せた揃いのゴブレットからなにかをちびちびと飲んでいた。マルベリー・ロウのそばに射撃用の目隠しをしつらえるべく息子たちと丸太を引きずるフローレスさんの背中には、細い革紐に吊るした真鍮製の双眼鏡がぶら下がっていた。ヤヒア・パパはジョージーと二人で板を割っていたが、彼がカーゴパンツの上に着ていたドレープたっぷりのコットンシャツは、前にギフトショップで見かけたジェファソンのシャツのレプリカだった。ラトーヤはラクシュミや他の学生たちと大きな旗を作製中で、首元のくぼみにはネックレスに飾った小さなタカラガイがのっていた。あのバードさんさえ、絶えずずり落ちてくるようになったカーキ色のズボンを締めているベルトは、どうやら時代物の一品らしかった。イーディスさんが横の庭で立ち止まり、通りかかったバードさんに話しかけるのが聞こえてきた。〈見てちょうだい、このデイリリー、ずいぶん伸びて。オレンジ色の顔を見せてくれるまでには、あと数週間はかかるでしょうけど――〉

わたしは温室に入って大きな窓のそばで立ち止まり、ノックスが後ろから近づいてきてうなじに手を置いたときにも、そうした外の光景を眺めていた。午前中はとにかく恐ろしいほど忙しくて、ノックスはあちらへ、わたしはこちらへと駆けずり回り、合間を縫って祖母の容態を確認した。どちらも思いつくかぎりの手を打ったが、それでも充分からはほど遠い気がしてならなかった。男たちが闇にまぎれてやってきた場合に備えて、彼らの足をすくい、むこう脛《ずね》を痛めつけてやろうと、金属片の忍び返しに加えてところどころにワイヤーを張った。食料と水を屋敷の中央に移動した。子どもたちは東側のアプローチの近くに落とし穴を掘って、シートと葉っぱで穴の口を覆った。

〈ほかには？〉ノックスがそう言って、シャツの裾でめがねを拭いた。わたしは必死に考えをめぐらせ、矢継ぎ早に確認事項を口にした。

〈子どもたちは？〉

〈ヤヒア・ママのもとに帰したよ、屋根つきの通路に〉ノックスは答えた。

〈もしあいつらがこのまま待機する作戦に出たら？〉

ノックスは、フローレス兄弟が射撃用の目隠しをしつらえたので、そこから男たちを一人ずつ狙えることを指摘した。撃って、怖じ気づかせてやるのだと。〈水もある。むこうが待つなら、こっちも待つまでだ〉ノックスがそう言ってめがねを顔に戻すと、フレームが一方に傾いていた。〈おばあさんの具合はどう？〉

　祖母が少しでも楽になれるようあらゆる手を尽くしているにもかかわらず、祖母は一言も口をきかず、水もかれこれ一日以上飲んでいなかった。ベッドは屎尿《しにょう》のにおいがし、たびたび体の向きを変えるように気をつけてはいるものの、前回たらいと布を用意して体を拭いたときには、あちこちただれているのが目についた。肺から息を吐くたびに音がカーブを描いて高くなり、誰にも答えられることのない問いを発しているかのようだった。少なくとも祖母はベッドの上で逝けるだろう。せめてもの慰めを得ようとわたしは自分に言い聞かせたが、慰めにはならなかった。花瓶やカップにこぼれんばかりの花を、みんながベッドのそばに置いていくようになった――キツネノテブクロ、ライラック、ビジョナデシコ。色褪せた一握りのチューリップ。祖母がここにいるという事実には、どういう意味があるのだろう。わたしは考えた。なにか大切な意味があるのだろうか。

〈ぼくたちは？〉とノックスが言って、わたしの体を自分のほうに向けた。〈ぼくたちは大丈夫、ダナイーシャ？　いまでもぼくを愛してる？　ぼくのことを欲しいと思う？〉

〈あなたはわたしを欲しいと思う？〉ノックスの言葉をそのまま返しながら、わたしは自分がばかで無力な嘘《うそ》つきのように感じられた。そして実際、いまも嘘をついている。ノックスがまたもやめがねをはずして机に置いたので、その顔が輝き、覆うものがなくなって、あらわになった。腕を差し出されて、わたしはそちらへ近づいた。なぜならそうしたかったから。彼はゆっくりと、慎重に腕をもたげ、わたしの体に巻きつけた。彼に触れられるたびに、その部分がぴかぴかに磨かれていくような感じがした。彼の指がわたしの首をそっとかすめ、彼の親指が鎖骨をなでた。彼のあごがわたしの髪の分け目にのった。〈これまで以上に〉ふくれあがったわたしの髪に向かって彼は言った。〈これまで以上にきみが欲しい。これまで以上に愛してる〉

〈妊娠したの〉わたしは彼の胸に向かって告げた。

〈なんだって〉彼はわたしの肩をつかんで後ろに戻し、顔を見つめた。

〈妊娠したの〉わたしは繰り返した。

ノックスの顔がスローモーションで変化した。ショックから喜びへ、パニックへ、そしてふたたび喜びへ。わたしの顔の両側で大きな手が震えていた。彼は唇を重ね、ほほ笑んで、洟をすすって、いつまでもわたしから手を離そうとしなかった。そうしてキスを続けながらわたしの体を用心深く押してくるので、やがてわたしの背中は壁に触れた。彼の全身がわたしを包み、わたしの体はさながら彼の一部と化して、驚くほどの快感が湧き起こり、もしかして世界がもとに戻ったのではないかと思うほどだった。〈ああ、神よ《ゴッド》〉まるで罵るように、祈るように、ノックスが言った。わたしも真似た気がする。〈神よ《ゴッド》〉そうして二人で洟をすすった。〈神よ《ゴッド》〉二人で泣いた。

14

いまは静かだ。もうすぐまた日が昇る。こうしてこれをしたためながらも、山の下、わたしたちの石橋のむこうのどこかに男たちが続々と集まってくる光景が思い浮かぶ。椅子に置かれたトランシーバーが静かにノイズをたて、合図はまだだが、男たちは確かに近づいてくる。亡霊たちにはわかるように、世の母親たちにはわかるように、わたしにもそれがわかる。

きのうの午後は、必死に事態に備えるなかですら、それぞれがささやかな形で自分や互いを気遣う姿に目を見張った。エズラがギフトショップから新しいTシャツを腕いっぱいに運んでくると、ラトーヤとゲイリーが彼を手伝ってそれをみんなに配った。ジョージーはキャロルといっしょに屋敷の一階をきれいに掃除し、隅々まで埃を拭き取った。アイラはKJを相手にチェスに興じ、KJは痩せた胸を誇らしげにふくらませていた。ヤヒア・ママが晴れやかな顔をして応接間から出てきたかと思うと、子どもたちとヤミレスの髪がぴかぴかの三つ編みとツイストに仕上がっていた。イーディスさんとラクシュミは、みんなの手を借りてささやかな夕食を用意してくれた。蓄えていた卵をかき混ぜて焼いた卵焼き、葉タマネギとタイム、地面から掘り出したばかりのジャガイモ。野生の葉野菜、それに甘く熟れたサクランボまで。温かい食べ物を口にするのは町へ行くことを決めたあのとき以来で、みんなでともにしたその食事は、たとえ心は打ち震え、体はいまだ空腹でも、さながら晩餐《ばんさん》のようだった。バードさんがどこか秘密の場所から埃をかぶったワインをケースごと持ってきてくれたので、わたしたちは飲んでは食べ、つかの間の祝宴に全員が参加できるよう食べ物を下まで運んで、交替で見張りを受け持った。なぜならわたしたちの全員が、迫りくる事態を理解していたからだ。

わたしのこの髪もなんとかしてもらえないだろうかとヤヒア・ママにお願いすると、彼女は下の庭でわたしの体をたらいの上に倒し、ひしゃくでお湯をすくって頭にかけ、指で手際よく頭皮をこすってくれた。その後彼女の素足にはさまれ地面に座っていると、自分が真新しくなっていくのを感じた。まずは髪をまっすぐに分け、それを後ろに梳かしつけて、うなじの位置で二つの固いだんごにまとめる。体を起こす前に布を折って頭のまわりに巻いてくれたので、まるで色彩の冠を戴いたようになった。

みんなといっしょにわたしも食べた。恐怖におののきながら笑みを浮かべ、ただ息をするためだけに声をたてて笑った。わたしという器を新たに知ったノックスが、こちらを見ているのを感じた。ヤヒア・ママにうながされて赤ちゃんを腕に抱いたら、予想以上に重くて、肌がとても繊細で、沐《もく》浴《よく》のときに使っているラベンダー水の香りがした。膝にのった赤ちゃんの重みはなにかを正すというか、空気をたっぷり含んだ滋養豊かな土を埋め戻すような感じがした。

わたしは食べ、それからもう一度、祖母のようすを見に行った。

目を覚ましているといいのだけれど、せっかくのおいしい食事を一口ぐらい噛んで味わってくれるといいのだけれど、と期待しながら向かった。部屋に着いてみると、祖母の体はいまもベッドに横たわっていたが、わたしのバイオレットおばあちゃんはすでにいなくなっていた。祖母の姿を眺めるうちに、最初の大嵐が過ぎたばかりのころのことが思い出された。一番通りにパトカーがずらりと並んで、赤と青のライトが窓の外でちかちかと光っていた。最初はてっきり助けが来たのだとみんな思った。シェルターまで送り届けてくれるのだろう、あるいは支援物資を、送電が途絶えて以来不足していたさまざまなものを届けてくれたのだろうと。組織が解散に至るまでの数週間、警察がずっとどこかよその支援に明け暮れていたことを、わたし自身は知っていた。少なくとも大学には支援に来ていた。ところがその日祖母の通りにやってきた警官たちは、ヘルメットをかぶって盾を握り、通りに並んだ家に向かって立つだけで、中の住人にはまったく目を向けようとしなかった。まるで見るなと命令されているかのようだった。およそ十二時間もの間、交替で見張りに立つ警官たちは、いっさいの出入りを禁止した。病院に行くのもだめだった。食料や水を買いに行くのもだめだった。つくづく胸が痛んだよ、と、その後ようすを見に行ったわたしに祖母は打ち明けた。こんなに年をとってまでそんなふうに責められ、恐れられて。自分の町で警察を差し向けられるなんてね。高いベッドに横たわった祖母の目はいまも開かれ、銀色に黄色い斑点が散って、水銀ガラスを思わせた。そうしてわたしは、祖母の血を引く最後の生き残りになった。わたしは祖母の手に自分の手を重ね、ようやく妊娠の事実を伝えた。なんらかの形で必ず勝ってみせると伝えた。子どもには祖母にちなんでバイオレットと名づけたいと伝えた。

それからわたしはノックスに伝えようと、みんなに伝えようと、外の芝生へふらふらと出ていった。わたしの表情を見てみんなは察したに違いない。膝ががくりと折れ、気がつくとまわりにみんながいて、みんなの手が触れていた。誰かに手を強く握られて爪が食いこみ、無感覚を突き破って届いた痛みのおかげで息をすることを思い出した。すすり泣きが聞こえた。自分の声なのか、それともほかの誰かの声なのか、やがてみんなの苦悩の声は、ほとんどひとつの歌になった。

屋敷の中に戻ると、イーディスさんがたらいにお湯を用意してくれた。わたしは苦労のすえに祖母の服を脱がせ、体をきれいに拭いて、もとのとおりに部屋着を着せた。色褪せた一巻きの布、房飾りのついた深紅のカーテンを両腕にのせて運んできたのは、ジョージーだった。

日がすでに傾く中、わたしたちは祖母の体をそのカーテンで包んで土に埋めた。大地を割って穴を開け、絡まり合った草の根をシャベルで砕いて、白い小道のそばに亡骸を埋めた。ヤヒア・ママのそれはみごとな布地を敷いて、地面の穴に降ろし、ジェファソンのゲートつきの墓地と下の奴隷墓地のちょうど中間地点に埋めた。

15

何時間か前、温室の窓のそばに敷いたマットで寝ていたらノックスに起こされた。暗がりの中で名前を呼ばれる前から、見られているのは感じていた。

〈ナイーシャ〉彼の声がした。〈やっぱりぼくたちは完全にお手上げだ、ハニー。人も武器も、なにもかも足りない。あいつらはぼくたちをあっさりなぎ倒していくだろう〉

そんなことはとっくにわかっている。本当はそう答えたかった。けれどもその時点ではすでに唾をのむのも難しく、言葉を口にするのも大儀だった。そこでわたしはただ手短に、〈でもわたししたちはここにいる〉と返した。

十九日間、わたしたちはこの小さな山の上で過ごしてきた。十九日間、埃をかぶった貯蔵室や日当たりのいい脇部屋を物色し、封印のリボンを断ち切って、あらゆるものに手を触れた。どれもこれもわたしたちのものだった。不完全なアフリカ地図も、フランス製の深紅のカーテンも。わたしたちは屋根つき通路をさまよい、放置された庭や畑を歩き回った。再現された奴隷小屋で身を寄せ合い、釘工房の中の灼熱《しゃくねつ》を想像した。そんなふうに十九年のようにも感じられる十九日のあとで、今朝、刻々と明けゆく闇の中、わたしには山のふもとに集結する男たちの気配が感じられる。もうすぐ彼らは轟音《ごうおん》を響かせて木立を通り抜け、菜園を通過し、コラードを踏み荒らして――もう時間がない。すでに彼らの音が聞こえてくるようだ。

どうか、わたしたちが持てるすべてを尽くして闘ったことを知ってほしい。わたしたちは勝つために闘った。わたしたちは銃弾と拳で、拡声器と催涙ガスで、疑念と信念をもって闘った。ここに全員の名前と生年月日を、祖母については没年月日とともに、したためた。この手記をトマス・ジェファソンの『バージニア覚書』の中に、わたしたちの河川の幅や山の標高に関する記述、限界と希望に関する彼の記述の間にはさんでおく。そして本を、ガイドの資料室のもとの場所に戻しておく。その部屋にはわたしの祖母の写真が展示されている。いま改めて写真を目の前にすると、祖母はじつに堂々として、まばゆいばかりだ。いつか誰かがここに並ぶ本の中に、あるいは灰の中に、わたしたちの名前を見つけたら、わたしたちがここにいたことを、わたしたちもまたかけがえのない存在であったことを、知るだろう。

これからどうなるのかわからない。ほかがどうなっているのか、町の外で、州の外で、なにが起きているのかもわからない。わかっているのはただ、わたしのこの体だけは絶対に彼らに渡さないということだけだ。そしてこの闘いが彼らにもなんらかの手負いを与えるだろうということだけ。バードさんの手を借りて、ガソリンを入れて布をたらした瓶をいくつも用意した。必要なときが来たら——ポケットにはデヴィーンのジッポーのライターが入っている。おそらく彼らはわたしたちを凌駕《りようが》するだろう。だがたとえそうでも、屋敷を手に入れることは叶わない——少なくとも完全な形では。もしもわたしたちの亡骸が見つかったら、どうか二つの墓地の間に埋葬してほしい。せめてみんなでいっしょにいられるように。だがたとえ埋葬されなくても、わたしたちはここで繰り広げられるすべてを見守り続けるだろう。この先ずっと、永遠に。これまでこの地で生きて夢見て死んでいったすべての人たちとともに。願わくはわたしたちのこの体が、古きと新しきの間を満たさんことを。そうしていつの日かすべての区別が失われ、残ったいくつもの魂がひとつの偉大な輝きとなって、家路を照らさんことを。

謝辞

わが素晴らしきエージェント、メレディス・カフェル・シモノフの不断のサポートと敏腕なくしては、そして寛大なる編集者のリーサ・パワーズ、バーバラ・ジョーンズ、ケイト・ハーヴィーの計り知れない心遣いと熱意なくしては、このデビューは実現しなかっただろう。あなた方は驚くべき存在だ！

デフィオーレ・アンド・カンパニーの素晴らしい皆さん、とりわけアダム・シアー、コリン・ファースタッド、エマ・ハヴィランド＝ブランク、ジェイシー・ミツィガ、リンダ・カプラン、パリク・コスタンに、またヘンリー・ホルト社のアリスン・カーニー、エイミー・アインホーン、ケイトリン・オシャーネシー、カトリン・シルバーサック、クリストファー・サージオ、ガブリエル・グマ、ジャネル・ブラウン、ジェイソン・リーブマン、ジャヤ・ミセリ、ジョランタ・ベナル、マギー・リチャーズ、マイア・サッカ＝シェファー、メリンダ・ヴァレンティ、ニコレット・シーバック、パトリシア・アイズマン、リマ・ワインバーグ、ルビー・ローズ・リー、サラ・クライトン、ヴィンセント・スタンリーに、そして本書を支持してくださったハーヴィル・セッカー社とヴィンテージ社の皆さんに、感謝する。

アノニマス・コンテント社のブルック・アーリックとそのチーム、なかでもベッカ・ロドリゲスとジェシカ・カラジオーニに、またチャーニン・グループ社の皆さん、とりわけピーター・チャーニン、ジェンノ・トッピング、ケイトリン・ダヒル、クリスティナ・ポーターに、そしてネットフリックス社の素敵な皆さんに、心より御礼申しあげる。

唯一無二の存在、ロクサーヌ・ゲイに感謝する。あなたがインスタグラムで「コントロール・ニグロ」を素早くシャウトアウトしてくれたおかげで、この作品集は生まれた。『ベスト・アメリカン・ショート・ストーリーズ』の皆さん、とりわけＨＭＨ社のハイディ・ピトラーとナオミ・ギブズに感謝する。この作品集が生まれる前にわたしの作品を支持してくださった本を愛する人々、なかでもジェイミー・ガーバシックとマッケンジー・ブレイディー・ワトソンに感謝する。そしてロブ・マクウィルキンにも。今回のデビューを後押ししてくださったすべての作家の皆さんに御礼申しあげる。ナナ・クワメ・アジェイ＝ブレニヤーはほとんど面識がないにもかかわらず、わたしを気にかけ、電話までくださった。ＰＲＩ社のポッドキャスト・コンテンツ「セレクティッド・ショーツ」で「コントロール・ニグロ」を取り上げ、ライブで朗読してくださったレヴァー・バートンにも感謝する。自分の言葉があなたの声で読み上げられるのを聞くのは、途方もない体験だった！

この作品集の収録作品を最初に掲載してくださった文芸雑誌に、多くの感謝を。『ゲルニカ』の皆さん、なかでも「コントロール・ニグロ」をボツ箱行きから救出してくださったミーキン・アームストロング、オータム・ワッツ、ヒラリー・ブレンハウス、モーガン・バブスト。そして『フィービ』と『プライム・ナンバー・マガジン』の皆さん、とりわけ「サンドリアの王」を候補に推してくださったテイラー・ブラウン。

創作グループで長年ともに書いてきたメンバー、クリステン＝ペイジ・マドニア、ホープ・ミルズ・ヴェルケル、アーロン・ウェイナー、リーナ・ローン、ジョージ・カマイドに感謝する。UVAのヤング・ライターズ・ワークショップ、ライターハウス、バージニア・フェスティバル・オブ・ブック、ニュー・ドミニオン・ブックショップ、そしてシャロン・ハリガンによって地元に創設された女性作家のためのサロンにも感謝したい。シャーリーン・グリーン、ジョン・エドウィン・メイソン、リーサ・ウールフォークをはじめ、地域の黒人の物語を教えてくださった方々に御礼申しあげる。地域の黒人の歴史に焦点を当てているジェファソン・スクールと、トマス・ジェファソンのプランテーションおよび屋敷を維持管理しているトマス・ジェファソン財団に感謝する。その地を訪れるたびに、畏敬の念に打たれるとともに胸が痛む。

素晴らしい講師と作家の下で学ぶ恩恵を与えてくれた以下のワークショップとレジデンス・プログラムに御礼申しあげる。ローレン・F・ウィナーを迎えて実施されたクリエイティブ・ノンフィクション、デイヴィッド・アップダイクを講師とするP＝タウンでのFAWC、エイミー・ベンダーを講師とするティン・ハウス・サマー・ワークショップ。同ワークショップにはクレア・ヴェイ・ワトキンスを講師に迎えた十年後の回でもお世話になった（ランス・クレランドが「ワンダーウォール」を熱唱）。キャスリン・ハンクラとシャーロット・レズリー・グレッグの下でともに学んだニムロッド・ライターズの女性たち、マージョリー・ハドソンとともに学んだドウ・ブランチ・インクの仲間たち、ローレン・グロフとともに学んだライターズ・カンファレンス、そしてV

ＣＣＡの皆さんにも感謝を。またヘッジブルックのスタッフの方々には食事から何からすっかりお世話になり、おかげでわたしたち女性作家は緑豊かな庭とすてきなキャビンで、先に参加された作家の皆さんの日誌をめくることができた。ヘッジブルックでともに暮らし、摘みたてのアプリコットをラマに食べさせた姉妹たち、ダナ・フィッツ・ゲイル、エレイン・キム、アシュリー・ルーカス、ジャクリン・チャン、マリーン・ソヘイル、リーナ・プリースト、ズィーヴァ・ビュカイ、マーガリータ・ラミレス・ロヤ、ソノラ・ジャー、サディア・ハサンに感謝する。

ワークショップとは別に、ひたすらご好意により本書に収められた物語を読んでフィードバックをくださり、応援してくださった皆さんに、心より感謝する。わたしの家族、地域の方々、友人、かつての学友、とても書きつくせないが、挙げてみる。アダム・ネメット、エイミー・ウィスカーキ、ベス・レイダー、ブラッドフィールド・デイヴィソン、コノヴァー・ハント、デイヴィッド・A・マーティン、ドリー・ジョセフ、エボニー・バッグ、エリザベス・ベイルズ・フランク、イーズ・アモス、ジーン・ボレンドーフ、ジェン・マクダニエル・ルッソ、ジェシカ・フリーモント、ジェシカ・キングスリー、ジム・レスペス、ジョアン・マン、ジョディ・ホッブズ・ヘスラー、ジュリアン・カルヴェット、ローレン・ライアン、レスリー・M・スコット＝ジョンズ、リンダ・〝ミミ〟・ハント＝バード、マーニー・アレン、メアリー・ミカエラ・マーリー、ポール・ローゼン、フィル・ヴァーナー、レベッカ・ダンカン、セバスチャン・ロメロ、タリア・コルライ、テイラー・ハリス、ヴィクトリア・ドアティ、ヴィジェイ・オーウェンズ、そして書くことにまつわる迷いや疑問にソーシャルメディアで応えてくださったすべての方々。

さまざまなご教示をくださった方々、わたしの書いた物語やエッセイを読んでくださった方々に感謝する。言葉によって世界とわたしのいる場所をより鮮明に見せてくれた、すべての作家に感謝する。

わたしのアートの授業で学ぶ若い生徒たちに感謝する——あなた方は無尽蔵のインスピレーションの源だ。これからもアートを通じて飽くことなく世界を学び続け、世界を築いていってほしい。愛する友人たちとわが親族、叔母《おば》や叔父《おじ》、無数のいとこたちに感謝する。語り上手な母、思慮深い父、寛大な兄、優しい義理の姉妹、そしていつも本当のことを言ってくれる息子に感謝する（あなたによりよい世界を残したいと思うが、残念ながら、そのような世界を恋い焦がれる物語を残すことしかできそうにない）。

日々創作活動に励むアーティストにしてわがパートナーのビリー、あなたの励ましと献身に、そしてほぼ毎日のように泣くほど笑わせてくれることに、感謝する。おしゃべりでわたしを慰めたり、写真を撮ったり、ハイテク機器を直したり、贅沢《ぜいたく》なラーメンや完璧なサンドイッチを運んでくれたり、いろいろとありがとう。すべて心に留めている。それもこれも、すべてがわたしたちの人生。あなたはわたしの輝く星だ。

訳者あとがき

本書はジョスリン・ニコール・ジョンソンのデビュー作品集『My Monticello』（米ヘンリー・ホルト社、二〇二一年）の全訳である。短編五編と中編一編から成る同書は刊行と同時に大きな反響を呼び、『タイム』誌の「二〇二一年10ベスト・フィクション・ブックス」をはじめ、ニューヨーク・タイムズ紙の「今年注目を集めた本」、ワシントン・ポスト紙の「二〇二一年の注目すべきフィクション作品50」、『リテラリーハブ』の「二〇二一年ベスト・レビュード短編集」に選ばれたほか、全米批評家協会賞ジョン・レナード賞やカーカス賞の最終候補に選出されるなど、高い評価を得ている。

各作品は二〇一五年から二〇二〇年の間に執筆され、一部は本書に先立ちオンラインマガジンの『ゲルニカ』や英ガーディアン紙などに掲載されている。なかでも「コントロール・ニグロ」は『バッド・フェミニスト』（日本語版は二〇一七年に亜紀書房より刊行）の著者として知られるロクサーヌ・ゲイがSNSで拡散し、ゲイが編者を務めた『ベスト・アメリカン・ショート・ストーリーズ二〇一八年』にも収録されたことから、幅広い読者を得た。最終譚《たん》の表題作「モンティチェロ終末の町で」は時期的にも最後に書かれ、本書を初の発表の場とする（ニューヨーク・タイムズ紙に一部同時掲載)。作品はそれぞれスタイルを異にし、語りや視点も一人称(複数を含む)から三人称まで老若男女さまざまだが、いずれもバージニアの田舎町を舞台とし、ひとつの作品集としてゆるやかな繋《つな》がりを保持している。

冒頭の「コントロール・ニグロ」といい、「モンティチェロ　終末の町で」といい、物語の装置作りという点において、ジョンソンの手腕はじつにみごとだ。実の息子を対照研究の標本と見なす父、というグロテスクな設定を用意することで、物語には人種に起因すると思われるさまざまなエピソードを無限に盛りこむことが可能になる(ジョンソンは彼をフランケンシュタイン博士のような父親と呼んでいる)。あるいは建国の父トマス・ジェファソンの傍系の子孫、彼の奴隷であり愛人でもあったサリー・ヘミングスの末裔《まつえい》たちが彼のプランテーション屋敷であるモンティチェロに避難するという設定を与えられることにより、読者は各々の想像の翼をどこまでも広げることが可能になる。

とはいえ、モンティチェロを擁するバージニア州シャーロッツビルの歴史と風土を知れば、これらの物語装置がけっして奇想ではないことがわかる。「この作品集はわたしがバージニア州シャーロッツビルで二十年間暮らすなかで、とりわけ二〇一七年八月十二日に決行された極右集会ユナイト・ザ・ライト・ラリー以降に育まれた」と『ゲルニカ』のインタビューにおいてジョンソンは述べている。

二〇一七年八月十二日、シャーロッツビルでは、南北戦争における南軍の英雄ロバート・E・リー将軍のブロンズ像を公共空間から撤去するという市議会の決定に抗議するべく、全米から白人至上主義者らが続々と集結した。これに対し地域住民や教会、反黒人差別団体などを中心に対抗デモが組織されて両者が衝突した結果、最終的に死者三人、負傷者三十五人を出す惨事となった。

そのときの自身の状況を、ジョンソンは「白人至上主義者が町を闊歩《かっぽ》している理由を息子にどう説明すればいいか」と題するリポートにまとめ、同年十一月に『ゲルニカ』に寄稿している。それによると、対抗デモの列に白人至上主義者の車が突っこんで若い白人女性が命を落としたという「モンティチェロ　終末の町で」のエピソードが事実であり、その映像を当時十一歳だった息子に見せまいとした母親がジョンソン自身であったことがわかる。これをもとに概算するなら、「モンティチェロ　終末の町で」が描き出すディストピアは、現在から数年後の世界ということになるだろう。

事件後、町では人種差別をめぐる地元の歴史を学ぶためのさまざまな機会がもうけられ、自宅から車で十分の距離にあるモンティチェロで開催されたイベントにジョンソンも参加した。イベントの最後には、サリー・ヘミングスとトマス・ジェファソンの子孫である黒人女性も紹介されたという。そして後日、町で偶然その女性を見かけた際に彼女が町の住人であることが改めて実感され、ジェファソンの時代から今日につながる町の歴史を物理的に感じたことが物語の出発点になった、とジョンソンはいう。

「コントロール・ニグロ」に関しては、二〇一五年にバージニア大学で起きた暴行事件を下敷きにしていることが、二〇二一年十月五日の『リテラリーハブ』のインタビューで明かされている。バージニア大学の成績優秀者であったその黒人学生は、偽造ＩＤカード所持の疑いで警官に組み敷かれて負傷したうえ、ＩＤは本物であることが判明したにもかかわらず、逮捕に抵抗したかどで逮捕された。

このように見ていくと、ジョンソンの描き出す世界が、シャーロッツビルに暮らす人々にとってはぞっとするほど現実味をおびていることがうかがえる。故郷にいながらにして明に暗に存在を否定される感覚は、南部に暮らすブラック・アメリカンにとって共通の体験であるとジョンソンは指摘する。

「わたしの両親がジム・クロウ法（十九世紀末から一九六〇年代にかけて施行された人種差別的な州法）の南部を生き延び、のちにバージニア州北部で有利な職に就けたのは、数々の侮辱を笑顔でのみ下したこと、あるいは気に留めなかったことと引き換えだった。けれども引退したいま、そうした侮辱の瞬間やそれによってもたらされた傷を、両親がけっして忘れたわけではないことがよくわかる。そういう侵害の物語を、両親はいまになって語り直す。ただし多くの場合、恨みをもってではなく、痛みとユーモアをもって。念のために申しあげるが、わたしの両親はどちらも温かく寛大な人間だ。それでも、忘れない。近ごろ思うのだが、わたしの書く悪意に満ちたフィクションもまた、記憶の行為なのではないだろうか。おそらくわたしの物語は、あなたたちのしたことをわたしは見た、というわたしなりの宣言であり、そうやって目にしたことが体内に留め置かれ、やがて言葉になってうじゃうじゃとあふれてくるのだと思う」（『リテラリーハブ』二〇二一年十月五日）

ジョスリン・ニコール・ジョンソン、ジェスミン・ウォード、キエセ・レイモンなど、今日、アメリカ南部の黒人作家はある種のルネサンス期を迎えているのではないかと思うほど、活躍ぶりが目覚ましい。彼らの共通点は、一九六〇年代の公民権運動の時代を生きた、あるいは直接闘った世代の子どもたちであることだ。彼らの作品を読んでいると、息をつくこと、息ができないこと、息が苦しいことなど、息をするという行為にまつわる表現に何度も出くわす（「モンティチェロ　終末の町で」において、主人公ダナイーシャの祖母は喘息《ぜんそく》の発作に苦しんだあげくに息を引き取る）。二〇二〇年に警官による暴行で命を落としたジョージ・フロイド氏が「I can't breathe（息ができない）」と言い続けて亡くなったことを考えるとき、これはきわめて象徴的な現象であると言えるだろう。

表題作の「モンティチェロ　終末の町で」は、建物配置から部屋割り、内装に至るまで、実際のモンティチェロの姿がきわめて忠実に再現されているので、ぜひ、公式サイトを参照しながら作品世界に浸っていただきたい。また、時期は定かでないがＮｅｔｆｌｉｘでのドラマ化が決定しており、とても楽しみだ。

最後に、本書とのすばらしい出会いをもたらしてくださった集英社クリエイティブの内田彩香氏と、訳文の隅々まで目を通し、的確なご指摘をくださった校正・校閲の方々に、心より感謝を申しあげます。

二〇二四年三月

石川由美子

ジョスリン・ニコール・ジョンソン
Jocelyn Nicole Johnson

バージニア州レストンに育つ。ジェームズ・マディソン大学で美術と教育の学位を取得し卒業。公立小学校の教師として視覚芸術を指導。デビュー作となる本書で、リリアン・スミス図書賞、バージニア図書館フィクション賞などを受賞。PEN/フォークナー賞のロングリスト、全米批評家協会賞ジョン・レナード賞最終候補等にも選ばれた。

石川由美子
（いしかわ・ゆみこ）

琉球大学法文学部文学科英文学専攻課程卒業。通信会社に入社後、フェロー・アカデミーにて翻訳を学び、フリーランス翻訳者として独立。ロマンス小説をはじめ、『ヴォーグ ニッポン』、『ナショナルジオグラフィック』、学術論文、実務文書など多方面の翻訳を手掛ける。訳書に『歌え、葬られぬ者たちよ、歌え』（作品社）など。

装画 カチナツミ
装丁 森敬太（合同会社 飛ぶ教室）

PRECIOUS LORD TAKE MY HAND
Words & Music by THOMAS DORSEY
©1938 UNICHAPPELL MUSIC INC.
All Rights Reserved.
Print rights for Japan administered by Yamaha Music Entertainment Holdings, Inc.

My Monticello
by Jocelyn Nicole Johnson
© 2021 by Jocelyn Nicole Johnson
This edition arranged with DeFiore and Company Literary Management, Inc., New York through Tuttle-Mori Agency, Inc., Tokyo

モンティチェロ　終末《しゅうまつ》の町《まち》で

2024年5月14日　第1刷発行

著　者　ジョスリン・ニコール・ジョンソン

訳　者　石川由美子《いしかわゆみこ》

編　集　株式会社 集英社クリエイティブ
〒101-0051 東京都千代田区神田神保町2-23-1
電話　03-3239-3811
発行者　樋口尚也
発行所　株式会社 集英社
〒101-8050 東京都千代田区一ツ橋2-5-10
電話　03-3230-6100（編集部）
03-3230-6080（読者係）
03-3230-6393（販売部）書店専用
印刷所　TOPPAN株式会社
製本所　ナショナル製本協同組合
©2024 Yumiko Ishikawa, Printed in Japan
ISBN978-4-08-773523-9　C0097

定価はカバーに表示してあります。

造本には十分注意しておりますが、印刷・製本など製造上の不備がありましたら、お手数ですが集英社「読者係」までご連絡下さい。古書店、フリマアプリ、オークションサイト等で入手されたものは対応いたしかねますのでご了承下さい。

本書の一部あるいは全部を無断で複写・複製することは、法律で認められた場合を除き、著作権の侵害となります。また、業者など、読者本人以外による本書のデジタル化は、いかなる場合でも一切認められませんのでご注意下さい。